N

道尾秀介

集英社文庫

CONTENTS

名のない毒液と花
笑わない少女の死
落ちない魔球と鳥
飛べない雄蜂の嘘
眠らない刑事と犬
消えない硝子の星

Quid rides? Mutato nomine de te fabula narratur.
（なぜ笑う？　名前を変えればこの物語はあなたのことなのに）

――ホラティウス

〜本書の読み方〜

本書は六つの章で構成されていますが、読む順番は自由です。

どの章から読み始めるのか。

次にどの章を読み進めるのか。

最後はどの章で終わらせるのか。


このページをめくると、それぞれの章の冒頭部分だけが書かれています。

読みたいと思う章を選び、そのページに移動してください。

読んだあとは、また冒頭部分の一覧から、次の章を選んでいただきます。

慎重に選んでいただいても、ランダムに選んでいただいても構いません。


読む人によって色が変わる物語をつくりたいと思いました。

読者の皆様に、自分だけの物語を体験していただければ幸いです。

なお本書は、章と章の物理的なつながりをなくすため、一章おきに上下逆転させた状態で印刷されています。

著　者

▼この章を読む↓86ページへ

名のない毒液と花

月に一度の記帳をするため、雨の中を歩いた。

誰もいないATMコーナーに入り、ハンドバッグから通帳を取り出す。こうして紙の通帳を使っている人は、わたしのように三十代後半の人間だと、もう少数派なのかもしれない。いまはインターネットバンキングを利用する人のほうが、きっと多い。

よれた通帳の表紙には、吉岡利香（よしおかりか）と、わたしのフルネームが印刷されている。

名前というのは、いったい何だろう。角張った書体で記された四文字を眺めながら考える。わたし自身を含め、結婚して苗字（みょうじ）が変わる人はいるけれど、ファーストネームはたいてい一生を通じて変わらない。そしてそれは、本人がろくに意思さえ持たないうちに、誰かによって与えられたものだ。

名前は、そこに込められた誰かの〝思い〟や〝願い〟であり、そのものの本質ではない。名前自体が重要なことなんてあまりないし、人生に大きな影響を及ぼすものは、多くの場合、名前を持たない。

十三年前にわたしが飲んだ毒液にも、名前なんてなかった。

なのに、こうしていまも全身を流れつづけている。

▼この章を読む↓89ページへ

落ちない魔球と鳥

野球の才能に恵まれた、名前が一字違いの双子が出てくるマンガがあるらしい。兄弟で野球をやっていると言うと、大人はたいていそのタイトルを口にする。でも僕と兄は双子じゃないし、野球の才能に大きな差があるのは明らかだし、名前も一字違いなどではなく英雄（ひでお）と普哉（しんや）だし、そのマンガでは弟が物語の途中で死んでしまうけど、いまのところ僕は生きている。

生きているけれど――。

「死んでくれない？」

あの朝、いきなりそんな言葉をかけられた。

暗い、無感情な声で。

それからの五日間、僕はいろんなことを考えた。どうして彼女はあんなことを言ったのか。いったい何を考えていたのか。何をやろうとしていたのか。そして、いちばん大事な点――ただ野球の練習を頑張っていただけなのに、どうして死んでくれなんていう残酷な言葉をぶつけられなければならなかったのか。

▼この章を読む↓198ページへ

笑わない少女の死

献花台は無数の花束で溢れたと、その記事には書かれていた。

十歳の少女は路傍で死んだ。うつぶせに転がり、周囲の人々が慌てて駆け寄ったときには、もう息がなかったという。

記事には生前の写真が添えられていた。木漏れ日をひたいに受け、こちらを向いて立つ彼女は、これから自分の身に起きることなど何ひとつ知らずに頬笑んでいた。

少女を殺した犯人を、私は知っている。

私だけが知っている。

しかし、このまま誰にも話さずに死んでいくだろう。

飛べない雄蜂の嘘

▼この章を読む ↓ 201ページへ

小学四年生のとき、自宅に帰る途中の坂道で、オスのルリシジミが目の前を横切った。青白い軌跡を描くその蝶(ちょう)を、わたしはすかさず追った。

でも、追った時間はほんの数秒。気がつけば道の脇の植え込みに足を取られ、雑草だらけの斜面を転がり落ちていた。

斜面には割れた一升瓶が捨ててあった。その欠片(かけら)が右太腿(ふともも)の皮膚を抉(えぐ)り、スカートが真っ赤に染まった。恐くて泣くこともできずにいると、通りかかった同い年くらいの男の子が、近くの家のドアを叩いてくれた。わたしは病院へ運ばれ、傷口を十四針も縫った。

翌日は学校を休んだ。しかし夕刻前に、母の目を盗んで家を抜け出した。あのルリシジミが、また坂道に現れるかもしれないと思ったのだ。松葉杖をついてそこへ向かうと、ルリシジミは見つからなかったが、斜面に少年の姿があった。彼は雑草のあいだに落ちている一升瓶の欠片を、一つ一つ丁寧に拾い、汚れたビニール袋に入れていた。手伝いたかったし、お礼を言いたかったけれど、話しかけるのが恥ずかしくて、わたしはそれをただ黙って見下ろしていた。

——お酒って、なければいいのに。

しばらくして上ってきた少年が、わたしを見ずにそう呟(つぶや)いた。

▼この章を読む➡322ページへ

消えない硝子の星

機体が徐々に高度を下げはじめた。

目の前のディスプレイには現在地が表示されている。中心にある飛行機マークは上を向いて静止したまま、地図のほうが小刻みに下へ下へと動いていく。私は腕時計の針を八時間進め、日本の時刻に合わせた。夜が昼になり、何でもない九月下旬が、シルバーウィークの最終日に変わる。

十八歳で日本を出て以来、約十年ぶりの帰国だった。

膝の上には一枚の絵が置いてある。オリアナが私にくれたものだ。画用紙には鉛筆で、ホリーの穏やかな寝顔が描かれている。

――ママのこと、忘れないで。

この絵を私に差し出しながら、十歳のオリアナは言った。

忘れられるはずがない。ホリーのことも、オリアナのことも。あの夜、ダブリンの海岸で経験した出来事も。ほんの二ヶ月間だが、自分が生まれて初めて神様を信じたことも。

眠らない刑事と犬

▼この章を読む↓325ページへ

この街で五十年ぶりに起きた殺人事件だという。

事件があった夜、一匹の犬が殺人現場から忽然と姿を消した。わたしはそれを必死に捜した。林の中を。街の中を。どうしても見つけなければならなかった。

刑事としてではなく、一人の人間として。

そうしながら、あらゆることを考えた。彼が隣家の夫婦を刺し殺した理由。その心に抱え込んでしまったもの。左腕に巻かれた白い包帯。事件の二週間前に彼が握った包丁。

ただ一つ考えなかったのは、自分自身についてだった。

〈解説〉タカザワケンジ↓400ページへ

物語の真相に触れますので、
本編読了後にお読みください。

エヌ

N

エヌ

す光のすじも同じ数だけあり、真っ白なレーザー光線のように、海に向かって一直線に並んでいる。しかし、それらがどんなふうに海面を照らしているのかは、目玉島が邪魔で見えない。

「あの光、ちょうど五つあります」

「何がちょうどなんだよ？」

「上手いこと並んだら、海面が花みたいに照らされるんじゃないかと思って」

「んなこと起きるか」

雲の隙間は、少しずつ広がっているようだ。

目玉島の向こうにある風景。見えないその景色。わたしはそこに、雲間から射す丸い光を並べてみた。花びらのように等間隔に、五つ。その光景は、実際にあるのかもしれないし、ないのかもしれない。ない可能性のほうが、きっとはるかに高い。

でもわたしは、あると思うことにした。そんな奇跡みたいな出来事が起きるなら、世界が少しは変わってくれるかもしれないから。消えない罪を背負った身体でも、いつか顔を上げる勇気がわいてくれるかもしれないから。ずっと聞きたい精一の言葉が、この耳に届く日が来るかもしれないから。世界でいちばん綺麗(きれい)な花が、もしそこにあるのなら。

ってもらって、なんとか二人で解決した。けっきょく徹夜仕事になっちまったけど」

「いまは——？」

周囲を見るが、いるのはカモメばかりだ。

「いるだろ、そこに」

江添は上体をねじり、奥の暗がりに声を投げた。

「おい吉岡、利香さん来てるぞ」

いままでまったく気がつかなかったが、倉庫の中を覗き込むと、確かにいた。障害が残った身体を暗がりに横たえ、ぼんやりと瞼(まぶた)を持ち上げようとしている。しかしこちらを見る前に、その目はふたたび閉じられてしまった。よっぽど眠たいのだろう。わたしはコンクリートの上で尻をずらし、江添たちに身体を向ける格好で座り直した。

「もう、十三年のパートナーですね」

「この身体だし、こいつは毎回働けるわけじゃねえけど」

海に目を向ける。空気を押しつぶすような雲に、いつのまにか隙間が生じ、目玉島の向こうに真(ま)っ直(す)ぐな光が射している。

「あとどれくらい、いっしょに働けるんでしょうか」

「さあ……一年か、二年くらいかもな」

雲に開いた穴は一つではない。ほんの少しずつ間隔をあけて、いくつか。そこから射てから、演技なのかもしれないが、大袈裟なあくびをする。尖った喉仏が肌の下で動く。

「いまさらですけど――」

　本当に、いまさらだけど。

「高校時代に精一さんが留年したとき……江添さん、理由を知ってたからこそ、話しかけて仲良くなったんじゃないですか？」

「あ？」

「助けてやろうとしたんじゃないですか？」

　湾の上をカモメの群れが飛び交っている。

「何でだよ」

「歩きながら、昔のこと思い出してたんです」

　江添はさも面倒くさそうに両手で顔をこすりながら、憶えてねえ、と声を返した。

「俺、記憶力悪いから」

　海風が肌を撫でていく。カモメの群れがこちらに飛んでくる。一羽、また一羽、滑り込むように堤防のへりに着地し、言いつけられたみたいに一列に並んでいく。

「ゆうべの仕事……久々に吉岡といっしょにやったよ」

「そうなんですね」

「ある犬の捜索だったんだけど、俺一人じゃ、どうしようもねえ依頼でさ。吉岡に出張

「お金、もう、送らないでください」

同じことを何度も言ってきたので、返答はわかっていた。江添は小さく唸りながら身を起こし、わたしが予想したのと寸分も違わない表情と仕草で、やはり首を横に振る。その目はわたしを見ようとしない。

「俺のせいで、こんなことになっちまったんだから」

いつも見ようとしない。

「あのとき俺が、通りの反対側で声を上げたりしなきゃ、事故は起きなかったんだから」

違う、責任はわたしにある。すべてはわたしがやったことだ。精一をあの出来事に巻き込んだのも、あの場所に連れていったのも。しかしその言葉を、わたしはこれまでずっと口にできないままでいた。口にしてしまえば、江添はいっそう自分に重い責任を課そうとするから。彼がお金を振り込みつづけている理由も、もともとそこにあるのだろうから。見当違いともいえるやり方で、このうえなく不器用に、しかし懸命に誰かを助けようとする。余計な責任を自分一人で背負い込もうとする。江添はそういう人だから。誰もわたしを罰してくれない。江添も、事情を聞き知った精一の両親も。そうして誰も罰してくれないことが、わたしに与えられた罪名のない罰だった。

「もしかして、誰かいるのか？」

男性という意味なのだろう。わたしは黙ってかぶりを振った。江添は軽く鼻を鳴らした驚いた。

膝から上を倉庫の暗がりに突っ込んで寝ている。横たわっているだけではなく、どうやら完全に眠っているようだ。

「……ん」

しばらく眺めていると、薄目を開けた。

「何してるんですか？」

「ああ……面倒な仕事が朝早くにようやく終わって、事務所に戻ろうとしたんだけどな。途中で雨宿りしてたら、眠ってた」

もう昼に近い。いったいどうやったら何時間もこんな場所で眠れるのだろう。

いや、それだけ大変な仕事だったのかもしれない。「ペット探偵・江添&吉岡」は、いまではかなり名の知れたペット捜索業者だ。この街のみならず、県外からもしばしば依頼が来るし、その依頼が単純なペット捜索の場合もあれば、ときにひどく込み入った内容のものもあると聞く。

「ここ、座ってもいいですか？」

「べつに断ることじゃねえよ」

粗いコンクリートにジーンズの尻を落とし、倉庫の扉に背中をあずける。灰色の湾が正面に広がり、左手には目玉島がぽつんと浮かんでいる。

傘をひろげ、銀行をあとにした。昔を思い出しながら歩く街には、九月の長雨が染み込んでいた。濡れたアスファルトにキンモクセイが黄色い花を落としている。それらの光景はどうしてか現実感がなく、わたしは絵はがきでも捲っていくような心持ちで足を動かした。

自宅には戻らず、漁港のほうへ角を折れる。行く手に海が現れる頃には雨音がまばらになり、やがて目玉島が見えてくると、もう傘は必要なくなった。

島を正面に見ながら坂を下る。漁港には人影もない。コンクリートの凹凸が水溜まりをつくり、汚れた水にしわくちゃのレジ袋が浸かっている。空には雲が一面に広がって、白い花弁が人に踏まれたような、濡れた灰色をしていた。

漁港に入り、左手に並ぶ倉庫に沿って堤防を歩く。この漁港の奥で、かつてのわたしの生徒——いまは卒業して高校の野球部員になった男の子が、一人で投球練習をしているところを見たことがある。倉庫の壁にマットを立てかけ、そこへ向かってボールを投げていたのだが、この天気ではさすがに来ていないだろうか。もしいたら、今日は少し話をしてみたかったのだけど。

そんなことを思いながら歩いていくと、倉庫のひさしの下で、扉が半びらきになっているのが見えた。隙間から、何か汚れたものが飛び出している。それが人間の足だと気づき、わたしは驚いて立ち止まったが、そっと近づいてみると江添の足だったので、ま精一は仔犬を追って走り、歩道の縁石を乗り越えた。右手から急接近する真っ白な光が、その姿を真昼のように浮かび上がらせた。壁に頭でもぶつけたような、あまりに軽い衝撃音。弾き飛ばされた身体はシルエットになって宙を舞い、急ブレーキをかけた車のタイヤが無意味に叫んだ。静止したヘッドライトが地面を照らし、その真ん中に落下した身体は、もうどこも動いていなかった。

即死だったので苦しみはしなかっただろうと、後に聞いた。

（十）

プラスチックでも削っているような印刷音が途切れ、ATMが通帳を吐き出す。

十三年前に自分のものとなった、吉岡利香というフルネーム。それが記された表紙を捲る。一ページずつ時間をさかのぼっていくと、家賃や光熱費や携帯電話料金の引き落としにまじって、ときおり江添からの振り込み記録がある。間隔は一ヶ月だったり、三ヶ月だったり。金額も、三万円だったり、五万円だったり。

あの事故のあと、彼はこうしてわたしにお金を送りつづけている。入金があるたび、どうかやめてほしいと頼んでも、しばらく経つとまた振り込まれている。十三年間ずっと。事故の原因は自分にあるのだからと言って。

知真が眉をひそめる。

「あ、ほんとだ」

江添が手にしているのは、事務所にあった折り畳み式のパイプチェアらしい。

「武器のつもりなら、いいチョイスだと思います」

「どうして？」

「大怪我(おおけが)を負わせないのに向いてるんです。前にプロレスで、ああいうので相手を叩いてるの見たから」

そんなに深い考えがあって選んだわけではないだろう。わたしが曖昧に頷いたとき、通りの向こう側で、江添の顔がこちらを向いた。今度はそのまま動かない。右手にパイプチェアを握り、進化の途中みたいな前傾姿勢で、わたしたちのほうを注視している。江添はパイプチェアを高々と持ち上げると、大声を投げてよこした。相手が無事であったことを知り、素直に嬉しがる声。まるで、何日も行方不明だった友達を、困難を乗り越えてようやく見つけ出したとでもいうような。――わたしたちが合図を返すより早く、仔犬が反応した。素早く江添のほうへ顔を向け、つぎの瞬間には走り出していた。精一が短く叫び、仔犬に繋がったリードが彼の手をすり抜けて一気に遠ざかる。

「馬鹿――」

ふと顔を上げて、驚いた。大通りの向こうに江添の姿があったのだ。こんなところで何をしているのだろう、きょろきょろと周囲を見回しながら、反対側の歩道を歩いてくる。精一もそれに気づいて小さく笑った。

「さっき電話した」

「いつ？」

「利香が建物の中に入っていったとき。俺、恐くて何もできなくて、警察を呼ぶのもまずいと思ったから、あいつに電話して事情を説明した。喧嘩（けんか）してたくせに」

精一は眉を垂れて知真に顔を向ける。

「ね、情けないでしょ」

知真は困り顔で言葉を探す。

「頼れる人がいるのは、いいことだと思います」

「わたしもそう思う」

江添の姿はちょうど街灯に照らされていたが、こちらは暗がりに座っているので、気づいていないようだ。彼の顔はときおりわたしたちのほうを向くのに、視線はそのまま行き過ぎてしまう。右手に持っているのは何だろう。小さなハシゴに四角い板がくっついたような――。

「あれ椅子ですか？」

さっきまでと少し違っている気がした。精一の、少々見当違いともいえる打ち明け話のせいだろうか。それとも、教科担任の夫に会ったり、ペット探偵やブラッドハウンドといった、わかるようなわからないような話をされたせいだろうか。とにかく、違っているというそのこと自体が、とても大事に思えた。彼の視線の先で、名無しの仔犬はもうスニーカーを嗅いでおらず、何かを探すように周囲の地面に鼻をこすりつけている。

「……いま気づいたんだけど、こいつ、もしかしたらヤマモモを探してたのかも」

精一が上体を丸め、仔犬の頭を撫でる。仔犬はぴくっと反応したあと、さも仕方ないといった様子で、その手を受け容れる。

「どういうこと？」

「利香の頼みを聞いてくれたんじゃなくて、どっかにヤマモモがないかと思って、においをたどってたのかも」

「何でよ」

「事務所で江添が美味そうに食べてたから」

なるほど、確かにあり得る。江添の好物を見つけ、持って帰ってやろうと考えていたのかもしれない。

もちろんいまとなっては、もうどちらでもいいのだけど。

「あれ」

「どうしてそんなこと言えるんですか？」

「だって、強いじゃん」

当たり前のことを訊かれたように、精一は笑う。

「あんなおっかない奴らに仕返ししようと思えるのって、すごいよ。俺なんて震えちゃって、足も動かせなければ声も出せなかったもん」

長いこと、知真は黙って精一を見返していた。しかしやがて、すっと右手を持ち上げて相手に差し出した。それを見て精一も自分の片手を持ち上げた。が、知真の右手はそれを避けて精一の胸のあたりを示す。

「……どなたですか？」

「ん？」

「誰なんですか？」

思えば、さっきから何の説明もしていなかった。

わたしはあらためて、精一が自分の結婚相手であることや、高校時代の同級生と二人でペット探偵をはじめたこと、仕事で出会ったブラッドハウンドを事務所で預かっていること、そのブラッドハウンドがヤマモモのにおいをたどってここまで連れてきてくれたことを説明した。少々長いその説明に、知真は「ああ」と頷き、しかし何とつづけていいかわからなかったのだろう、また自分の膝先に視線を落とした。ただ、その目が、あれ、ほんとは病気のせいじゃなくてさ。まあ病気自体はほんとなんだけど、かなり軽いやつで、症状もほとんどなかったんだよね」

どういうことだ。

「俺じつは、学校で不良連中に目をつけられて、お金取られて、蹴られたり殴られたりして……それがつらくて学校に行けなくなっただけ。それで、医者にも親にも嘘ついて、大袈裟（おおげさ）に症状を訴えてた。で、留年」

膝のあいだに置いた両手の親指を、立てたり戻したりしながら、精一は鼻で溜息をつく。

「あの頃、ほんとに自分が嫌だったな。留年が決まったときは、もう死のうって思った。毎日そればっかり考えてた。高台にあるマンションの屋上に立ってみたり、バスに乗って崖まで行ったりもしたし。恐くて、けっきょくいつもそのまま家に帰ってきたけど」

遠い街灯の光が眼鏡に反射し、精一の両目は見えない。でもその顔が微笑（わら）っていることが、やわらかく持ち上がっている頰の様子からわかった。

「でもさ、そのうちなんとかなるもんだよ。俺みたいなやつでも、こうして大人になって、そこそこちゃんと生きてるんだし、きみはなおさら大丈夫だよ」

車が近づき、電柱の影が迫ってくる。それがわたしたちの手前で消えたあと、知真が無感情な声を返す。

　知真のスニーカーを、相変わらず仔犬が嗅いでいる。

「そう簡単に終わらないよ」

　ほかに何を言えばいいのだろう。どんな言葉も、きっと薄っぺらく聞こえてしまう。わたし自身が薄っぺらい存在だからだ。憧れの教師像を追い求め、自分がそうなれないことに不満を抱き、ようやくやってきたチャンスに考えもなく飛びついてしまった。知真の胸にあるものが何なのかを、勝手な解釈で決めつけ、彼が人を殺そうとしていると思い込んだ。当人の胸には、こんなに哀しい決意があったというのに。最後にはなんとかここへたどり着き、ぎりぎりで知真を止めることができたけれど、それだって、たまたまこの仔犬がいてくれたおかげだ。名前のないこの仔犬が、わたしの頼みを理解して、ここへ連れてきてくれたおかげだ。

「じつは俺もさ——」

　ずっと黙っていた精一が唐突に口をひらいた。

「死のうと思ってたんだよね」

　まるで、最近観たテレビ番組のことでも話すように言う。知真がゆっくりと顔を上げ、わたしは上体ごと精一に向き直った。声を咽喉(のど)の先へ押し出すのに何秒もかかった。

「……何それ」

「あ、いや違う違う、ずっと前の話。ほら、高校のとき留年したって言ったでしょ？

るような不良になってやろうと。

――二人が、お母さんを殺したのと同じような奴らだって、わかってはいました。でも、僕だけに嫌なことか哀しいことが起きるのが我慢できなかったんです。悪い人間になって、世の中に仕返ししたかったんです。

ただしそれは、一ヶ月前までのことだった。

その夜、飲み食いするものを手に入れるためコンビニエンスストアに向かっているとき、男たちが知真に、ある自慢話を聞かせたのだという。それは、自分たちがバイクで人を撥ね殺したという話だった。よくよく聞けば、場所も時期も、母親の事故と一致していた。

――それで、不良になるのはやめました。

そのかわり。

――自分ができる一番の仕返しをしようって決めたんです。あいつらに、一生消えない記憶を残してやろうって。

それが、補導された夜のことだった。警察官に飛びついて二人を逃がしたのは、彼らが大麻を持っていたからだという。もし逮捕でもされてしまったら、二人への仕返しを実行できなくなってしまうと考えたらしい。

「僕の人生……もう終わりですね」

―勉強とか将来とか、みんなどうでもよくなって……。

父親が不在の夜、しばしば家を抜け出すようになった。路地裏に連れていかれて金をせびられ、そうしているうちに、先ほどの二人に目をつけられた。路地裏に連れていかれて金をせびられ、そのとき知真は、財布に入っていた一万円札を彼らに渡した。

―欲しいものとかも、もうなくなってたから。

使える奴だと思われたのだろう、知真は男たちに気に入られた。そして、二人がいわゆる根城のように使っていた、この廃工場に連れてこられた。

―そのときは、少し、嬉しかったんです。

そんな彼の気持ちは、わたしにも少しだけ理解できた。世の中が灰色にしか見えないとき、どんなかたちであれ自分を評価してくれる人間がいれば、そこに喜びを感じてしまうものだ。相手が年上であればなおさら。

―タカシって名乗ってたのは？

―路地裏でお金を取られたとき、名前を訊かれて、恐かったから嘘ついたんです。

それから知真は、タカシと名乗ったまま、夜に家を抜け出してはこの廃工場へ来て、男たちと過ごすようになった。金をせびられれば、財布の中から父親にもらった小遣いを出して渡した。そんな知真を二人はいっそう歓迎した。彼らに可愛がられているうちに知真は、自分も二人のような不良になってやろうと思った。人の人生を無茶苦茶にす彼女は視線を下げ、騒動にすっかり怯えきっている仔犬を見下ろした。

――わたしにも六歳の息子がいて、でも、あんまり動物が好きじゃないみたいで。何か飼うのもいいかなとは思うんですけどね、動物とふれあうのは情操教育にいいって聞くし。

江添を思い浮かべ、内心で首をひねっているうちに、彼女もパトカーのほうへ戻っていった。

その後、並んでここに座っているあいだに、知真はすべてを話してくれた。まだ母親が生きていた一年生の頃、生物部の活動で目玉島へ行ったときのこと。植物採集の途中で、たまたま自生しているドクニンジンを見つけたこと。自分の名前の由来になったのがソクラテスだったので、処刑に使われたドクニンジンのことは小学生の頃から知っていたこと。

――見た目とか、毒性とかも、みんな調べて知ってました。でも、大ごとになるのが嫌で、見つけたことは先生にも友達にも言わなかったんです。

その後、春休みに母親が事故で命を落とした。しかしその事故について知真は、不良連中が乗っていたバイクに撥ねられたと聞かされるばかりで、加害者がどこの誰なのかを教えてはもらえなかった。父親に訊いても、わからないと言われ、それが本当なのかどうかも確認のしようがなかった。

——ここで何をされてるんです？

——犬の散歩をしてたんですけど——。

建物の中に人がいたので気になり、裏に回って覗いていたのだと嘘をついた。

——中にいた人たちは？

——このドアから出て、どこかに……。

どこに行ったかはわからないし、人相風体についてもよく見えなかったと話した。そのとき先輩格らしい男性警察官が近づいてきて、彼女から手短に事情を聞いた。彼はドアロから懐中電灯で廃工場の中を照らしたが、たぶんポーズのようなものだったのだろう、すぐにドアを閉じた。

——ここ、紳士服店ができるって聞いてるんですけど、いつになるんだか。こういう場所は不良連中のたまり場になるから、困ったもんです。

それほど困ってもいない様子で言うと、彼は早々にパトカーのほうへ戻っていった。残った女性警察官はそちらを一瞥(いちべつ)したあと、知真に目をやった。訊かれる前にわたしは、自分が中学校教師であり、彼が教え子であることを説明した。

——こんな時間に、教え子と犬の散歩ですか？

——うちの犬が懐いてるので、たまにこうやって。すみません、すぐ家に帰します。

——時間も時間ですし……まあ、そういうのも大事なんでしょうけど。

にぐるりと回り、知真もまたそれを追いかけるように身体をねじった。その身体をわたしが両手で押さえ込み、二人でもつれ合いながら倒れ、水筒の中身はコンクリートの床に流れた。

男の一人が声を上げたのは、そのときのことだ。彼はわたしたちではなく、大通りに面した窓に目を向けていた。そこには人間のものらしいシルエットがあった。シルエットの後ろに停まっているのがパトカーであることを、わたしが見て取ったときにはもう、男たちは動いていた。床に放り出してあったそれぞれの荷物を摑んで駆け出し、わたしも一瞬だけ迷ったあと、知真のシャツを摑んで走った。廃工場には通用口のようなものがあり、男たちはそのドアの鍵を開けて出ていった。わたしも知真を引っ張って飛び出した。飛び出したものの、どうすればいいのかわからなかった。そこは裏のマンションとのあいだにある、あの細長い暗がりで、仔犬を抱いた精一がすぐに駆け寄ってきた。まるで水から上がったばかりのように息を切らし、彼は暗がりの先を指さして何か言おうとしたが、直後、まさにその方向から懐中電灯の光がわたしたちを照らした。

近づいてきたのは、三十代前半に見える女性警察官だった。

彼女は不思議そうな顔をしていた。不法侵入とおぼしき現場を目撃し、急いで確認に来てみると、ありふれた見た目の男女と中学生、そして仔犬が一匹いたのだから無理もない。

（九）

廃工場の駐車場は、歩道よりも一段高くなっている。

そのへりに、わたしたちは座っていた。

ときおり目の前の大通りをヘッドライトが行き過ぎる。手前側の車線を、右から左へ車が走り抜けるたび、道路脇に立つ電柱が影を伸ばした。最初は左に向かって長く伸び、電柱を支点にぐんぐんこちらへ迫ってくるが、わたしたちが腰掛けている場所までは届かず、いつも手前で消えていく。

「あいつらを殺すことも、たぶん、できました」

わたしと精一のあいだに座り、知真は自分の膝先を見つめていた。その足下では、わたしたちをここへ連れてきてくれた仔犬が、しきりに彼のスニーカーを嗅いでいる。

「でも、そんなんじゃなくて……あいつらに……」

言葉は最後までつづかず、知真は空っぽの水筒を両手で握った。

間一髪で、間に合ったのだ。

廃工場の暗がりで知真がドクニンジンの絞り汁を飲もうとしたとき、夢中で伸ばしたわたしの右手が水筒を弾き飛ばした。ストラップに繋がっていた水筒は、彼の首を中心男たちが動きを止めた。

「名前を聞いてもピンとこないかもしれないけど、苗字は飯沼」

知真の顔に感情が浮かぶのを見るのは初めてだった。笑っている。唇を閉じたまま頬を持ち上げ、目を細め、嬉しがるような顔をしている。彼が水筒を自分の口許へ近づけるのと同時に、すっと胸が冷たくなった。

知真の目的を、わたしは勘違いしていたのではないか。

――名前、どんな意味なの？

いまさら思い出す。

――ソクラテスです。

ドクニンジンの茎には特徴的な赤い斑点が散り、それは「ソクラテスの血」と呼ばれている。かの哲学者が死刑宣告を受けた後、自らの命を絶つときに飲んだのがドクニンジンの絞り汁だったからだ。投獄された彼は、仲間に脱獄をすすめられても首を横に振り、自分を糾弾した人々の前で、渡された毒液を飲み干して絶命した。その壮絶な最期は、やがてキリストの磔刑とも重ねられ、ソクラテスという名前は後世まで語り継がれることとなった。

「自分たちが何をしたか、よく見て」

「顔がエロい」

「スカートだし、そのままやれるじゃん」

「写真も撮っとこう」

「あとでめんどくせえしな」

外の大通りをトラックが行き過ぎ、窓が震える。

その音がやんだとき、知真が急に顔を上げた。

「先生……何しに来たの？」

わたしが教師であることを知り、ほんのわずかだが男たちはたじろいだように見えた。

その背後で知真は両手を持ち上げ、首から提げた水筒を摑む。

「せっかく準備したんだから、邪魔しないで」

水筒のキャップを外して床に転がす。いったいどうするというのか。いまこの状況で男たちに水筒の中身を飲ませることなんてできないし、そもそも、そんなことはわたしがさせない。それを止めるためにここへ来たのだ。

知真は水筒を手にしたまま、まるで大きな決意を自分の胸に取り込むように、息を吸う。

その息を、言葉とともに吐き出す。

「僕の名前、ほんとはタカシじゃなくて知真」

この場合、わたしもそうなるのだろうか。自分を落ち着かせたい一心で、わざとそんなことを考えた。断続的に聞こえてくるエンジン音。そのたび窓の向こうをヘッドライトが横切って消える。この時間、外の歩道には人影もない。大声を出したところで、きっと誰の耳にも届かない。いや違う、誰にも知られるわけにはいかないのだ。わたし一人で解決しなければいけない。

「……出ていかねえんだ?」

そのことを面白がるように、男がわたしに一歩近づく。もともと至近距離に立っていたので、Tシャツの胸が眼前に迫った。汗のにおいが鼻に届き、ライターの炎で顎が熱い。

「言っとくけど……俺ら、人殺したことあるよ」

男の後ろで、知真がそっと顔を伏せた。その顔にはどんな表情が浮かんでいたのだろう。自分の人生を変えてしまった悲劇が、まるで切り札のように、最強の武器であるかのように利用されるのを、どんな思いで聞いたのだろう。

「なあ、そいつ俺らとそんな歳変わんなくね?」

もう一人の男が近づいてくる。彼の目と、すぐそばに立つ男の目が、わたしの全身を縦に眺め回す。つづいて聞こえてきた声は、それぞれまったく違う場所から響いてくるにもかかわらず、どちらがどちらのものなのか、何故だかわからなかった。

かったのだ。サッシについた両腕で全身を持ち上げたまま、足がかりを探る。しかし、そんなものがないことは先ほどこの目で見たばかりだ。それでも無意味に両足をばたつかせているうちに、身体がぐらりと前方に傾き、一瞬後には全身が半回転して室内に落下していた。

「お前……何？」

這いつくばって呻いていると、男の一人がライターをつけて近づいてきた。スカートを直し、片足ずつ、なんとか立ち上がる。男の隣に立っている知真に目をやり、努力して冷静な声を出す。

「その子の知り合いです」

薄暗がりに浮かぶお面のように、知真はただわたしに顔を向けていた。ちらつく炎のせいで、その顔つきが一瞬ごとに変わって見え、本当の表情はわからない。首から提げたストラップの先には、銀色の水筒が揺れている。

「あいつになんか用？」

ライターを持った男が、すぐそばまで迫ってくる。落ち着き払った声と、板についた威嚇の態度に、心が急激に怖じけた。

「あいつのほうは用ねえと思うから、出てってくれる？」

「ここはあなたたちの場所じゃないでしょ。不法侵入だと思うけど」

「遠足じゃねえんだから。え、中身なによ？」

「大事な飲み物です」

「タカシお前、まじ変わってるわ」

どうやら知真は二人に対して偽名を使っているらしい。

「どれ、飲ませてみ」

「僕のですから駄目です」

意を決し、窓枠に手をかけた。横に力を加えてみるが、動かない。建て付けが悪くなっているのだろうか。いや、鍵がかかっている。わたしはガラスの割れ目から手を差し入れて鍵を外した。

「やめたほうがいい」

精一の声が震えている。いや、声だけではなく、〝犬〟のリードを握った手も震えている。しかし、いまにも取り返しのつかないことになってしまうかもしれないのだ。わたしは精一の手に自分の手を重ねながら室内に呼びかけた。

「タカシくん」

暗がりの空気がぴたりと止まり、見えない目が一斉にこちらへ向けられるのがわかった。窓を開け、サッシに両手をかけて地面を蹴る。窓から建物に入り込むなど人生で初めての経験で、当然、上手くいかなかった。子供の頃から、鉄棒では前回りさえできなの街灯が射し込んでいるので、顔はまったくわからない。若い男の声。いかにも仲間同士のような、品のない笑いまじりの会話。その声の一つは確かに知真のものだ。彼の口調は敬語で、やはりというべきか、いっしょにいる男たちは年上らしい。

暗がりの一ヶ所がオレンジ色に光る。口許にライターを近づける男の顔は、子供のものではなく、かといって幼さが抜けきっているわけでもない。ライターの炎は周囲をわずかに照らし、そこがほとんど何もない場所であることが見て取れた。かつては機械類が並んでいたのだろうが、撤去されたらしく、ただコンクリートの床だけが広がっている。

人影は、知真を含めて三つ。

割れたガラスの隙間から、嫌なにおいが鼻に届く。煙草ではなく、わたしの知らない何か。しかし記憶に引っかかるものがある。――そうだ、大学時代にサークルで山に行ったとき、先輩の一人が自生のアサを見つけたことがあった。大麻の原料となる植物なので、念のため警察に連絡したのだが、やってきた警察官が雑談の中で話していた。乾燥大麻が燃えると、干し草が腐ったような独特なにおいがするのだという。いま嗅いでいるにおいは、まさにそんなイメージだ。

「なんだお前、小学生みてえだな」

男の一人が笑い、もう一人の笑いもそこに重なる。

精一に言われるまでもなく、そんなことは承知の上だ。そもそも知真はいま、学校で見たあのスニーカーを履いていないかもしれない。しかし、わたしの想像が万が一にも正しかったとすれば、急がなければならない。ドクニンジンから搾り取った汁は、毒性を長く保たせることが難しい。知真がドクニンジンのことを調べていたとすれば、彼もそれを知っているはずだ。

（八）

「この犬……天才かも」

たどり着いたのは、細長い暗がりだった。

街の北東部、大通り沿いに建つ廃工場の裏。背中合わせになったマンションとの隙間。

この廃工場は大通りを歩くたび目にするが、掲げられていた社名はもう思い出せない。一年ほど前に看板が外され、出入りする人がいないまま現在まで放置されている。駐車場にはコンクリートの隙間からカタバミやセイタカアワダチソウが生え、建物の壁にはヤブガラシがへばりつき、いかにも廃工場然とした廃工場になっていた。

割れた曇りガラスの隙間から、そっと中を覗く。

人影がある。天井の明かりはもちろんついておらず、そのうえ反対側の窓から大通り島へ行ってもらったのだ。あの場所に生えていたのが本当にドクニンジンだったかどうかを確認してもらうために。もともと植物採集サークルにいたので、野草の同定に関しては信頼できた。

「家にいないとなると——」

耳の下を掻きながら、精一が〝犬〟を見下ろす。

「やっぱり、こいつに頼む？」

この仔犬を事務所から連れ出すのはひと苦労だった。首輪にリードを繋ぐまではよかったが、精一が抱き上げて事務所のドアを出ようとした途端、猛烈に暴れたのだ。ひょっとして、またあの島に連れていかれるとでも思ったのだろうか、四肢をばたつかせ、江添のほうを見て訴えるように甲高く鳴いた。いっぽうの江添は、それに気づいてもいないようにソファーから立ち上がり、奥の部屋に入ってドアを閉めてしまった。いよいよ慌てふためく仔犬をなんとかなだめ、観念させて事務所のビルを出るのに二十分もかかった。

「上手くいくかどうか、わからないけど……」

ハンドバッグからビニール袋を取り出す。中に入っているのは、江添が食べ残したヤマモモだ。赤いはずの実は、暗がりで真っ黒に見える。

「においの追跡って、訓練を受けた犬じゃないと難しいんじゃないかな」

今日、知真の言葉を聞いた。

――ただ生きてても、意味がないから。

そのあと、誰かに使われた形跡のある圧搾器を見た。

先月、深夜に街で補導されたとき、知真は複数の人間といっしょにいたという。彼らはその場から逃げ出し、警察官は追いかけようとしたが、知真が飛びついてそれを邪魔した。

そのとき逃げた人影は、二つだったのではないか。知真が二人を逃がしたのは、自分との関係を警察に知られないためだったのではないか。もし関係を把握されてしまったら、計画を実行したとき、自分が犯人として疑われてしまうから。

昨日、目玉島で知真はスコップを持っていた。わざわざ用意していたということは、あの島に自生しているドクニンジンの存在を、以前から知っていたのだろう。もしかしたら、一年生のときに所属していた生物部の活動で、前任の教師に連れられて目玉島へ行ったときに見つけていたのかもしれない。知真がゴムボートで去ったあと、彼がいた場所で地面が乱れていたのは、ドクニンジンを根こそぎ掘り出して土を均した跡だったのではないか。

もちろん、すべてはわたしの勘違いである可能性もあるし、そうであってくれるのが一番いい。しかし、とにかく確かめずにはいられなかった。だから精一に連絡し、目玉

「その、飯沼くん？　さっき利香が言ってた不良たちと、いっしょにいるのかな」

「かもしれない。わからない」

ここへ来る道々、知真の事情はすべて説明してあった。一年数ヶ月前の母親の死。先月の補導。理科室の圧搾器に、使われた跡があったことも。

「でも利香、よく花と葉っぱだけで、あれがドクニンジンだってわかったね」

「最初は、似てると思っただけ」

目玉島で知真がいた場所。そこだけ雑草がなく、土が乱れていた。そばにセリ科の草が生え、その白い花や葉の様子が、以前に図鑑で見たドクニンジンとひどく似ている気がしたのだ。植物全体に毒性アルカロイドを含む野草。コニインと呼ばれる強烈な神経毒を持ち、植物体を圧搾すると、その絞り汁は非常に危険な致死性の毒液となる。ドクニンジンはもともとヨーロッパ原産で、日本に広く帰化している植物ではない。北海道などではときおり見られるし、誤って口にした地元の人が食中毒になった例もあるが、それ以外の地域ではかなり珍しい。

昨日、菅谷ペットクリニックからアパートに戻ったあと、わたしは部屋の図鑑を捲（めく）ってみた。掲載された写真を眺めれば眺めるほど、やはり似ていた。もちろんそのときはまだ、植物に対する純粋な興味から調べていただけのことだった――しかし。

――正しいことをしてるつもりです。

ていたとおりなら、なるべく早く本人と話そうと決めていたのだ。が、かけてみると、コール音が一回鳴っただけで留守番電話に切り替わってしまう。わたしは携帯電話をハンドバッグに仕舞い、ソファーでふてくされている江添を振り返った。

「その犬、ほんとに魔法の鼻を持ってるんですか?」

（七）

住所をたよりに、飯沼知真の自宅を訪ねた。

事務所から、バスで停留所二つぶん南西へ向かったあたり。高台に並ぶ瀟洒（しょうしゃ）な住宅地から少し離れた場所に、その家はぽつんと建っていた。斜面を背にし、正面の湾岸通りでは、ときおり高速で車が行き来している。知真の母親がバイクに撥ねられたのは、この道だ。

「いないみたいだね」

精一の言葉に頷き、門の向こうを覗く。家の明かりは完全に消えていて、どの窓も真っ暗だ。ガレージに車はなく、片側の壁際に、大小の箱や荷物のようなものが乱雑に積み上げられているのだけが見えた。わたしたちの足下では、名前のない仔犬がしきりに地面を嗅いでいる。

「言ったよ」

「聞いてねえよ。もっとでかい声で言えよ」

「今日の夜、事務所の宣伝方法でも考えながらゆっくり食べようと思ってたのに――」

そのあと二人は、片方は肩を怒らせ、片方は寝そべったまま、とても大人の口論とは思えないような言い合いをつづけた。食べ物が原因だったせいで、互いに相手の体型を揶揄(やゆ)する言葉もまじっていた。男の人というのはみんなこうなのだろうか。だとすると、男ばかりの会社が存在することが奇跡のように思える。

「悪かったよ、もう食わねえよ」

最後にはそう言って、江添はヤマモモがいくつか残った皿をローテーブルの端に押しやった。たぶんわざとなのだろうが、まるで汚いものでも遠ざけるような仕草で。それを見て精一はさらに何か言いかけたが、けっきょくやめ、古タイヤから空気が抜けていくような溜息をついた。

「あの……例の件、どうだった？」

訊くと、やっと思い出してわたしに向き直る。

「驚いたよ、利香の言ったとおりだった」

それを聞き、わたしはすぐに携帯電話を取り出した。知真の自宅の電話番号は、学校を出る前に調べてあった。目玉島で精一が確認してきてくれたことが、もし自分の考え

「はい」

「それしか知らねえ」

鼻息とともに、飲みかけのビール缶をぱきっと鳴らす。腹の上で、〝犬〟が寝ながら耳を持ち上げる。垂れ耳なので、それでも半分以上はぺったりと頭の脇についたままだ。

そのとき、階段を上る足音が近づいてきた。玄関のドアがひらいた瞬間、仔犬がぴくんと立ち上がって身構えた。足先が腹に食い込んだのか、江添が苦しそうな顔をする。事務所に入ってきた精一は、わたしを見て丸い頰を持ち上げた。

「ボートハウスに行ったら、営業時間が終了ぎりぎりでさ、すぐ返しますって言って、なんとか手漕ぎボート借りたんだけど、すぐ返さなかったから怒られた」

「ごめんね、せっかくの休みなのに」

「いやいや——」

江添を見て、すっと真顔になる。

「お前、それ、食べないでくれって言ったじゃんか」

「あ？」

江添は食べようとしていたヤマモモの実を口から離す。精一は目のまわりを赤くして彼に近づき、江添の腹の上で〝犬〟が身体を強張らせた。

「言ったか？」

「んで、何しに行かせたんだ？」

「わたしの仕事関係です」

校門で知真が歩き去ったあと、わたしは理科室に戻った。顕微鏡が仕舞ってあるキャビネットを開け、調節ねじの状態を一つ一つ確かめ、それを終えると、明日の草木染めで使う圧搾器を別のキャビネットから取り出し――手を止めた。

圧搾器が、何かの液体で濡れていることに気づいたからだ。

不吉なもので、急に身体(からだ)中がいっぱいになった。わたしはすぐさま職員室に戻ってハンドバッグを掴み、そのまま部屋を出て階段をてっぺんまで上った。携帯電話を使っていいのは職員室の中だけというきまりがあるが、ほかの教師に会話を聞かれたくなかった。屋上でバッグから携帯電話を出し、わたしは精一に連絡した。彼が今日、事務所を開設してから初めての休日をとっていることはわかっていたが、ほかに頼める人などいなかった。

――お願いがあるんだけど。

目玉島で知真がいた場所。まるで何かを埋めたように土が乱れていた場所。そこで、どうしても確認してもらいたいことがあったのだ。

「江添さん……ソクラテスのこと、何か知らないですか？」

「哲学の父」

「明日にでも振り込むってよ。しかも、こいつの世話代も込みで、多めに。高い金出して犬を買ったり、また金出して人にやったり、金持ちの考えることはわからねえ」

金持ちばかりか、どんな人間の気持ちもわかっていないのではないか。江添がさっきからぱくぱく食べている赤い実を眺めながらわたしは思った。

「ぜんぶ食べないでくださいね」

皿に盛ってあるのは、わたしが目玉島で摘んできたヤマモモの実だ。精一が気に入ったようなので、疲れたときに食べてくれと、ビニール袋のまま残りを渡した。こんなに堂々と口に放り込んでいるということは、もちろん精一の許可があってのことなのだろうが。

「これ美味(うま)いな。何てった？」

「ヤマモモです」

「吉岡に、ついでに採ってきてくれって頼めばよかったよ。あいつ、せっかくあんたの命令で目玉島に行ったのに」

「命令なんてしてません」

夕刻、精一はわたしの頼みで目玉島へ行ってくれたのだ。もう用事を終えてボートを返し、ここへ向かっている頃だろうか。ずいぶん遅いので、自分で頼み事をしておきながら心配だった。

（六）

八時前にようやく仕事を終え、「ペット探偵・江添＆吉岡」の事務所へ向かった。精一はおらず、いたのは江添とルーク——いや、もうルークではない。

「その子、ほんとに飼うんですか？」

「引取先が見つかるまで預かるだけだ。だよな、〝犬〟？」

江添は相変わらずよれよれのTシャツとジーンズ姿で、ソファーにだらしなく寝そべって缶ビールを飲んでいる。腹の上には、ほんの数日間だけルークという名を与えられ、いまは〝犬〟となったブラッドハウンドの仔犬がのっかっていた。安心しきった様子で、江添に抱きつくような格好で眠っている。

「捜索代は、きちんと払ってもらえそうなんですか？」

わたしが座っているのは奥の作業スペースだった。事務所は二間つづきで、ソファーや簡易キッチンがある部屋を抜けると、デスクが二つ置かれたこのスペースがある。ソファーでは江添が寝そべっていたし、寝そべっていなくても隣同士で座るのは変なので、奥まで来て精一の事務用チェアに腰掛けた。事務用チェアといっても、折り畳み式のパイプチェアだ。リサイクルショップで、二つで千円だったらしい。

校門のそばで追いついた。わたしたち教師にも上履きというものがあり、本当はそれを履いたまま校舎を出てはいけないことになっている。敢えてそのきまりを破ったのは、それが自分の抱いてきた〝先生〟のイメージだったからだ。

「ずっと前からやめてます」

「不良になっちゃった感じ？」

少し迷ったが、思い切ってつづけた。

「そういう人には、なりたくないはずじゃないの？」

新聞先生の話を聞いたときから、胸にあった思いだった。知真の母親は、勉強も仕事もせず遊び回っていた若者のバイクに撥ねられ、命を落としたのだという。そのことで知真は自暴自棄になり、勉強することをやめ、夜の街を出歩いて補導された。つまり、母親の命を奪ったのと同じ、いわゆる不良に、彼はなろうとしているのだ。

立ち止まった知真の肩に、ぐっと力がこもった。しかし、まるで首の上と下が別々の生き物であるかのように、聞こえてきた声は先ほどまでと変わらない。

「正しいことをしてるつもりです」

箇条書きの文章でも読むようなその声を、わたしは十三年経ったいまでも鮮明に憶えている。

「ただ生きてても、意味がないから」

に一つだけと、わたしは思いついたことを訊いてみた。

「名前、どんな意味なの？」

すると急に、知真が動きを止めた。

「ソクラテスです」

「うん？」

くるりと首だけを回し、初めてわたしに目を向ける。

「ムチノチです」

数秒考えてから「無知の知」だと気づいた。大学の教養科目で教わった憶えがある。自分が何も知らないということを自覚する……みたいな意味だっただろうか。自分が無知であることに気づかないかぎり真の知は得られない、というような。

「名前はお母さんがつけました。勉強していつか偉い人間になっても、得意にならないで、本当に大事なものを追い求めてほしいっていう意味で。お母さんは哲学の本をつくったことがあるんです。書いたわけじゃないけど、つくったって。父に言われて専業主婦になる前は、そういう本を出す会社で働いてたので」

母親は「お母さん」で、父親は「父」。その呼び分けは、どんな思いによるものなのだろう。考えているあいだにも、知真はわたしに背中を向け、校門のほうへ歩いていく。

「せっかくそんな名前をもらったのに、飯沼くん、勉強するのやめちゃったの？」

うものがわからなかった。

「だから、家にいろいろあるんです。ボートとかも。お金がいいから」

得意気でもなければ、自嘲する感じでもない。まるで赤の他人のことでも話しているような物言いだった。なるほど、これは新間先生が手を焼くのもわかる。

そのまま階段を下り、昇降口に出た。下駄箱から知真が取り出したスニーカーには、赤黒い斑点がついている。昨日のヤマモモだろうか。白いメッシュ部分に、すっかり染み込んでいるようだ。植物の汁は、こうなってしまうと洗い落とすのが難しい。高価い スニーカーなのに、もったいないことだ。——と、どうして値段を知っていたかというと、精一といっしょに買い物に出かけたとき、彼が買おうとしてあきらめたのと同じ靴だったからだ。

「この字でカズマって、珍しいよね」

下駄箱に貼られたプレートには、生徒がそれぞれ自分の名前をマジックで書き込むことになっている。テストの採点をしているときにいつも思うが、知真の字は大人びていて、とても上手い。

「そんなに珍しくもないと思います」

機械のような、妙に無駄のない動きで知真は靴を履き替える。ここまであからさまな無関心を向けられると、さすがにこたえた。適当な話題ももう見つからず、しかし最後

「なんとなく来ただけです」

言いながら、知真はわたしの脇を抜けていく。

「飯沼くんって、一年生のとき生物部だったんだよね」

新間先生に頼まれたことを実行するチャンスが、早くもやってきたようだ。顕微鏡の準備は後回しにし、わたしは知真に追いついて隣を歩いた。

「理科の成績いいし、高校でもそういう部活に入ったらいいんじゃない？」

「高校なんて、行くかわかりません」

「何でよ」

答えず、知真は階段に向かって廊下を進んでいく。肩が動かない独特の歩き方で、その肩から下がった鞄も、ほとんど揺れていない。

「昨日、あんなところで何してたの？　ほら島で」

「べつに、なんとなく行ってみただけです」

言い方からすると、どうやらわたしに気づいていながら無視をしたらしい。

「乗ってたゴムボートって、お家の？」

頷きはしたが、顔は向けない。

「お父さん、お医者さんなんだってね」

少々しつこく話しかけすぎているだろうか。なにぶん初めての挑戦なので、加減といりが経ち、ようやく完成させた頃には職員室の時計が六時を指していた。さて、つぎは何だったか。明日の一時間目には、一年生に花の構造を教える。校庭の植え込みに咲いているアサガオを摘み、それを班ごとにピンセットで解剖させ、それぞれのパーツを顕微鏡で——と、そこまで考えて思い出した。

先週の金曜日に別の授業で顕微鏡を使ったとき、調節ねじが動かなくなってしまっているものが二台あったのだ。今日のうちに直すか、別の顕微鏡を準備しておく必要がある。それと、そうだ、明日の放課後は生物部で草木染めを試すことになっていた。花の汁をしぼる圧搾器がきちんと動くかどうかも見ておかなければ。

模造紙を丸めて輪ゴムで留め、職員室を出た。そのまま二階へと階段を上り、理科室に入ろうとしたら、手をかけようとしたスライドドアが勝手に開いた。

「……あれ」

目の前に立っているのは飯沼知真だった。

ドアに手をかけたままぴたりと静止し、視線を合わせない。

「何してたの?」

薬品が入ったキャビネットなどは施錠してあるので、生徒は自由に出入りできることになっている。しかし、生物部の活動以外で、放課後に誰かが理科室へ来ることはほとんどなかった。小柄な彼の頭ごしに、それとなく室内を見てみるが、誰もいない。

「わたしですか?」

「歳も、近いというほどじゃないけど近いし、自分が好きな教科の先生なら、ちょっとは違うかもしれないから」

ほかの先生から頼み事をされるなんて、初めてのことだ。

「真鍋先生は、生物部の顧問ですよね?」

「はい」

「飯沼、一年生のとき生物部だったんですよ。お母さんの事故があってから、やめちゃったんですけど」

(五)

ホームルームのあと、さっそく飯沼知真のクラスに足を向けてみた。廊下には鞄(かばん)を持った生徒たちがあふれ、そのあいだを縫いながら彼の顔を探すが、見つからない。教室まで行って中を覗いてみても、新間先生のほかに数人の生徒が残っているだけで、知真はいなかった。

仕方なく職員室に戻り、放課後の仕事に取りかかった。「オームの法則」の説明図をつくるため、まずは作業台に模造紙を広げる。しかしなかなか上手くできず、時間ばか

「飯沼のお父さんが働いてる救急病院に運ばれたんですけど、手遅れだったようで」

「お父さん、お医者さんなんですか？」

「ええ、救急医で……だから、なかなか家にいられないんでしょうな」

それもあって、知真は夜に出歩くようになったのだろうか。

「こういうことに上手いこと対処できるような教師じゃなきゃいけないんでしょうけど、難しいもんで。理科は別として、成績がもうかなりまずいところまで下がってしまってるから、進路のこともあるし、さすがに何度か話をしてはみたんですけどね。いまんとこ、まったく心をひらいてくれないままです」

新間先生は臙脂色のネクタイを撫で、もっと年をとった人が見せるような、疲れた笑いを浮かべた。

「飯沼くんのお父さんは、何て言ってるんですか？」

「家では、ほとんど口を利かずに部屋に閉じこもって、きちんと話ができないそうです。一年生のときの三者面談では、父親みたいに医者になるんだなんて言って、隣でお父さんも嬉しそうにしてたんですけど」

職員室の方々で椅子が鳴り、新間先生が腕を水平に持ち上げて時計を覗く。いつのまにか五時間目の授業に向かわなければいけない時間になっていた。

「真鍋先生、チャンスがあったら、話しかけてみてくれませんかね」

「飯沼くん、悪い人たちと付き合ってる感じなんですか？」

「まあ、どういう連中だかはわからんのですがね」

深夜の街で警察官が彼らを目に留めたとき、いっしょにいた複数の人影は一斉に逃げていったらしい。警察官はすぐさま追いかけたが、知真がそこへ飛びついて邪魔をし、けっきょく彼だけが捕まった。

「もちろん私も本人に訊いてはみたんですけど、いっしょにいたのが誰だったのか、頑（かたく）なに言わんのですよ。うちの生徒なのか、そうじゃないのかもわからなくて。あの子には、少々難しい問題があるもんでねえ、私も上手く指導できなくて」

「問題って何です？」

「それがさっき言った、〝いろいろあって〟ってやつで」

二年生になる前の春休みに、母親を亡くしたのだという。

「交通事故で、二人乗りのオートバイに撥（は）ねられたんです。運転してたのも後ろに乗ってたのも、まだ十六歳の若者で……この学校の卒業生じゃあないんですが、中学を終えたあと高校に進学せず、夜な夜な遊んでいたみたいです。それで、オートバイを乗り回してたら、湾岸通りで、横断歩道を渡ってた飯沼のお母さんを撥ねてしまって」

そのニュースなら憶えている。ちょうど翌年度から教師になろうとしていたときだったので、ひどく印象深かった。

「はい？」

「いえ、いまの言い方というか……」

「いやいや、まあね」

誤魔化すような素振りを見せたあと、新間先生はちらっと周囲に目をやってから、補導ですと囁いた。

「先月、夜中に街なかで警察官に声をかけられて、親と学校に連絡があったんですよ。学校に連絡が来たのは翌日のことですけどね。まあ酒や煙草をやってたわけでもないようだし、念のための連絡という感じで。何ですか、いわゆる不良連中といっしょにいたようで」

「そんなふうには見えないですけど」

言ったあと、失敗したと思った。新人教員としてこの学校に採用されて以来、少しでも知った風な口を利くと、これ見よがしの鼻息や含み笑いが返ってくる。十七人いる教師すべてがそうではないけれど、ほとんど全員と言ってもいい。結婚の報告をしてからは、それがいっそうひどくなった気がする。

しかし新間先生は、「ねえ」と溜息まじりの声を洩らし、首を縦に揺らした。

「三年生の学年会議では話し合ったんですが、全体の職員会議では持ち出さないように教頭から言われましてね。いやべつに、秘密というわけでもないんだけど」

（四）

「飯沼はねえ、一年生の三学期まで成績優秀だったんですよ」

給食後の昼休み、職員室で新間先生と話した。目玉島で見かけた飯沼知真の担任で、四十代後半のベテラン英語教師。頬がひどくこけていて、生徒のあいだでは「骸骨」と「ニュースペーパー」という二つのあだ名で呼ばれている。

「学力テストでは、県でも上位でした。二年生からはまあ、いろいろあって、成績が落ちてしまったんですけど」

「理科がいつも満点だから、ほかもできるんだと思ってました」

理科の成績はわたしがつけるので、もちろん出来は把握している。しかし成績表となると、担任しているクラスのもの以外、見ることはない。理科に関して言えば、飯沼知真はいつも5だった。これまでテストで一問も間違えたことがなく、文章で解答する問題では、わたしが知らない知識が書き込まれていたことさえある。

「そう、理科はね。好きなんでしょうな。――飯沼、なんかしましたか？」

探るように、わたしの顔を覗く。

「昨日たまたま見かけたので、なんとなく。え、何かしそうな子なんですか？」

だから新しい環境に慣れさせるのがえらく大変なんだ。なのにあんたらは生後三ヶ月の仔犬と出会えた。しかも、あんなに賢くて素直な仔犬と。自分たちがどれだけ幸運なのかわかってんのか？」

わか、という夫の声を江添は遮った。

「わかってねえ。あんたらが自分たちの幸運を理解できてるはずがねえ。だから後先も考えずに浮気相手の名前をつけたり、それを知って島に捨てに行ったり、思い直して連れ戻させたりできるんだろうが。そんな奴(やつ)らに犬を名付ける資格なんて端(はな)からねえ。あんたらが心を入れ替えるまで、あいつは〝犬〟だ。賢くて素直で可愛い〝犬〟だ。名付けるどころか、犬を飼う資格だって、いまのあんたらにはねえ。あんなに貴重な、可愛い仔犬……俺が連れて帰りてえくらいだ」

夫婦はじっと黙り込んでいた。しかし数十秒も経つと、無言の同意に達したらしく、二人いっしょに顔を上げた。言葉も交わさず意見を一致させたのだから、案外この夫婦はこれから上手くやっていけるのではないか。夫の声を聞きながら、わたしはそんなことを思った。

「……差し上げましょうか？」

教えて連れ戻させただろうが」

今朝ほど夫が精一に電話で伝えた、知り合いの漁師云々という話は、もちろん嘘だったのだろう。忌々しい名前の犬を、こっそり島に捨ててきたはいいが、妻が予想以上に取り乱してしまった。そこで仕方なく犬を連れ戻させることにし、あの電話で居場所を教えた。名前については、上手いこと理由をつけて変えればいいと思った。そんなところに違いない。

「どうして……そんなひどいこと」

「ひどいのはどっちだ」

「あなた人間じゃない！」

「お前のほうが動物的だ！」

ばん、と大きな音がした。江添がカウンターに右手を叩きつけたのだ。彼はそのまま「わんにゃんカード」を引き寄せ、妻の手からボールペンを引ったくると、ペットの名前を記入すべき空欄に「犬」と書きつけた。

「あんたら……どれだけ運がいいと思ってんだ」

声が怒りで震えている。

「ブラッドハウンドは希少犬種だ……日本では繁殖さえされてねえ……海外から輸入で手に入れようとしても、入ってくる犬はたいてい生後一年かそのくらい経っちまってる。

「あの……皆様のペットちゃんたちが驚きますから」

カウンターの向こうで受付の女性が囁く。すみません、と何故か精一が頭を下げ、「わんにゃんカード」をおずおずと指さしながら夫婦を振り返った。

「名前の欄、とりあえず……」

「あなたがルークを誘拐したの？」

妻がうつむいたまま唇を動かすと、精一は目をみはり、痙攣するようにかぶりを振った。が、もちろん訊いた相手は精一ではない。彼女は顔を上げ、真っ赤な目で夫を睨みつけた。

「あなたがルークを島に捨てたの？」

じつのところ、わたしも同じことを考えていた。

夫は妻の携帯電話を盗み見て、ルークという外国人との浮気を知った。のみならず、自分たち夫婦が飼いはじめた犬に、あろうことか浮気相手の名前をつけていたことを知ってしまった。怒りか嫉妬か両方か、彼は二日前の夕刻、妻がキッチンで料理をしているときに仕事先からこっそり家へ戻り、リビングで眠っていた犬を窓から連れ出すと、目玉島まで捨てに行った。精一と江添に捜索を依頼したのは、自分も心配しているふりをするためで、二人がルークを見つけられるはずがないと確信してのことだった。

「お前があんまり泣き止まないから……ちゃんとこうやって今日、この人たちに場所を

「え……何なの」

つぎの瞬間、驚くべきことが起きた。夫が突然、こ、こ、こ、と言ってから大声を上げたのだ。

「こっちの台詞(せりふ)だ！」

アナクロニズムな言葉を投げつけたあと、夫は取り憑(つ)かれたように喚(わめ)きはじめた。もともと知的な人なのか、喚いているにもかかわらず言葉は一つ一つしっかりと聞き取れ、またそれらの繋(つな)げ方も過剰なほどに理路整然としていて、わたしたちはものの一分ほどで、妻が夫に隠れて浮気をしていたことや、相手がルークという外国人であることや、夫がそれを三日前に知ったことを把握した。

「あたしそんなこと――」

「じゃあ、何時にどこどことか、さっきはアメイジングだったとか、あれは何だ！」

「そん……え、まさか携帯見たの？」

「お前がもう同じこと繰り返さないって言うから俺は――」

ここでようやく彼は、わたしたちがそばにいることを思い出した。いや、わたしたち以外にも、待ち合いにはペットを連れてきた人々が五人ほどいた。長椅子に座り、みんな目を丸くしてこちらを見ている。それぞれの足下にあるケージの中では、犬や猫がそろって耳を立てていた。

ちょうど手の空いている獣医がいたらしく、たったいまルークは奥の診察室に連れていかれたところだ。

「こちら、ご記入お願いできますか？」

受付の女性が、カウンターにボールペンと一枚のカードを置く。診察券のようなものだろうか、「わんにゃんカード」と書かれた名刺サイズの紙だ。埋めるべき空欄は四つ。飼い主の氏名、電話番号、ペットの種類、そしてペットの名前。

「あたし、書く」

まだ興奮が覚めやらない顔で、妻がボールペンを手にした。上から順番に、子供みたいな丸文字で空欄を埋めていく。しかし、最初の三つを書き終えたところで、いままで黙り込んでいた夫が横からカードに手をかぶせた。

「名前を変えよう」

全員、ぽかんと夫の顔を見た。

「名前が嫌で、あいつ家から逃げ出したのかもしれないし」

「名前が嫌で逃げるなんて……そんなのあるわけないでしょ」

「あるかもしれない。同じことが起きないように、念のためぜんぶ変えよう。名前とかぜんぶ」

妻の両目に素早く何かが走り、ついで顔全体が硬直した。

漁港のボートハウスに戻ってからのことだった。精一からの電話を受けた依頼主の妻は、そばにいたわたしに聞こえるほどのボリュームで歓喜の声を上げた。

——では、これからすぐにお宅まで伺いますね。

初仕事成功の満足感に満ちた顔で、精一はそう言ったが、まずは動物病院に連れていったほうがいいのではないかとわたしは提案した。差し出がましいとは思いつつ、心配だったのだ。ルークはずっと江添の腕の中で震えつづけていたので、どんな状態なのかはよくわからない。しかし、なにしろあの島で長い時間を過ごしたのだ。ひと晩か、もしかしたらふた晩。体調が気になるし、病気をもらっている可能性だってある。

依頼主の夫婦とは、この菅谷ペットクリニックで落ち合うことになった。漁港に停(と)めてあった精一の軽自動車に乗り込み、わたしたちがここへやってくると、夫婦の白いBMWがすでに駐車場で待っていた。

戻ってきた飼い犬を見るなり、妻が顔をくしゃくしゃにしながら車を飛び出した。そのまま両手を差し伸べて近寄ってきたが、ルークのほうはそれに驚いて江添の胸に抱きついた。まるで知らない人間に近づかれたような驚き方だったが、まだ飼われて間もないので、飼い主のことをちゃんと憶(おぼ)えていなかったのだろうか。

——じゃ、ま、とりあえず中に。

精一が気遣わしげな声をかけ、五人で建物に入った。一階の受付で事情を説明すると、トル弱くらいだろうか——まるで何かを埋めたように、乱れた黒土だけが見えている。そばにはセリ科の植物が葉を広げ、細かな白い花を咲かせていた。

（三）

午後、わたしたちは「菅谷ペットクリニック」の受付にいた。

街の北東部にある二階建ての動物病院だ。

行方不明のルークは、あれから江添が無事に確保した。わたしと精一がヤマモモを食べながら待機しているところへ、彼がルークを胸に抱いて現れたのだ。島に到着してから一時間ほど後のことだった。

江添によると、ルークがいたのは島の北側、彼が最初に見当をつけたあたりだった。大きな倒木の陰に、怯えきった様子で隠れていたという。発見するまでにかかった時間は三十分ほどだったが、江添が近づいていくと、ルークは驚いて逃げようとした。まずは落ち着かせる必要があり、それにもう三十分かかったらしい。そう話す江添の全身は、ほとんど隙間もなく土と落ち葉にまみれていたが、どうやってルークを落ち着かせたのかは知らない。

目玉島は携帯電話の電波が入らなかったので、依頼主にルーク発見の報を入れたのは、う感触が伝わってくるだけで、音は耳に届かない。やがて島の反対側まで行き着くと、目の前に真っ白な海が広がり、光が錐のように目を刺した。

手びさしをして左右を見る。わたしたちが上陸した側と同じように、こちらにも砂地が広がっている。左手の一ヶ所に、楕円形の黄色いものがあるが、あれは浮き輪だろうか。いや、ゴムボートだ。眩しさのせいで距離感が上手く摑めない。

そのとき、ボートのそばの茂みから中学生が現れた。Tシャツにハーフパンツ。背中にはリュックサック。中学生だとわかったのは、わたしの学校の生徒だったからだ。三年生の飯沼知真。理科のテストがいつも満点なので、フルネームをすぐに思い出せる。こんな場所で何をしているのだろう。

立ち止まったまま眺めていると、彼はゴムボートの中へ銀色のものを放り込んだ。一瞬しか見えなかったが、どうも小ぶりのスコップのようだ。

「飯沼くん」

声をかけたが、知真はボートを押し出して乗り込んでしまう。聞こえなかったのか、聞こえていながら無視をしたのか。彼はそのまま慣れない動きでオールを回し、少しずつ遠ざかっていき、やがて島のへりを回り込んで消えてしまった。

わたしは木々の中へ戻り、知真がいたと思われるあたりに足を向けてみた。するとすぐに、地面の一部に視線が吸い寄せられた。そこだけ雑草が生えていない。直径一メーへ行くときは、いつもこうして袋を持参している。木の実だけでなく、アシタバやキュウリグサ、オカヒジキやスベリヒユ。どんな季節も、たいてい食べられる植物が見つかる。

この島に生徒たちを連れてきたら、思った以上に有意義な時間が過ごせそうだ。生物部の活動だけでなく、いつか理科の課外授業などもできないだろうか。植物についての説明をしながら、食べられる実や草を教える。集めた食材を、家庭科室のキッチンで料理してみせるのもいい。もしそんなことができれば、わたしを見る生徒たちの目も少しは変わってくれるかもしれない。

空想の生徒たちといっしょに、わたしはヤマモモを摘んだ。果実は指先で少しふれるだけで、枝先からぽろりと手のひらに転がった。饐えたにおいが立ちこめているのは、地面に落ちている実のせいだ。こんなにおいひとつからでも、発酵の仕組みや、お酒のつくり方などを教えてやれるだろう。下草のあいだに目をやると、潰れて真っ赤なジャムのようになってしまったものもある。そこにたかっていたオオクロバエが、わたしの気配を感じて迷惑そうに飛んでいく。地面に顔を近づけると、潰れた実は明らかに、靴によって踏まれたものだった。漏れ出た赤い汁は、まだ乾いていない。

やはり、たったいまここに人がいたのだろうか。

身を起こし、木々の奥へ進んでみる。スニーカーの下で小枝が折れたが、ぽきりといまのは、茂みが動いたことにわたしが先に気づいたものだから、悔しくてあんなことを言っただけではないのか。江添が〝超能力のようなもの〟を手に入れた経緯を、精一は本人から聞き知っているが、わたしは知らない。精一に訊ねても、本人に話してもらったほうが面白いと言われ、けっきょくそのままにしてある。

「どこに隠れてるかはわかんねえけど……いることはいるな」

江添の言葉に、精一が拳を握る。もうルークが見つかったような顔で。

「じゃ俺、捜してくるわ。吉岡はここで待っててくれ。びびらせるとまずいから」

わたしには何も言わず、江添は立ち上がって右手奥のほうへ歩いていく。下草を踏み分けながら進み、痩せたその背中はすぐに木々にまぎれて消えた。

「あたし、さっきのが気になるから見てくる」

精一もついてきてくれるかと思ったら、きちんと江添の言いつけを守ってその場に残った。わたしは仕方なく一人で、先ほど茂みが動いた正面左手のほうへ向かった。

枝葉の下に入ると、暑さが少しやわらいだ。樹冠に濾された光が下草をまだらに染めている。ぱっと確認できる樹種は、モチノキ、ヤマモモ、マテバシイ、クロマツ。街の樹林と比べ、やはり潮風に強いものが生えている。ヤマモモの赤い実は大半が地面に落ちていたが、まだ枝に残っているものは、熟しきって美味しそうだ。

ヤマモモの下で足を止め、デイパックからビニール袋を取り出した。植物の多い場所いても、よほど近づかなければわからないだろう。もし相手がじっとしていたら、なおさらだ。さらに悪いことに、アブラゼミの声がますます高まり、いまや島全体が煮えたぎるように唸(うな)っていた。これでは物音も聞こえない。

「あ」

正面左手の方向で、茂みがかすかに動いた。

「ねえ、あそこ――」

「犬じゃねえ」

江添が見もせずに言う。

「どうしてわかるんですか？」

「音」

「音なんて、セミの声で聞こえなかったですよ。犬だったかもしれないじゃないですか」

「釣り人かなんかだろ」

でも、と言いかけたのを、精一に苦笑いで制された。

「ここは江添の力を信用しよう」

何のやり取りもなかったかのように、江添はその場にしゃがみ込み、目の前に広がる木々を眺めはじめる。本当に彼は精一が言うような〝力〟を持っているのだろうか。い

　昨日は一日、精一はポスター貼りとチラシ配り。江添は足を使った捜索。しかし夜遅くまでかかっても収穫はなかった。精一はくたくたの様子でわたしのアパートへ来て、いっしょに食べるはずだったホワイトシチューを温め直して食べながら、初仕事の様子を聞かせてくれた。

　本当は今日も、二人は同じ作業をつづけるはずだった。ところが朝、精一がわたしの部屋から事務所へ向かおうとしたとき、依頼主の夫から電話があったのだ。ついさっき知人の漁師から連絡があり、目玉島で仔犬の姿を見かけたのだという。しかも、その仔犬の特徴を訊(き)いてみると、ルークのものとぴったり同じだった。

　——え、何で無人島なんかに……ああ、ですよね、わかりませんよね。

　一軒家から消えた犬が、どうして目玉島にいるのか。陸からあの島までは、とても生後三ヶ月の犬が泳いで渡れる距離ではない。

　理由はともかく、精一はすぐさま江添に連絡し、漁港のボートハウスで待ち合わせた。それにわたしも同行させてもらい、こうして三人で目玉島にやってきたのだが——。

「これ、見つけられるの？」

　初めて上陸した目玉島は、想像以上に植物が繁茂していた。

　広さはたしかに体育館ほどしかない。しかし一面に木々が鬱蒼(うっそう)と生い茂り、重なり合った枝葉の下には、背の高い草が隙間なく生えている。仔犬サイズのものがどこかで動住宅地の一画。まだ結婚して一年ほどだが、夫の稼ぎがいいのか、豪華な新築の一軒家だったらしい。その夫婦がつい先日、輸入業者を通じてブラッドハウンドの仔犬を購入した。しかし、飼いはじめてほんの数日で、それが行方不明になってしまったのだ。妻がルークと名付けたばかりの、茶色いオスの仔犬だった。

精一によると、ルークが消えた経緯はこうだ。

一昨日の夕刻、ルークがソファーで眠りはじめたので、妻はキッチンで晩ご飯の仕度をはじめた。そのとき換気のため、リビングの掃き出し窓をほんの少し開けておいたのだが、しばらく経って覗いてみると、その隙間が広がっており、ルークの姿がどこにもない。重たい窓なので、仔犬には動かせないと思ったのが間違いだったらしい。

妻は慌てて庭に飛び出したが、ルークはどこにもいない。近所を捜しても見つからない。夜になって帰宅した夫に事情を話すと、彼はプロの業者に頼むべきだと提案した。そしてその日、家の郵便受けには、たまたま精一がポスティングした「ペット探偵・江添&吉岡」のチラシが入っていた。それを見て、妻が電話をかけてきたというわけだ。

初の捜索依頼に精一と江添は大喜びし、しかしその喜びを隠しながら、夫婦の家を訪ねて話を聞いた。それが一昨日の夜。そのあと精一と江添は家の周囲を捜索し、見つからなかったので事務所に戻り、捜索用ポスターやチラシをつくっているうちに朝が来て、ほとんど眠らないまま本格的な捜索開始となった。

た。だから両親は、いまも精一が肥料メーカーに勧めていると思い込んでいる。いったいいつ話せばいいのだろう。披露宴は一年後の七夕に予定してある。

「しかし、最初の依頼がこれじゃ、先が思いやられるな」

精一ではなく、わたしの顔を見て江添が唇の端を持ち上げた。目玉島はすぐそこまで迫り、木々の中でアブラゼミが猛烈な鳴き声を上げていた。

（二）

「そんじゃ、捜すか」

砂地に乗り上げたボートを、江添がロープで近くの木に結びつけた。

見つけようとしているのは、ブラッドハウンドという種類の犬だ。なにやら不気味な響きだが、ブラッドは「純血」の意味らしい。古い時代からヨーロッパで繁殖されてきた由緒ある犬種で、魔法の鼻を持つと言われるほど嗅覚が鋭いため、狩猟犬として飼われてきた。毛は全体的に短く、垂れ耳に垂れ頬。捜索依頼があった犬は、まだ生後三ヶ月だが、ブラッドハウンドは大型犬なので、すでに柴犬ほどのサイズがあるという。

依頼の電話をかけてきたのは三十代前半の専業主婦だった。住まいは湾の北側、高級戻ってきたという負い目もあった。

——もし失敗したら、わたしが精一を食べさせるから。

今度はわたしのほうが彼の決断を受け容れようと思った。まだ教師二年目とはいえ、わたしには安定した収入がある。精一の商売が失敗したところで食いはぐれることはない。それに、彼がパートナーに選んだのだから、江添というのはきっと信用できる人物なのだろう。まだ会ったことのない江添に対し、そのときわたしは、きりっとスーツを着こなした、いかにも頭が切れそうな男性を想像していた。数日後に本人と引き合わされ、そのイメージが見事に裏切られた瞬間、ただでさえ不安でいっぱいだった胸がいまにも破裂しそうになったが、もう遅かった。

間を置かず、二人は市街地にある古いビルの一室を借りて「ペット探偵・江添&吉岡」を開業した。それが婚姻届を出す直前のこと。無職の相手と結婚するのはぎりぎり避けられたかたちだが、単に開業したというだけで、依頼が来たのは今回が初めてだ。

両親にはまだ何も説明していない。肥料メーカーが倒産したことさえも。いや、本当は精一の新しい就職先が見つかったときに話すつもりだったのだ。父は大手電力会社の事務職で、母は週五日のパート勤務。二人とも、安定こそ人生の幸福というタイプなので、失業のことを伝えたら結婚に反対されかねない。そう考えたうえでの判断だった。ところがその後、急にペット探偵の話が出て、あれよあれよという間に開業してしまっ

　二人が高校卒業以来の再会を果たしたのは、つい三ヶ月前。スーパーの特売品コーナーで偶然顔を合わせたらしい。精一は勤め先が倒産して途方に暮れていた。いっぽうの江添はフリーター六年目だった。二人はその場でしばらく話し込んだあと、安売りの食材を買い込み、江添の部屋でお好み焼きをつくって食べた。二枚目を食べ終える頃には、ペット捜索業者を起業しようという話になっていた。

――高校時代から聞いてはいたんだけど、あいつ、超能力みたいなのを持ってるんだ。動物の行動が読めるのだという。

――日本のペットって、犬猫だけでも全国の中学生の六倍くらいの数いるんだって。たくさん飼われてるもんだから、家から逃げたり散歩中にはぐれたりして行方不明になることも多いらしい。で、そんなふうに行方不明になったペットを捜す業者ってのがけっこうあって、いろいろ調べてみたら、どこも発見率は六十パーセント程度なんだよ。でもあいつ、自分ならもっと高確率で見つけられるって言うんだ。

――言うって……。

　それを信じて商売をはじめるというのだから、心底驚いた。

――開業資金がたくさん必要な仕事じゃないし、人生一回きりだし、挑戦させてほしい。

　迷った末、わたしは首を縦に振った。振ってしまった。自分のせいで精一がこの街に頷いた。もちろんそのときは、精一が働いている肥料メーカーが翌月に倒産するなんて予想もしていなかったし、彼がその後、行方不明のペットを捜す〝ペット探偵〟などという仕事をはじめるなんて思いもよらなかった。しかもこの江添という、粗野(がさつ)で品のない、むやみに偉そうな男をパートナーにして。

「なあ吉岡、犬、どのへんにいたって？」

「わからない。でも、とにかく、はっきり姿を見たって」

「何だよそれ。ちゃんと聞いとけよ」

いつもこんな口を利いているが、江添は精一よりも一歳若い。高校の同級生同士なのに年齢が違うのは、二年生のときに精一が留年をしたからだ。

いまは完治しているが、精一はかつて脳脊髄液減少症という病気を患っていた。命に関わるほど重症ではなかったものの、毎日のように頭痛や目眩(めまい)、耳鳴りに悩まされ、学校に行けない日が多く、高校二年生のときに出席日数が足りなくなってしまったのだ。その後、治療によって症状はすっかりおさまり、二度目の二年生として学校に通いはじめたが、一歳下のクラスメイトたちは距離を測りかね、誰も精一に寄りつかなかった。退屈で寂しい思いをしているところへ、何でもない顔で話しかけてきたのが江添だったという。

――あんなに偉そうにしてくるやつ、同い年でもいなかったよ。

一年がかりだった。

大学三年時、わたしがこの街での就職を考えていると話したとき、精一は遠回しに反対した。彼は都内の会社で働くつもりで、そのための就職活動も進めていたのだ。でもわたしは、十年以上も暮らしながら、都会がどうしても好きになれなかった。この地域は比較的勤務地の希望が通りやすいという噂も聞いていたので、大学卒業とともに故郷の学校で働きはじめる自分の姿を、すでに明確に思い描いていた。

——なら、遠距離恋愛するか、それか——。

わたしが思い切って言うと、言葉の途中で精一はきっぱりと頷いた。

——わかった。

もうこれで別れてしまうのだと思った。しかし違った。彼はその後、それまでの就職活動をふいにして、この街での就職に舵を切り直してくれたのだ。ほどなく精一は、従業員二十名ほどの肥料メーカーに働き口を見つけた。そして大学卒業後は実家に戻り、そこから会社に通いはじめた。

精一にしてみれば、子供時代のわたしと似たような気持ちだったに違いない。親の転勤のせいで、目玉島行きをあきらめたときと。でも彼は、自分の意思でわたしに人生のベクトルを合わせてくれたのだ。申し訳なく思うとともに、心からありがたかった。半年ほど前、つっかえつっかえの言葉でされたプロポーズにも、この人ならばと迷いなく初めての目玉島行きがこんなかたちになるとは予想もしていなかったが、やはり胸は躍る。江添がいなければもっと躍っていただろうけど、彼らの仕事に同行させてもらっているのだから仕方がない。

「ところであんた、何でついてきたんだ？」

江添が双眼鏡をずらしてわたしを覗く。

「生物部の顧問なので、こんど部員たちを連れて、島で植物採集をしたいんです」

実際それは嘘ではなかった。

「前任の先生が何度かやっていたって聞いて」

「その下見か？」

「はい」

「島には便所もねえぞ」

黙って頷くわたしに、精一が汗だくの顔で笑いかける。

「初仕事が成功する瞬間を利香に見てもらいたかったし、ちょうどよかったよ。結婚相手が急にこんな仕事をはじめて、いろいろ心配だっただろうから」

精一と出会ったのは東京の大学時代だ。学内にあるＳＳＣという名の植物採集サークルで顔を合わせ、同じ街の出身ということで最初から話がはずんだ。互いの気持ちを手探りしつつ距離を縮め、しかしどちらも初めての恋人だったので、交際にいたるまでは緑色をしていた。

「さ、もうひと頑張り」

精一がふたたびオールを回す。江添は双眼鏡を両目にあてたまま、相変わらず悠々と船尾でそっくり返っている。

小学校時代、目玉島に渡ろうと計画したことがあった。当時、男の子の中には、親といっしょにボートハウスで手漕ぎボートを借り、島に渡って冒険したという子が何人かいた。いっぽうで女の子はたいてい、そんな話を聞いて「すごい」と言うのが役割で、わたしはそれが嫌だった。だから、五年生の夏休みに、自分も行ってみようと決めた。親に頼んでボートを借りてもらおうと。ただしクラスの男の子たちみたいに、親といっしょに島へ渡るのではない。父や母には岸で見送ってもらい、一人で島を目指すつもりだった。誰も知らない植物を島でたくさん見つけ、そのことを教室でみんなに話して聞かせようと意気込んでいた。——が、その夏休みが来る直前に父の転勤が決まった。家族三人で東京へ引っ越すことになり、準備で大忙しの両親に、島へ行きたいなんて言い出せず、計画をあきらめて街を出るしかなかった。空っぽになった家を後にして車に乗り込んだとき、八つ当たりのようにドアを強く閉めたら、父に叱られた。

けっきょくそのまま大学時代まで両親と東京で過ごし、いわゆるUターン就職でこの街の中学校教師となったのが一年三ヶ月前のことだ。

教え子に心をひらかせるには人格というものが必要だなんて、知らなかったのだ。教師になって二年目。いまのところわたしは生徒たちにとって、理科を教える人でしかない。こちらが緊張しているせいもあるのだろうが、心をひらいてもらえていないことを、毎日のように肌で感じる。映画の予告編で何度も見たはずの魅力的なシーンが、いまだ本編に出てきてくれないような、もどかしい日々だった。

「あとちょっとか……」

丸々とした手首で眼鏡を直し、精一が島を振り返る。白いTシャツは汗だくで、何も着ていないように見えるほど肌に張りついている。

「漕ぐの、代わる？」

「いやいや、俺たちの初仕事だから」

わたしたちが目指しているのは、学校の体育館ほどのサイズしかない無人島だ。日本地図にはたいてい載っておらず、しかし街の地図では確認できる。名前はなく、あるのは通称だけで、その通称は呼ぶ人の年代によって変わった。年輩の人は「サカナの目」。わたしたちの年代は「目玉島」。生徒たちのあいだでは単に「島」で通っているようだ。地図で見ると、街の西側から湾が「つ」の字形に食い込み、そこにぽつんと島が記されているので、ちょうど右を向いたサカナの目のように見える。無人島といっても、漫画に出てくるように椰子（やし）の木が一本きりあるようなものではなく、草も木々も生えて深い双眼鏡を両目にあてたまま、江添が嫌な笑い方をする。

「前の苗字じゃ、あまりに偉そうだもんな」

結婚するまでわたしの名前は真鍋(まなべ)利香で、中学校の理科教師という立場上、語呂がいいのか悪いのかわからないフルネームだった。もちろん江添に言われるまでもなく、先輩教師からも生徒からも、すでに数え切れないほど話題にされてきたし、ときには笑いの種にもされてきた。

「職場では、いまも同じ苗字で通してます。手続きが面倒だし、名前の語呂も、生徒には悪い効果より、いい効果のほうが多い気がするので」

思えばわたしが教師になったのも、この名前がきっかけだった。

小学三年生のとき、担任だった藤沢(ふじさわ)先生に、お前はぜったいに理科の先生になるべきだと言われた。もちろん冗談だったのだろうが、わたしはそれを真に受け、理科の授業をとりわけ熱心に聞いた。おかげで得意中の得意科目となり、藤沢先生はわたしの出来のよさを教壇で誇らしげに口にしてくれたし、休み時間には教室で友達の質問なども受けるようになった。陶酔なんていう言葉は知らなかったけれど、きっとそんな状態だったのだろう。いつか教師になり、教え子たちの信頼を一身に受けて働く日々を、わたしは夢見るようになった。テレビで学園もののドラマを観れば、生徒と本音をぶつけ合う教師役に、将来の自分を重ねた。

（一）

七月のかんとした日差しが遠慮なく照りつけていた。

日曜日の十時過ぎ、わたしたち三人は手漕ぎボートに乗り、湾に浮かぶ小さな島を目指していた。最近ついてきたぜい肉を揺らしながら、ぎこちなくオールを操っているのは精一。梅雨のさなかに婚姻届を提出してから、まだ一ヶ月も経っておらず、わたしたちは同居もはじめていなければ結婚式も挙げていなかった。わたしを挟んで反対側、船尾で双眼鏡を両目にあててそっくり返っているのは江添正見。精一の高校時代の同級生であり、いまは仕事のパートナーでもある。体格は精一と逆で、栄養失調みたいに痩せている。

江添という男を、わたしは好きではなかった。——横柄な言葉と態度。色が褪せきったTシャツに汚れたジーンズ。髪はいつもぼさついて、垂れた前髪のあいだから三白眼を向けられるたび、何か見知らぬ生き物に覗かれているような思いがした。他人の風貌にとやかく言う権利などないが、彼は夫の共同経営者なのだから、嫌だと思う権利くらいはあるだろう。

「あんた、吉岡と結婚してよかったな」

月に一度の記帳をするため、雨の中を歩いた。

誰もいないATMコーナーに入り、ハンドバッグから通帳を取り出す。こうして紙の通帳を使っている人は、わたしのように三十代後半の人間だと、もう少数派なのかもしれない。いまはインターネットバンキングを利用する人のほうが、きっと多い。

よれた通帳の表紙には、わたしのフルネームが印刷されている。吉岡利香（よしおかりか）と、わたしのフルネームが印刷されている。

名前というのは、いったい何だろう。角張った書体で記された四文字を眺めながら考える。わたし自身を含め、結婚して苗字（みょうじ）が変わる人はいるけれど、ファーストネームはたいてい一生を通じて変わらない。そしてそれは、本人がろくに意思さえ持たないうちに、誰かによって与えられたものだ。

名前は、そこに込められた誰かの〝思い〟や〝願い〟であり、そのものの本質ではない。名前自体が重要なことなんてあまりないし、人生に大きな影響を及ぼすものは、多くの場合、名前を持たない。

十三年前にわたしが飲んだ毒液にも、名前なんてなかった。

なのに、こうしていまも全身を流れつづけている。

名のない毒液と花

86
—
98

落ちない魔球と鳥

野球の才能に恵まれた、名前が一字違いの双子が出てくるマンガがあるらしい。兄弟で野球をやっていると言うと、大人はたいていそのタイトルを口にする。でも僕と兄は双子じゃないし、野球の才能に大きな差があるのは明らかだし、名前も一字違いなどではなく英雄と普哉だし、そのマンガでは弟が物語の途中で死んでしまうけど、いまのところ僕は生きている。

生きているけれど――。

「死んでくれない？」

あの朝、いきなりそんな言葉をかけられた。

暗い、無感情な声で。

それからの五日間、僕はいろんなことを考えた。どうして彼女はあんなことを言ったのか。いったい何を考えていたのか。何をやろうとしていたのか。そして、いちばん大事な点――ただ野球の練習を頑張っていただけなのに、どうして死んでくれなんていう残酷な言葉をぶつけられなければならなかったのか。

（二）

金曜日の早朝、晴れ。

投げたボールはマットにぶつかって勢いを殺され、地面に落ちたあと、とぼとぼ転がってくる。足下まで戻ってきたボールを拾い、僕はまたマットに向かって投げる。——ばすん！　ころん。とぼとぼ。

「シルバーウィークって名前、誰がつけたんだろうな」

堤防のへりで釣り竿を握っているニシキモさんが、顎をねじってこちらを振り返る。真っ白な短髪と、日焼けして皺だらけになった顔のせいで、年齢よりもずっと老けて見える。——というのはあくまで印象で、じっさい何歳なのかは知らない。少なくとも現代社会の授業で習った「前期高齢者」には入っているだろう。

「なんか、老人週間みてえに聞こえるよな」

適当にうなずきながら、戻ってきたボールを人差し指と中指のあいだに挟み込み、親指と薬指で下から支える。兄直伝の、フォークボールの握り方。落ちる魔球。

ばすん！　ころん。とぼとぼ。

「しかし兄貴もそうだけど、弟も熱心だわな、こんな朝早くから……おっ」

あたりがあったのか、ニシキモさんは素早く竿を持ち上げた。しかし水面から出てきたのは仕掛けだけで、魚はついていない。ニシキモさんは糸の先を摑み、仕掛けになんかしてから、またゆっくりと水中に沈める。海の反対側から顔を出した太陽は、まだ低く、ニシキモさんの影は堤防の先端まで伸びていた。

「兄貴のほうは三年生だから、もう引退？」

「夏で、はい」

もちろん兄だけでなく、三年生はみんな二ヶ月前、夏の大会を最後に引退した。いまは二年生と、僕たち一年生だけのチームだ。

春に新入部員として野球部に入った僕は、エース小湊英雄の弟ということで、監督からも先輩たちからもかなり期待されていたし、リリーフピッチャーの殿沢先輩なんて、部室でこっそり睨みつけてきたりもした。が、僕はみんなの期待を見事に裏切り、殿沢先輩の期待にだけは応え、いまのところピッチャー志望の補欠部員でしかない。いや、補欠というのは欠番を補うという意味だから、正確には補欠でもないのだろう。僕が試合に出るためには、いったい何人の欠番が必要なのか。部員は、二年生が十人、一年生は十五人もいる。レギュラー全員がいっせいに下痢になったとしても、僕はまだベンチを守っているに違いない。

「お兄ちゃんの兄貴、夏の大会でぜったい甲子園行くんだなんて言ってたよ」

ニシキモさんは僕を「お兄ちゃん」、兄を「兄貴」と呼ぶのでまぎらわしい。

「甲子園だぜ、すげえよな。目標がすげえ。この街から甲子園出場なんて聞いたこともねえのに、真面目に言うんだもん。若さだね」

「甲子園の直前までは行きましたよ」

僕が教えると、ニシキモさんの顎ががくんと落ちた。どこか遠い国で槍を持った人たちがつけている、木彫りの面に見えた。

「……ほんと？」

「地方大会の決勝まで、はい」

ばすん！　ころん。とぼとぼ。

「勝ってたら甲子園じゃんか」

英雄という名のとおり、兄はこのマイナーな街にあるマイナーな高校野球チームを、甲子園の直前まで導いた英雄だ。道を歩けば、高校野球が好きな人ならきまって指さすほどの。二年生の夏まではリリーフピッチャーでさえなかったのに、その年の秋にフォークボールという強力な武器を手に入れてからは三振を大量生産するようになり、兄は同学年の殿沢先輩を押しのけてとうとうエースに昇格した。チームの打撃力は相変わらず低いままだったが、なにしろほとんど点を奪われることがないので、一点でもとればチームの勝ちがほぼ決まる。フォアボールとデッドボールで押し出しの一点をもらい、誰もヒットを打たないままその一点を守りきって勝つようなことさえあった。今年の新入部員が多かったのも、そんな兄の活躍があったからで、当然のようにピッチャー志望ばかりだ。いまのところ僕がマウンドに上がるのは、練習後のグラウンド整備のときくらいだった。兄弟でここまで違うものかと自分で驚く。

そもそも普哉という名前がよくない。英雄と比べて、いかにも成功しない感じがする。いつだったかテレビで、「普」ではなく「晋」という字が名前に入っているタレントが、自分の名前の由来について話しているのを見た。特別な人間になってほしいという思いを込め、父親が「晋」の字をつけたのだという。僕の父にそういう配慮はなかったのだろうか。僕が生まれた日の話を、以前に両親から聞かされたけれど、そんなときでさえ話の主役は兄だった。赤ん坊の僕が初めて口をあけたところを見て、兄は歯が消えてしまったと思って慌てたらしい。

「そうか、惜しいとこで負けちまったのか。でもすげえよな。俺が海に出てるあいだに、そんなことになってたとはね。いやほんと、浦島太郎だわ」

ニシキモさんは遠洋漁業でカツオを捕りつづけてきた人で、地元であるこの街に帰ってくるのは二ヶ月か三ヶ月に一度。そんな生活をもう三十年近くもつづけてきたらしい。家族がいるのかどうかは知らない。いつも一人で堤防のへりに座り、海に向かって釣り竿を握っている。——というのはぜんぶ兄から聞いた話で、じつのところ僕はニシキモさんに二十分ほど前に初めて会ったばかりだ。

もともとこの漁港では、兄が投げ込み練習をしていた。

フォークボールは肘への負担が大きいので、練習であまり投げすぎないよう、兄は下井監督から言われていた。でも、それに従うふりをしながら、じつは毎日ここで早朝練習をつづけていたのだ。それがなければ、チームが地方大会の決勝まで行くことなんて絶対にできなかっただろう。

漁港の奥、大きな倉庫の裏側。兄が見つけた秘密の練習場所。海からは見えるけれど道路側からは見えず、下井監督が漁港のそばを通りかかっても問題ない。しっかり者の兄は、事前に漁業組合の人にちゃんと断りも入れていた。その人というのが、たまたま野球好きだったらしく、どんどん使ってくれ、組合の連中には俺から説明しとくからと、むしろ大喜びで許可してくれたらしい。

兄がニシキモさんと初めて会ったのは、そうしてはじめた早朝自主練の三日目だった。一日目と二日目、兄はボールを倉庫の壁に向かって投げていたのだが、硬球がコンクリートを傷つけてしまうのではないかと心配で、何球かごとに壁まで行って確認せずにはいられなかった。それを堤防で釣りをしながら見ていたのがニシキモさんで、ふと立ち上がっていなくなったかと思うと、一枚のマットを担いできた。体育館で使うような、固い、もとは白かったらしいマットで、運動以外の何に使うことがあるのか知らない。

とにかくニシキモさんは謎のマットをどこからか運んでくると、これがありゃいいだろと言って壁に立てかけた。そのマットに向かって、兄は来る日も来る日もボールを投げつづけ、いまは僕が投げているというわけだ。

ニシキモさんというのは変わった苗字だけど、どんな字を書くのか、兄も知らないと言っていた。日本人にしては鼻が高いから、外国人の可能性もゼロじゃない。

「それって、フォークボール?」

「……何でわかるんですか?」

僕のフォークボールは、はっきり言って、まったく落ちない。

「いや、兄貴がそればっか練習してたから。あれって、球が途中で急に落ちるじゃんか。羽もねえのに空中で曲がるってすげえよな。兄貴の、まじで落ちてたもん」

「落ちてましたね」

この場所で魔球を練習しつづけ、まるで青春マンガのように、弱小チームを甲子園直前まで連れていった兄。それを真似て、同じ時間に同じ場所でフォークボールもどきを投げつづけている弟。兄から教わった握り方で、兄の投球フォームを意識しているというのに、どれだけ投げ込んでも駄目で、いまのところ魔球どころか、ただスピードがないだけの真っ直ぐな球だ。

「兄貴、引退したあとどうするって?」

ばすん！　ころん。とぼとぼ。

「大学野球やるって言ってました」

下井監督が野球推薦を獲得してくれたので、もちろん、やらないという選択肢はなかった。

「そっか。いや、俺も昨日で引退したから、参考にしようと思ってさ」

ばすん！　ころん。とぼとぼ。

「そうなんですか？」

「うん、金もそこそこ貯まったし、もう海は出なくていいかなって。でもそっか、大学野球か……こっちゃ、そういうのねえんだよなぁ……どうすっかなぁ……」

悩ましげに短髪の白髪頭を掻(か)いているが、もしかして本当に高校生の進路を参考にしようと思っていたのだろうか。

「お、来た来た」

ニシキモさんが手びさしをして海のほうを見る。朝陽(あさひ)をあびながら飛んでくるのは、カモメの群れだ。ここで投げ込みをやっていると、きまって集まってくる。

「お兄ちゃんも、あいつらにパンやってんの？」

「はい、いちおう」

兄はここで投球練習をしていたとき、途中のコンビニで必ず朝食用のパンを一つ買い、練習後にそれを食べながら、カモメにやっていた。カモメたちが集まってくるのはそのせいだ。僕もそれを真似て、同じコンビニでパンを買う。一昨日はミニスナックゴールド。昨日はマロン&マロン。今日は濃厚ソースの焼きそばパン。カモメたちはこうして集まってきては、堤防の端に並び、僕の投げ込みが終わるのを待つ。同じユニフォームを着ているので、もしかしたら同一人物だと思っているのかもしれない。身長の違いも顔の違いも才能の違いも、フォークボールがちゃんと落ちているかどうかも、カモメにはわからない。

ばすん！　ころん。とぼとぼ。

ボールが戻ってくるあいだに自分の右手を確認する。マメ。マメ。粉っぽくなった指紋。赤らんだ関節部分。肘を曲げ伸ばししてみるが、何の違和感もない。まだぜんぜん足りない。ばすん！　ころん。とぼとぼ。学校に行く時間まで、あとどのくらい投げられるだろう。時刻を確認しようと、地面に放り出してある通学鞄を探った。本当は学校への持ち込みが禁止されているスマートフォンを取り出すと、八時四分。倉庫の陰で制服に着替えるのは一分あれば充分だから、あと五分くらいは――。

「死んでくれない？」

声がした。

振り返ったけれど、ニシキモさんしかいない。海に向かって釣り竿を構えながら、不思議そうに右のほうを見ている。ということは空耳なんかじゃなく、やはり声は聞こえたということなのだろうけど、そこには誰もいない。ニシキモさんが見ている方向にいるのはカモメカモメカモメカモメカモメカモメカモ――何だあれ。

「いま、女の声しなかったか？」

「たぶん、それです」

「うん？」

「そこにいるカモメ……じゃなくて……え、何ですかそれ？」

「どれよ？」

それ、と僕は奇妙な鳥を指さした。カモメにまじって堤防の端にとまっているのは、全身が灰色で、目の周りだけがタヌキの逆バージョンみたいに白い、見たことのない鳥だ。大きさはカモメとだいたい同じくらいだろうか。

「インコ……にしちゃでけえな」

「オウムですか？」

「こんなだっけ？」

「死んでくれない？」

また喋（しゃべ）った。

暗くて無感情な声で。

僕は持っていたスマートフォンを急いでカメラモードにし、その鳥をアップで撮った。撮ってから、ビデオのほうがよかったと思い直して動画モードに切り替えたが、録画ボタンを押す前にニシキモさんが勢いよく腰を上げた。

「何だこいつ、縁起でもねえこと喋りやがって」

いちばん近くにいたカモメが驚いて飛び立ち、つぎ、つぎ、つぎ、と時間差で飛んでいく。パンが欲しいのか、カモメたちは遠くへは行かず、そのまま堤防のそばで旋回しはじめた。でも、あの奇妙な鳥だけは、灰色の羽をばさつかせながら遠ざかり、やがて見えなくなった。

「昨日、殺人事件あったろ。あっちのほれ、住宅地のほうで」

ニシキモさんが太陽のほうを指さす。そのニュースはもちろん僕も知っていた。平和なこの街で起きた、五十年ぶりの殺人事件らしい。古い住宅地の真ん中にある民家で、大学教員をやっている夫婦が刃物で刺し殺されているのが見つかったのだ。いまのところ犯人が捕まったという話は聞かない。

「あれと、なんか関係あったりしてな」

「ないですよ」

「いやそりゃ、ねえとは思うけどさ」

（二）

翌土曜日の早朝、曇り。

シルバーウィークに入ったので授業はないが、部活はある。集合時間は九時半。学校の始業時間よりも遅いから、いつもの倍くらいは投げ込みができる。来がけのコンビニで、ダブルソフト三枚入りを買ったのは、鳥の好みを優先したからだ。

「パンよか、豆とかのほうが好きなんじゃねえの？」

例によってニシキモさんは堤防の端で釣り竿を握っている。

「ハト以外もそうなんですかね。でも豆なんて、節分のときしか売ってないですよ」

ばすん！　ころん。とぼとぼ。

「ピーナツくらい売ってんだろうがよ」

「しょっぱいじゃないですか」

昨日あれから僕はＳＮＳに、あの奇妙な鳥の写真をアップした。《投げ込み練習頑張ってたところ、僕に死んでほしがってるやつ登場。》と、ありのままに書いてみたら、あっというまに大量のリアクションがあり、たぶんいまも増えつづけている。

「普段カモメが食ってる魚のほうが、よっぽどしょっぱくねえか？」

「いえ、食べさせるのはカモメじゃないんで」

マットに向かってもう一球だけ投げてから、僕は堤防に向き直った。

「ニシキモさん、モーターボートとか持ってないですか？」

「……何で？」

あの鳥を追いかけたいのだと正直に話した。

「あいつ、どっかの家から逃げてきたんですよ。〝死んでくれない？〟っていうのは、飼い主の女の人が言ってた言葉で、鳥が憶えたくらいだから、たぶん何回も何回も繰り返してたんです」

そうなると、その言葉をぶつけていた相手は、同じ家に住む誰かに違いない。

たとえば子供。

「そんで？」

「気になるじゃないですか。僕がパンで気を引いてるあいだにボートを用意してもらって、飛んでいくのを追いかけたら、もしかして飼われてた家のほうに戻っていくんじゃないかと思って」

「そんな、わざわざ俺がボート出さねえでも、ザルかなんかの下にパン置いて、棒でザルの端っこ持ち上げといて――」

「捕まえたって意味ないですよ。どっから来たのか、鳥に訊くわけにもいかないし」

「そっか」

ニシキモさんは塩コショウみたいな無精ヒゲをさする。その向こうを、飛行機が派手な音を立てて飛んでいく。空港が近くにあるわけじゃないのに、この街の空は飛行機がよく飛ぶ。ヨーロッパ方面に行き来する便が、たいてい通過していくらしい。

「まあ、どっちにしろボートなんて持ってねえけどな」

持っているように聞こえていたので、僕は勝手にがっかりしながらボールを握った。マットに向かってフォークボールもどきを投げ――ばすん！――あれ――ころん。

いま、落ちた気がする。

もちろん兄のフォークボールほどではないけれど、少し落ちたような。戻ってきたボールを握り、もう一度投げてみる。ばすん！　ころん。とぼとぼ。落ちない。さらに何球か投げてみても、やはり落ちてくれない。

肘を曲げ伸ばししてみるが、違和感はゼロ。まだまだ足りていないのだろう。ボールを拾ってまた投げる。ただ遅いだけの、真っ直ぐな球。もう一球。もう一球。兄がやっていたように、何度も何度も。そのうち鼻の奥がちりちりと熱くなってきたので、咽喉に力を入れて顎を持ち上げた。いくらか前に身につけたコツで、こうすると、どういう仕組みか知らないけど涙を堪えることができる。

そうしてしばらく投げ込みを中断しているうちに、カモメの鳴き声が聞こえてきた。

もう何球か投げてから堤防の端を振り返ると、いつものようにカモメカモメカモメカモメカモ——いた。あの灰色の鳥。

どこから来たのか。

誰に飼われていたのか。

「あれ……」

ニシキモさんはどこだ。さっきまでいた場所には釣り竿とバケツだけが残されている。と思ったら、右手のほうでエンジン音が聞こえた。ものすごいスピードでモーターボートが近づいてきて、堤防の端ぎりぎりを勢いよく走り抜けていく。並んだカモメたちがいっせいに飛び立って空中で旋回しはじめ、しかしあの灰色の鳥だけは、そのまま飛んでいってしまう。ボートは時計回りにターンをきめ、派手な水しぶきを上げながら戻ってくる。操縦桿を握っているのはニシキモさんだ。ボートを持っていないというのは嘘だったらしい。

「早く乗らねえと見失うぞー」

（三）

僕たちは、どでかい家の門前にいた。

湾の北側、高台にある住宅地。桟橋でボートを降りてから三百メートルくらい歩いただろうか。

「……やっぱし、ここじゃねえか？」

僕の家が消しゴムだとすると、黒板消しくらいはある立派な二階建ての家だった。表札に刻まれた「永海 Ｎａｇａｍｉ」という苗字も、僕の小湊に比べてずいぶん立派な印象がある。門の向こうには不必要に曲がりくねった小径が延び、玄関までつづいていた。でもべつに、それ通りに歩かなければならないわけではなく、真っ直ぐ進んでもはみ出さないようになっているから、ただの飾りなのだろう。

「シノビガエシなんて、いまどきなかなか見ねえよな」

耳をほじりながらニシキモさんが塀の上に目をやる。そこにはスペードのマークを極端に縦長にしたような、黒い金属製の棒がずらりと並んでいるが、あれのことだろうか。ニシキモさんは僕の顔つきを見て、忍者の侵入を防ぐから「忍び返し」だと教えてくれた。せっかく教えてもらったけど、この家の塀についているやつには、もっと洋風の呼び方がある気がした。

「……ここなんですかね」

さっきまで二人で見ていたものに、僕たちはまた目を向けた。

白い塀の向こうに生えている、名前のわからない大きな木。枝には小さな丸い実がいくつもぶら下がり、横向きに飛び出た大枝の一本には、あの鳥がとまっている。インコのようなオウムのような、灰色の鳥。いや、よく見ると全身が灰色というわけではなく、尾羽だけ赤い。

さっきまでいた堤防から、湾を挟んだ反対側に僕たちはいた。地図で「つ」の字になった湾の、下の線から上の線へ向かって移動してきたのだ。ニシキモさんのモーターボートは、ちょっとそこまでといった感じで乗るやつよりもずいぶん立派で、操縦席には大きなウィンドシールドまでついていた。車で言うとスポーツカーのようなタイプなのだと、ニシキモさんは鳥を追いかけながら自慢した。そのスピードはたしかにおそろしく速く、時速二百キロくらい出ているように感じられたが、途中でニシキモさんが「頑張れば八十キロくらい出る」と言っていたので、錯覚だったのだろう。

僕たちが湾の北側に行き着き、ニシキモさんがボートを桟橋につけているあいだに、鳥の姿はいったん見えなくなった。しかしニシキモさんには見えていたようで、あすこの庭に入ったぞと言って指さしたのが、この家だったというわけだ。

「……じゃ、俺、戻るわ」

「え」

「ボート返さねえと。三十分だけ貸してくれって言っちゃったし」

「自分のじゃなかったんですか？」

「だから、持ってねえっての。むかし世話してやった奴が、たまたまあのボート掃除してんの見えたから、頼んで借りてきただけ」

「僕、帰りは——」

「べつに歩けねえ距離じゃねえだろ。若者は歩け」

「無理ですよ」

　スマートフォンで時刻を確認すると、八時十五分。ここから自分の足で南の漁港まで戻るとなれば、たぶん一時間半以上かかる。直接学校へ行くにしても同じことだ。

「部活か？」

「はい、部活と……時間があったら、自主練のつづきと」

「もうすぐ雨降るから、どっちも無理だろ」

「降らないですよ」

　出がけに見た天気予報だと、今日は終日曇りで、降水確率はたしか二十パーセントだったはずだ。

「船乗りの言うことを信じろ……おん？」

　ニシキモさんの目がくるっと上を向き、僕の背後を見る。直後、首筋に風を感じたかと思うと、右肩に尖った何かが食い込んだ。

「……嘘だろおい」

あの鳥が僕の肩にとまったのだ。いや、怖くて見られないが、たぶんそうなのだろう。

ニシキモさんは自分のひたいをばちんと叩き、やせた肩を揺らして苦笑する。

「面白(おもしれ)えことになりそうだけど、ボート返さねえとな。じゃ、そういうことで」

片手を上げて背を向け、そのまま歩き去ってしまう。いっしょにいた高校生の身にこんなことが起きたというのに、どうしたら何のためらいもなくその場を去れるのか。声も出せないまま呆然(ぼうぜん)とニシキモさんの後ろ姿を眺めていると、耳元でカチカチとクチバシが鳴った。僕は全身に力を入れたまま、ゆっくりと回れ右をして門柱のインターフォンを押した。ユニフォーム姿で、右肩に灰色の鳥をのせたまま。

（四）

「……野球やってるの？」

見ればわかるようなことを、チナミさんは訊いた。

「やってる」

「ピッチャー？」

「何で？」

「ほかにキャッチャーしか知らないけど、なんかそう見えないし」

会話をしているのに、彼女の声は疲れた人の独り言みたいで、語尾がいちいち水から引き上げた海藻のように力なく垂れ下がった。

この部屋に通されてから、僕はずっと部屋の真ん中に突っ立っていた。どこに座ればいいのかわからなかったし、そもそも座れと言われていない。チナミさんはグレーのスウェットを着て、二メートルくらい離れた場所で、学習机とセットになった回転椅子に腰掛けていた。窓際に置かれた金色の鳥かごでは、あの鳥が止まり木の上に落ち着いて、さっきからクチバシを鳴らしている。

数分前、僕がインターフォンを押すと、スピーカーから『あっ』といきなり声がした。インターフォンにカメラが付いていたので、肩にとまった鳥が見えたのだろう。すぐに玄関のドアが開き、隙間から女の人が顔を覗(のぞ)かせた。僕の母よりも少し若い感じだった。まん丸にふくらんだ両目で僕を見たまま、彼女は無言で手招きをした。こっちへおいでというのではなく、早く早く、という仕草で。そして僕が玄関に入るなりドアを素早く閉めた。

――あらぁリクちゃん、帰ってきたのぉ！

盛大に声を裏返したばかりでなく、エプロンの前でぱちんと両手を叩き合わせたというのに、鳥は驚きもせず僕の肩でじっとしていた。彼女は声を裏返らせたまま、「リクちゃん」の帰還をひとしきり喜ぶと、やっと僕の存在を思い出したように顔を見た。といっても、ただ「?」と覗き込むばかりなので、僕は仕方なく自分から、事の次第をかいつまんで説明した。「かいつまむ」というのは、話した部分のことを言うのだろうか、それとも話さなかった部分のことを言うのだろうか。話した部分だとすると、僕はほとんどかいつままなかった。この家の前に立っていたら肩に鳥がとまったとだけ説明したのだ。

——あの子、喜ぶわぁ。ほらリクちゃん、こっちおいで。

そう言いながら僕の右肩に両手を差し伸べたが、リクちゃんは無反応だった。彼女は肩をすぼめながら両目をくりんと斜め上に向けるという、人生で一度も実際に見たことがない仕草をしてみせると、僕ごとリクちゃんをこの二階まで連れてきた。階段を上っているあいだに僕は、リクちゃんが一週間くらい前に窓から逃げ出したことや、「娘」が飼っている鳥であることや、娘の名前がチナミだということや、お母さんの声がさっきからべつに裏返っていたわけではなかったことを知った。

——驚かせちゃえ。

そんな悪戯(いたずら)っぽい言葉も含め、やっぱり母よりもずっと若い印象だったので、てっきり「娘」というのは小学生くらいだと思い込んでいたのだが、押し込まれた部屋にぽつんと座っていたのは、いまそこにいる女子高生だったというわけだ。

「その鳥……何?」

僕が訊くと、チナミさんはスウェットの膝を揃えたまま椅子を回し、窓のほうへ身体を向けた。まだ時間が早いので、彼女が着ているグレーのスウェットは、もしかして寝間着だろうか。だとすると僕は、女の子の寝間着というものを初めて見た。

「ヨウム」

「オウム？」

ヨウム、と彼女は繰り返し、大型のインコだと説明した。頭に冠羽という、飾り羽根のようなものを持つのがオウムで、ないのがインコなのだという。リクちゃんにはたしかにそれはなく、短い毛がスポーツ刈りのように均一に生えている。

「でも、区別はけっこう曖昧なのかも。オカメインコとかはオウムなのにインコって呼ばれてるし」

鳥かごを見つめる彼女の顔には、リクちゃんが帰ってきたことを喜ぶ表情はまったく浮かんでいなかった。いや、どんな表情も浮かんでいなかった。こんなに顔色の変わらない人を僕は、いまのところ人生で二人しか知らない。夏以降の父と母だ。

「見つけてくれてありがとう」

まったく気持ちを込めずに言うと、チナミさんは壁の時計に目をやった。明らかに、用が済んだのだからもういいでしょという態度だった。でも用は済んでいない。僕は鳥を飼い主のもとへ返しに来たわけではないのだ。リクちゃんが喋った言葉が気になったから、ここまで追いかけてきた。そしていまや僕は、リクちゃんが喋った声は、チナミさんのものだと確信していた。声質は安いラジオみたいに平べったくなっていたけれど、喋り方がそっくりなのだ。暗くて無感情で。

ついさっきまで僕は、「死んでくれない？」というあの言葉は、どこかの母親が子供に向かって言ったものなのではないかと想像していた。つまり虐待とか、そういうことを。しかしチナミさんの声だとすると、いったい誰に対して言っていたのだろう。

「ヨウムって……人の言葉を憶える？」

探りを入れてみると、チナミさんの目が真っ直ぐこちらにスライドした。まるで定規で線を引くように。

「どうして？」

「なんとなく」

「この子、何か喋った？」

「何も」

無感情な目で僕を見ていたチナミさんは、やがて机の上のスマートフォンを手に取った。何か短く呟き、発信履歴からどこかに電話をかける。呟いた言葉は「とめないと」と聞こえたが、違うだろうか。チナミさんが耳にあてたスマートフォンからは、タダイマ電話ニ出ルコトガデキマセンというメッセージが流れ、彼女は眉を寄せて通話を切った。スマートフォンが戻された机の上には、とても綺麗な字が並んだノートと、たぶん化学のテキストが広げられている。

「休みの日なのに、勉強？」

「もうすぐ受験だし」

　ということは高校三年生で、兄と同級生だ。背も小さいし、髪も顔も無造作というか、あまり気にしていない感じだったので、ちょうど自分と同学年くらいの印象だったが、二歳も上だったらしい。僕は「そうなんすね」といまさら敬語を使いながら反対側の壁に目をやった。ハンガーにかけられた、高校のブレザーとスカート。電車に乗って通わなければならない、ものすごく頭のいい人たちが行く高校だ。ちなみに女の子に着られていない制服を見るのも、僕は初めてだった。

「勉強しなきゃいけないから、もういいかな」

「すいません」

　うっかり謝ってから、さすがにちょっと腹が立った。逃げた鳥を連れ戻してあげたというのに、こんな態度があるだろうか。床に置いたスポーツバッグに手をかけながら、僕は何か言ってやろうかどうしようか迷った。しかしそのときニシキモさんが予言したとおりの出来事が起きた。雨の音が聞こえはじめたのだ。

　窓に目をやる。雨粒は驚くほど急速に勢いを増し、見ているあいだにも海が灰色にぼやけていく。窓の手前に置かれた鳥かごの中で、リクちゃんもその灰色に溶け込んでいき、金色の鳥かごばかりが、くっきりと際立った。

「雨ですね」

当たり前のことを言ってみると、チナミさんは返事もせず、黙って窓に目をやった。肌がとても白く、でもそれは色白と聞いて想像するような感じではなく、生まれて一度も外へ出たことがないのではというような、魚のお腹に似た青白さだった。横顔には相変わらず何の表情も浮かんでおらず、そんな彼女を見ているうちに、ある考えが僕の頭に浮かんだ。唐突に。

もしやあれは、リクちゃんに向かって何度も発せられた言葉だったのではないか。

リクちゃんの帰還をまったく喜ばないチナミさんの様子。見当違いではない気がする。理由はわからないが、チナミさんはリクちゃんに死んでほしいと思っていた。リクちゃんはそれを感じ取り、隙を見て窓から逃げ出した。いや違う、それならリクちゃんはあして窓の外まで戻ってはこないだろう。もしかしてチナミさんは、わざとリクちゃんを逃がしたのだろうか。このままだと、自分がリクちゃんを殺してしまうのではないかと思って。それを僕が、こうして連れ戻してしまったのではないか。

「本、好きなんすね」

もう少しだけ粘ろうと、机の隣にある本棚に顔を向けた。小説がぎっしり詰まっている。いや、並んだタイトルからそう思っただけで、小説じゃない可能性もある。

「いまは受験だから、読んじゃ駄目って言われてる」

「そうなんすね」

「小説って、絶対に会わない人の話だから好き」

小説というものを一冊も読んだことがないので、何と答えていいかわからずにいるうちに、チナミさんが立ち上がった。天井の冷たい明かりに照らされて、顔はいっそう青白く、ずっと昔の写真の中にいる人みたいに見えた。

「いらない傘、たぶんあるから」

そのまま部屋のドアを出てしまうので、仕方なく僕も廊下に出た。廊下のにおいは部屋の中と少し違う。そういえば僕は、女の子の部屋のにおいをかいだのも初めてだ。

「リクちゃんのこと、大事ですか?」

ためしに訊いてみた。

「どうして?」

「なんか、戻ってきても、嬉しそうじゃないから」

僕はソックスをはいていたけれど、チナミさんは裸足(はだし)で、足音がしめっていた。

「あの、リクちゃんに、何ていうか――」

言葉を探したが、上手く見つからない。

「いなくなってほしいとか、思ってたりします?」

先を行くチナミさんの頭が、ほとんどわからないほどだけど、かすかにうなずいた。そのまま無言で階段を下りていく彼女に、言葉をつづけるつもりがあったのかどうかはわからない。とにかく、それを待っているうちに僕たちは一階へ到着した。

「あらぁもう帰っちゃうの?」

お母さんがキッチンのほうから身振りばかり大急ぎの様子でやってくる。傘はあるかと訊かれたので、ないと答えると、練習したような仕草で両目を見ひらいて口を押さえる。そして僕の背中を撫でるように押しながら、玄関まで連れていった。戸がWの字に曲がるタイプの靴棚を開けた右端に、傘がいくつも仕舞われていて、その中からお母さんは、普通はぜったい人にあげないようなやつを選んで僕にくれた。

「返さないでいいのよ。ほんとにありがとね」

靴棚の中はばか丁寧に整理され、靴のつま先がみんなこちらを向いて並んでいる。段は三つあり、お父さん、お母さん、チナミさんに割り当てられていることがひと目でわかった。それぞれの棚板に、テプラか何かで印刷された名前がわざわざ貼ってあったからだ。お父さんとお母さんの名前はあまり印象に残らなかったが、チナミさんが千奈海さんだということを、僕はそのとき知った。するとフルネームを漢字で書くと——。

「お母さんが再婚だから」

何手も先の考えを読んだように、僕の目線を追って千奈海さんが言う。その瞬間、お母さんの顔つきが変わった。まるで人形の首だけが急に本物になったように。まぎれもないなまものになったように。

お母さんの顔が、それから元に戻ったのかどうかはわからない。千奈海さんが玄関のドアを開け、僕は逃げるように外へ出てしまったからだ。ドアは背後ですぐに閉まり、僕は借りた傘をさしながら、くねくねした小径を真っ直ぐに門まで歩いた。

門を出て、ドアを振り向く。

さっき千奈海さんは、永海千奈海というフルネームを僕が心の中で笑ったと思ったのだろうか。僕はリクちゃんをあの部屋に置いてきて本当によかったのだろうか。千奈海さんはリクちゃんを殺したりしないだろうか。リクちゃんが喋った言葉を聞いてしまったと、僕ははっきり言うべきだったのではないか。そして、千奈海さんがどんな気持ちでその言葉を口にしたのかを訊くべきだったのではないか。疑問がまじり合って頭の中をぐるぐる回っているうちに、バッグの中でスマートフォンが振動した。取り出してみると野球部の一斉連絡で、雨が強いため今日の練習は中止になったとのこと。

《死んでくれなんて言葉、どんな気持ちのときに出てくるんだろ？》

門を離れながらSNSをひらき、歩きスマホでそう打ち込んでみた。

（五）

翌日曜日の昼、僕は知らないビルのそばに隠れていた。

昨日の雨はあれからいっこうにやんでくれず、今日は野球部の練習もなければ、漁港での投げ込みもできない。部屋でぼんやりしながら千奈海さんとリクちゃんのことを考えているうちに、とうとうじっとしていることができなくなり、僕は彼女の家を目指してバスに乗った。すると、驚くべきことが起きた。千奈海さんの家のそばでバスを降りようとしたら、本人が乗り込んできたのだ。僕は慌ててシートに戻って身を縮め、千奈海さんはそれに気づく様子もなく、二つ先のバス停で降りた。僕もあとから降りてあとをつけ、たどり着いたのがこのビルだったというわけだ。

街の中心部から少し外れた場所。いかにも家賃の安そうなテナントビル。その薄暗いエントランスに立ち、いま千奈海さんは泣いている。

壁に背中を預け、両手で顔を隠すようにして。

まわりには店もなく、行き交う人はゼロに近い。千奈海さんは何をしに来たのだろう。どうして泣いているのだろう。僕は自動販売機の陰に隠れながら、脳みそを絞って考えた。リクちゃんが喋った言葉。リクちゃんの帰還を喜ばない千奈海さん。昨日の帰りがけに見た、彼女のお母さんの顔つき。――誰か来た。

三十代半ばくらいの、やせた男の人。ビニール傘をさして向こうから歩いてくるが、垂れた前髪のせいで顔がよく見えない。前髪男は傘をたたんでビルに入ろうとしたが、そこに立つ千奈海さんに気づくと、足を止めた。千奈海さんが相手と向き合う。二人はその場でしばらく会話をし、それぞれ首を横に振ったり、縦に振ったり、何かの交渉でもしているような印象だった。やがてその交渉が結論に達したのか、互いに小さくうなずき合うと、前髪男が奥に消えた。

数秒遅れて、千奈海さんもついていく。

僕は忍び足で自動販売機の陰から出ると、傘を深くさしてビルに近づいた。エントランスに入ってみる。コンクリートの床に、じゃりじゃりと靴が鳴るほど砂が散らばっている。海が近いので、掃除をさぼるとこうなってしまうのだ。目の前にある汚れた階段。上のほうのどこかでドアが閉まり――そのあとはもう雨音しか聞こえない。

しんと冷たくなった胸に、よくない想像がいくつも浮かんだ。

どれも具体的ではないけれど、とにかくよくないものばかりだった。

階段を上る。たったいま二人がどこかのドアを入っていったというのに、ビルは廃墟(はいきょ)のように静まり返っている。二階へ上がってみると、ペンキが剥げた金属製のドアが一つきり。さっきの音からして、二人が入っていったドアはもっと上だろうか。三階へ移動してみると、また同じドアがあった。どうやら各階に一つずつ部屋があるようだが、住居なのか、それとも会社なのか、表札もプレートも掲げられていないのでわからない。

四階に向かってふたたび階段を上りはじめたとき、背後でドアがひらく音がした。僕はつま先立ちになり、上の踊り場までバレリーナのように移動した。

ひらいたのは、さっき見た三階のドアだった。踊り場に身をひそめて覗くと、中から出てきたのは千奈海さん一人だ。無言でドアを閉め、階段を下りていく。その足音がある程度まで遠ざかるのを待って、僕も動いた。千奈海さんはビルを出ると、持っている傘をひらきもせず、バス停のほうへ歩いていく。あとをつける僕の傘がドラムロールみたいに鳴るほど、雨が強く降っているというのに。

バス停で千奈海さんに傘をさしかけたとき、振り返った彼女の顔は濡れていた。そこに涙がまじっていたのかどうかはわからない。でも、たぶんまじっていた。表情が泣いていたからだ。昨日は何ひとつ浮かんでいなかった千奈海さんの顔に、僕が初めて見た表情が、それだった。

「ちょっと、知り合いに用があって……ニシキモさんっていうんですけど」

現れた理由を、こっちから説明した。実在の人物名を出したのは真実味を持たせるためで、それがよかったのか、どうやら疑われた様子はない。

「そっちは？」

訊いてみると、返ってきた言葉は予想外のものだった。

「ペット探偵のところ」

リクちゃんが逃げ出したとき、お母さんがインターネットで「ペット探偵」を見つけてきて、その人にリクちゃんの捜索を頼んでいたのだという。そんな商売があること自体、僕は初めて知った。

「リクちゃんが戻ってきたから、キャンセルしたの。昨日から何回も電話したんだけど、ぜんぜんつながらなくて、直接行ってきた」

本当だろうか。それならどうして千奈海さんは泣いていたのだろう。

雨に煙った道の先に、曖昧な四角いものが現れた。それがだんだん近づいてきてバスになった。ぷしゅーと溜息（ためいき）のような音がしてドアがひらく。湿ったにおいのバスに二人で乗り込んだあと、千奈海さんは乗車口に近い一人席に座り、僕はそのそばに立った。

どちらも口を閉じたまま、人形みたいに身体をぐらぐら揺らされているうちに、バスは一つ目の停留所で停（と）まった。

「リクちゃんのこと、少しのあいだ預かることとかって、できないですか？」

バスがふたたび走り出したとき、思い切って訊いた。千奈海さんは顔を上げず、前髪のあいだから僕を見る。

「何で？」

「じつは、いつか鳥を飼ってみたいと思ってて……その練習っていうか、ためしにっていうか。駄目ならいいんですけど」

「真面目な話？」

「真面目です」

千奈海さんは数秒黙ってから、急に真っ直ぐ顔を向けた。

「あの子、変な言葉を喋るかもしれないけど」

とうとう自分で言った。

「喋ってもいいです」

停留所が近づいてくる。バスが減速し、運転手のアナウンスが響く。

「今日の夕方、勉強のあとで届けに行く」

あまり期待していなかったのに、なんとオーケーが出た。

「ありがとうございます」

住所を教えてくれというので教え、千奈海さんがそれをスマートフォンに打ち込み終えると同時にバスが停車した。彼女は立ち上がり、僕の顔を見ないままドアを出ていく。雨は相変わらず強く降っているというのに、やはり傘をさそうともせず、その背中が雨に溶け込んでいくのを、僕は濡れたガラスごしに眺めた。乗客が何人か乗り込んでドアが閉まり、エンジンが運動靴の底を震わせる。千奈海さんは本当にリクちゃんを連れてくるだろうか。連れてきたとしたら、今日から僕は、部屋であの言葉を聞きつづけることになる。バスは動き出し、千奈海さんの影はかすんで消え、僕はスマートフォンを取り出してＳＮＳに打ち込んだ。

《自分の部屋の中で、死んでくれとか言われる気分……どんなだ。》

（六）

翌月曜日、敬老の日。

空がようやく晴れたので、部活の時間までふたたび投げ込み。マットに向かってフォークボールもどきを投げ、戻ってきたボールをまた投げる。ばすん！　ころん。とぼとぼ。右手を見ると、マメ、マメ。粉っぽく白ちゃけた指紋、マメ、赤くなった人差し指と中指の内側、タコ、タコ。肘を曲げ伸ばしすると、かすかな違和感。

「んで……けっきょく何だったんだよ」

ニシキモさんは釣り竿を握っているが、顔はさっきからずっとこちらを向いていた。

朝陽を受けた全身が、いつものように長い影絵になって堤防に伸びている。湾の真ん中には僕たちが単に「島」と呼んでいる無人島がぽつんと浮かんでいるが、あの島の影も海面に伸びているのだろうか。

「わかりません」

　ばすん！　ころん。とぼとぼ。

「その、リクちゃん？　まだおんなしこと喋ってんの？」

「僕の部屋で、はい」

　リクちゃんを預かったことも含め、ぜんぶ話し終えたところだった。

「死んでくれって？」

「言ってますね」

　千奈海さんは昨日の夕方、約束どおり家まで来た。かごに入ったリクちゃんと、いわゆる「鳥のえさ」一パックと、世話の仕方を丁寧にメモした紙を持って。呼び鈴が鳴ったので出てみると、雨上がりの玄関先に彼女が立っていて、後ろにタクシーが停まっていた。千奈海さんは持ってきたものを僕に渡したあと、すぐにタクシーに乗り込んでしまったので、会話はまったくしていない。

「そんな鳥、よく預かるな」

「けっこう可愛いですよ」

　千奈海さんのメモに「果物が好き」と書いてあったので、ためしに冷蔵庫に入っていたリンゴを小さく切ってやってみたら、美味しそうに食べた。鳥には表情というものがないけれど、食べるときの動きから、美味しいんだろうなと思った。

「兄貴と違って、何だ……考えてることよくわかんねえな、お兄ちゃんは」

ニシキモさんは歯をほじくりながら首をひねったあと、お、と声を上げた。竿にあたりがあったのかと思ったら違った。

「あれ、お兄ちゃんの友達か？」

倉庫の前を、ジャージの上下を着た殿沢先輩が歩いてくる。その顔つきがよく見える前に、僕はマットに向き直ってまたボールを投げた。ばすん！　ころん。とぼとぼ。殿沢先輩はすぐそばまで近づいてくる。

「ちょっと、いいか」

ばすん！　ころん。とぼとぼ。

「なあ」

ばすん！　ころん。とぼとぼ。

おい、と左腕を摑まれたので、僕は相手に向き直った。引退して二ヶ月が経ち、丸刈りだった頭がぼさついている。殿沢先輩はニシキモさんのほうをちらっと見てから、僕の肩口に顔を寄せた。

「こっち来てくれ」

背を向けて倉庫の壁沿いに歩いていき、端を折れて見えなくなる。投げ込みをやっている場所の、ちょうど反対側。

少し遅れてそこへ入った瞬間、胸ぐらを摑まれた。そのままぐいぐい押されて背中が壁にぶつかり、う、と咽喉から声が叩き出された。

「お前……いいかげん、やめろ」

「何をですか？」

「わかってんだろ」

殿沢先輩のニキビ面は真っ赤で、僕の胸ぐらを摑む手がユニフォームをねじるように半回転していく。でも、言葉はもう出てこない。

「小湊くん」

遠くから声がした。聞き憶えのある男の人の声。殿沢先輩の手がさっと離れる。漁港沿いの道に立っているのは、中学校時代の先生だ。英語を教わったのは憶えているけど、名前はぜんぜん思い出せない。

「久しぶりだね」

もともとやせた人だったのが、卒業前に見たときよりも、もっと細くなっていた。こけた頬がいっそうへこんで、骸骨みたいで、それを見て僕は、この先生が英語の授業中によく怪談話をしていたことを思い出した。どれもあまり怖くない怪談話で、先生の顔がいちばん怖いと、みんなよく笑っていた。先生が僕たちに聞かせた怪談はどれも日本の話だけど、書いたのは昔の外国人らしい。もちろんその人の名前も、もう記憶にない。

先生はそばまでやってくると、僕に笑いかけ、殿沢先輩にも笑いかけた。

「小湊くん、元気でやってる？」

先生がすぐに立ち去りそうにないと思ったのか、殿沢先輩は少し距離をとって様子をうかがう。でも、僕がわざと曖昧に反応していると、やがてあきらめて背中を向け、漁港沿いの県道に戻っていった。最後に僕を素早く睨みつけることだけは忘れず。

「……何を言われてたのかな？」

先生が後ろを振り返る。のろのろした口調も記憶に残っているが、やはり名前は出てこない。そのかわり、授業中にこの口調で、誰ひとり笑わない駄洒落（だじゃれ）をよく聞かされていたことを思い出した。

「べつに何も言われてません。先生もシルバーウィークですか？」

「ああ、もう先生じゃないんだよ」

今年の三月で退職したのだという。そういえばこの先生が定年退職すると、卒業前に全校集会で聞いたような、聞かなかったような。

「英語教師のくせに、なにしろ英語がろくに喋れないんだからね……そろそろ学校としても邪魔になってきた頃合いだったろうし、ちょうどよかったんじゃないかな」

生徒だった頃には絶対に聞けないような言葉だった。

「きみは……漁港で何をしてたの？」

「毎朝、部活とか学校がはじまるまで、投げ込みをやってます」

「中学の野球部のときから、お兄さんもきみも、練習熱心だったもんね。いつも職員室から見てたよ」

本当だろうか。とくに兄の部分に関しては疑わしい。夏以降、こんなことを言う人に何人も会ったからだ。兄の中学の同級生や、わざわざ家を訪ねてきた昔の担任教師や、近所のおじさんおばさんは、みんな昔から兄の熱心さを知っていたと言い張る。

「フォークボールを練習してるんです」

ためしに言ってみた。兄は中学時代からすでにフォークボールを練習しはじめていたので、本当に練習をしっかり見ていたなら、それなりのコメントが返ってくるだろう。するとやはり先生は、しばらく僕の顔を見たあと、まばたきをしながら海のほうへ目をそらした。

が、そのあと急に、こんなことを言った。

「野球をちゃんとやった経験なんてないから、役に立つかどうかわからないけど……高校時代に物理の先生から聞いた話があってね」

そう前置きをしてから先生が教えてくれたのは、僕がいままでまったく知らなかった、フォークボールの秘密だった。いや、僕だけでなく、兄でさえ知らなかったに違いない。知っていれば、一度くらい話題に出てきてもいいはずだから。

129

「……ほんとですか？」

訊き返すと、ほんとだよ、と先生は骨張った頬を持ち上げた。

（七）

その日、部活を終えて家に帰ると、僕は先生に教えてもらったフォークボールの秘密について考えながら、リクちゃんの鳥かごを見つめていた。千奈海さんの部屋と同じように、かごは窓辺に置いてある。

親に何の断りもなくリクちゃんを預かったというのに、父と母がどちらもいまだに何も言ってこないのは驚くべきことだった。僕の部屋に鳥が一羽いることに、もしや気づいてさえいないのだろうか。

さっきからリクちゃんはかごの中で、「鳥のえさ」をクチバシでつつきながら、ときどき暗い窓の向こうに顔を向けている。鳥目のはずなのに、何か見えるのだろうか。いや、そういえば鳥目というのは嘘だと、生物の時間に聞いたことがある。昼間に活動する鳥が多いから、そう思われるようになっただけで、実際には夜でも普通にものが見えているのだとか。

立ち上がり、窓ガラスの先を覗く。家が密集した低級住宅地なので、隣の家の壁と、屋根しか見えない。空も曇りはじめていて、星も月もない。何もない。

「死んでくれない？」

リクちゃんが喋る。僕は鳥かごのそばに顔を寄せ、耳元でその声を聞いてみる。

「死んでくれない？」

鳥が言葉を憶える仕組みは、いったいどうなっているのか。

《きっと、言葉の意味なんて知らないで言ってるんだろうな。》

そんなことをSNSに書き込んでみたけれど、それがわかっているせいか、耳元で繰り返されたところで何も感じない。これはちょっと予想外だった。千奈海さんの声だからかもしれないし、言い回しのせいかもしれない。

「死んでくれ」

鳥かごに向かって、わざと低い声を出してみる。

「死んでくれ」

もう一度。

「死んでくれ」

もう一度。

でもリクちゃんは僕の言葉を繰り返してはくれない。どのくらいの頻度で言えば、鳥は人の言葉を憶えるのだろう。首をひねりながら顔を上げると——あれ——。

（八）

「八十キロ出るって言ってたじゃないですか！」

機関銃の弾みたいな雨粒を顔面に受けながら叫んだ。

「出てるわ！」

ニシキモさんも叫び返す。片手で操縦桿、もう片方の手でスロットルレバーを握りながら、顎でスピードメーターを示すが、僕の両目には雨が入り込んで、ほとんど何も見えなかった。

正面左手に浮かんでいるはずの無人島もシルエットさえ確認できない。モーターボートは湾を真っ直ぐに縦断し、千奈海さんが暮らす対岸へと突き進んでいく。

「ちょっとずれてたから、曲がるぞ！」

ニシキモさんがカーブを切り、身体が左へ持っていかれた。背を屈めてウィンドシールドごしに前方を見ると、白黒みたいな景色の中に、栈橋の影がぼんやりと確認できる。そうかと思うと今度は身体が右へ引っ張られ、僕は急いでニシキモさんの腰にしがみついた。ボートは減速し、木製の桟橋にぴたっと身を寄せて停まる。風の音が一瞬でやみ、海を叩く無数の雨音に変わった。

「ありがとうございました！」

桟橋に飛び降りると、「よう」とニシキモさんの声が追いかけてきた。

「はい？」

「このボート借りた奴から、聞いたよ」

目が、僕を見られずにいる。

「急ぐんで、また今度！」

高台の住宅地まで一気に駆け、路地を曲がってぐんぐん走る。右手に千奈海さんの家が近づいてくる。ガレージのシャッターが開いていて、そこからちょうど、黒い、雨の中でもぴかぴかだとわかる車が出てくるところだった。車は路地に出ると、尻を向けて遠ざかっていき、僕が門の前までたどり着いたときにはもう曲がり角の先に消えていた。ぜいはあいいながらインターフォンを押す。反応はない。しかしもう一度押すと、スピーカーから千奈海さんの声がした。

『……何してるの？』

カメラで僕の姿が見えているのだろう、どちら様ですかもなしに訊く。

「家に誰かいますか？」

『いないけど』

「一つだけ確認させてください」

ゆうべ、リクちゃんのかごを覗き込んだときに気づいたこと。リクちゃんが繰り返しているあの言葉は、いったい誰が誰に対して言っていたものだったのか。その答えを見つけた気がしたのだ。それから僕は、ひと晩中考えた。実際は少し眠ってしまったけれど、主観としてはひと晩中だった。時間が経つにつれ、自分の考えは正しいのではないかという気持ちがどんどん強まり、夜が明けた頃にはもう確認せずにはいられなくなっていた。家を出て漁港に行ってみると、疲れたようなTシャツを着たニシキモさんが、倉庫のひさしの下で雨宿りしながらぼんやり煙草を吸っていた。いますぐモーターボートを借りられないかと訊くと、さすがに面食らったようだけど、急用なんですと頼み込んだら、ひさしの下を出てどこかへ向かった。戻ってきたときにはキーを持っていて、僕たちは漁港のそばに係留されていた先日と同じモーターボートに乗り込み、漁港を出発したのだ。

「もしかして千奈海さん、死のうとしてます？」

声が返ってくるまでずいぶんかかり、そのあいだに僕の呼吸はおさまった。

『……何で？』

その言葉も、力のない言い方も、イエスと答えているようなものだ。

「中、入れてください」

しばらくするとインターフォンが切られ、雨の向こうで音もなくドアがひらいた。僕は門を抜け、不必要に曲がりくねった小径を進み、スウェット姿の千奈海さんと玄関の内側で向き合った。彼女は背中を向けて奥に行きかけたが、僕がついてこないので、中途半端な場所で立ち止まる。

「床、べつに濡れても大丈夫だけど」

「ここでいいです」

びしょ濡れの身体で、僕はたたきにしゃがみ込んだ。千奈海さんはすぐそばまで戻ってくると、上がりかまちに腰を下ろしたが、そのまま何も言わない。

「さっき言ったこと、違いましたか？」

「違わない」

「理由とか、教えてもらっていいですか？」

千奈海さんは顔を上げない。

「きみは……そうだよね。知りたいよね」

その言葉に込められた意味には、とりあえず気づかないふりをした。

「あまりにくだらなくて、がっかりするだろうけど——」

そう言ったあと、思いのほかためらいなく、千奈海さんは死にたい理由を僕に話した。まざり合ってこんがらがって、たぶんもうばらばらの状態に戻せなくなったものを、一つ一つ言葉にしてくれた。中学一年生のときに父親が病死したこと。お母さんの再婚。

135

新しく父親になった人が、県内で歯医者を三つも経営しているお金持ちだったこと。その父親に、医学部に進むよう言われ、お母さんも大乗り気になったこと。なかば無理やり勉強させられて、なんとかいまの高校に入ったけれど、まわりの人の頭がよすぎて勉強が追いつかず、いくら頑張っても駄目なこと。そうしたことを相談できる友達がおらず、そもそも生まれて一度も友達というものを持った経験がないこと。くだらないでしょと言われたので、わかりませんと僕は答えた。本当にわからなかったからだ。それでも知りたかったし、知らなければいけなかった。

「でもけっきょく、一番の理由は自分なの。そんなくだらない理由で死のうと思っちゃう自分。だから、死にたいというより、自分に死んでほしいの」

どうやら推理は当たっていたらしい。

ゆうべ、部屋の窓に自分の顔が映っているのを見て僕は考えた。千奈海さんは、あの言葉を誰かに向かって言っていたわけでも、ましてやリクちゃんに向かって言っていたわけでもなく、自分に言っていたのではないか。千奈海さんの部屋で、鳥かごは窓の手前に置かれていた。彼女はそこに立ち、ガラスに映る自分に向かってあの言葉を繰り返していた。毎日毎日、何度も何度も。それをリクちゃんが憶えてしまった。

「リクちゃんは……千奈海さんの言葉を憶えちゃったから、逃がしたんですか？」

訊くと、しかし千奈海さんは首を横に振る。

「あたしが死んだら、どうせいまのお父さんが外へ逃がすか、何か別の方法で処分しちゃうだろうから、先に逃がしたの。もともとリクちゃん、死んだお父さんが飼ってたヨウムで、名前の由来は、あたしが海だから。海と陸。いまのお父さんは、そういうのがぜんぶ嫌みたいで、お母さんと結婚してから四年間、ずっとリクちゃんの存在ごと無視してる」

お母さんには、リクちゃんはうっかり逃がしてしまったと話したらしい。

「そしたらお母さん、ネットであのペット探偵を探してきて、連絡しなさいって言って……あたしが電話するのを、横でずっと待って見てるから、仕方なくその場で電話かけた」

ペット探偵はリクちゃんの写真などを受け取りに、すぐにこの家までやって来た。しかし、あまり仕事ができそうな感じではなかったので、千奈海さんは安心したのだという。リクちゃんがこのまま見つからずにすんでくれるのではないかと思って。ところがその数日後、僕がリクちゃんを肩にのせて現れてしまったというわけだ。

「リクちゃんといっしょに家に来たとき、すぐわかったんだよね」

千奈海さんは僕の胸に目を向ける。

「何がですか？」

「きみが、誰だか」

意味が掴めないという顔で誤魔化した。千奈海さんは白目と黒目の境がはっきりしない目で、僕の言葉を待つように黙り込んだ。僕が何も言わずにいると、スウェットのポケットからスマートフォンを取り出し、何か操作してから画面をこちらに向ける。なんとなく予想したとおり、そこにはSNSの書き込みが表示されていた。

《きっと、言葉の意味なんて知らないで言ってるんだろうな。》

ゆうべ僕が書き込んだやつだ。

「あたし、このアカウントが気になって、前から見てたの。夏休みが終わった頃から。毎日ひらいて読んで……最後の書き込みからさかのぼってみたり、ずっと前の書き込みから順番に読んでみたり。同じ街だし、同じ高校生だし、いったいどんなこと考えてたのか、知りたくて。そうやって見てるあいだ、もちろん新しい書き込みは一度もなかったけど」

死んだ人間のアカウントなのだから、新しい書き込みがないのは当たり前だ。

「それが、このまえ急に書き込みがあって驚いた。しかも書いてあったのが、リクちゃんのことだったから」

千奈海さんは画面にそれを表示させる。漁港にリクちゃんが現れたとき、僕が初めてこのアカウントに書き込んだ文章だ。

《投げ込み練習頑張ってたところ、僕に死んでほしがってるやつ登場。》

「最初は、死んだ人のアカウントにどうしてリクちゃんのことが書き込まれたのか、ぜんぜん意味がわからなかった。でもそのつぎの日、きみがリクちゃんを肩にのせて家に来た。あたし、顔見てすぐ気づいた。このアカウントにアップされてたきみの写真、何回も見てたから」

兄はSNSに、ときどき僕の写真をアップしてくれた。ピースしようとしたのに間に合わず、中途半端に右手を持ち上げている写真。いつも丸刈りを床屋でやってもらっていると友達に言っていたのに、母にバリカンで刈られている瞬間を撮られてしまった証拠写真。そんなものばかりだったけど、僕は嬉しかったし、誇りだった。

「教えてほしかったんだけど……どうしてきみは、これをお兄さんのアカウントでアップしたの？　この、リクちゃんのやつ」

「知りたいですか？」

千奈海さんは唇を動かさず、知りたいと答えた。

「もし、嫌じゃなければだけど」

「犯人を見つけたかったんです」

「……何の？」

「兄を殺した犯人です」

意味がわからなかったのだろう、千奈海さんの目が戸惑うように揺れた。

兄はあの漁港で、下井監督にもチームメイトにも秘密でフォークボールの投げ込みをつづけていた。そのおかげでチームは地方大会の決勝まで進んだけれど、そこで兄の肘はとうとう壊れた。フォークボールは肘への負担が大きいから投げすぎるなという下井監督の言葉は正しかったのだ。

決勝では殿沢先輩が投げ、初回から無茶苦茶に打たれた。

チームは完敗した。

どちらかというと昔からお喋りだった兄は、それを境にまったく口を利かなくなった。そして夏休みの終わりに、いきなり死んでいたのだ。あの朝、ドアを突き破るような母の叫び声で目を覚まして部屋を出てみると、兄はユニフォームのパンツを首に巻きつけ、それにベルトを通し、そのベルトを階段の上の柵にくくりつけて、吹き抜けにぶら下がっていた。目も口も、叫んでいるように大きくひらいて。兄のことを思い出すとき、きまって最初に現れるのはその光景で、無数にあったはずの日常の出来事は、みんなどこかに追いやられてしまった。

「僕も千奈海さんと同じで、兄が何で死んだのか、何を考えてたのか、どうしても知りたかったんです」

兄の真似をして、早朝の漁港で投げ込みをはじめてみた。あの場所でフォークボールを練習しつづけ、兄のように肘を壊して、ボールが投げられなくなったら、その気持ちを自分で感じられるのではないかと思って。もちろん、チームを地方大会の決勝まで連れていった兄とはぜんぜんレベルが違うから、もし肘が壊れたところで同じ気持ちなんて味わえないかもしれない。もう野球なんて少しも好きじゃないし、大嫌いだし、そんな自分がボールを投げられなくなっても、何ひとつ感じられないかもしれない。でも、ほかにできることが思いつかなかった。無理をして投げれば投げるほど、肘に違和感をおぼえればおぼえるほど、兄を見殺しにしてしまった自分が許されるような気もした。

「SNSも見返しました。あの試合で負けてから死ぬまでのあいだに、もしかして誰かに何かひどい書き込みでもされたんじゃないかって」

しかし、そんな書き込みはどこにもなく、むしろ同級生や、たぶん同じ街に住んでいる人たちからの、励ますような言葉ばかりだった。でも僕は納得できず、書き込んだ人が削除してしまったのではないか、それともダイレクトメッセージで何か送られてきたのではないかと疑って――。

「兄のアカウントに入ってみたんです」

ログインするのは簡単だった。兄が高校一年生になり、前からの約束どおり親にスマートフォンを買ってもらったとき、僕の目の前でSNSアカウントをつくっていたからだ。

――パスワードって、名前と誕生日とかでいいのかね？

リビングのソファーに寝そべりながら兄は訊き、それでは危ないんじゃないかと僕は言った。しかし自分で忘れてしまったら困るというので、けっきょく名前と誕生日に1をつけ加えるだけにしたのだ。1というのは、その頃の兄がいつか手に入れたいと願い、やがて実際に手に入れることになる、エースの背番号だった。

「アカウントに入って、すぐに見つけました」

自分のスマートフォンにそれを表示させ、千奈海さんに向ける。

自殺した夜、兄が受け取っていたダイレクトメッセージ。

《監督にやるなって言われてたこと平気でやって最後に肘壊すとかありえない。負けたのお前のせいだし、ぜんぶ責任とってほしいし、死んでくれ。》

これを見つけたとき、送信アカウントはもう存在しなかった。きっと兄が死んだあとに削除したのだろう。思いつく人物は一人だけいたが、証拠はどこにもなく、僕は何もできなかった。ほんの五日前までは。

「堤防でリクちゃんと会ったとき、兄のアカウントに書き込むことを考えたんです」

相手が読むことを願って。自分はあのダイレクトメッセージのことを知っているぞと伝えたくて。死んだ兄のSNSアカウントを弟が使って何が悪いのか、実際に起きたことを書いて何が悪いのかと自分に言い聞かせながら。

《投げ込み練習頑張ってたところ、僕に死んでほしがってるやつ登場。》

《死んでくれなんて言葉、どんな気持ちのときに出てくるんだろ？》

《自分の部屋の中で、死んでくれとか言われる気分……どんなだ。》

《きっと、言葉の意味なんて知らないで言ってるんだろうな。》

本当はもっともっと、怯(おび)えさせるような言葉を書きたかった。怖くて学校に来られなくなるような、家の外にも出られなくなるような言葉を。でもその勇気がなかった。こんな書き込みでは何の意味もないのではないか——そう思っていたら、殿沢先輩が漁港で僕の胸ぐらを摑んだ。

ひそかに想像していたとおり、ダイレクトメッセージを送ったのは殿沢先輩だったのだろう。

「その人のこと……どうするの？」

ローカルチャンネルのニュースでは、この街で五十年ぶりの殺人事件が起きたなんて騒いでいる。でも、それ以前にだって、こんなふうに人殺しはあった。兄は見えない刃物で刺されて死んだ。僕も同じ刃物を人殺しの胸に突きつけてやりたかった。

でも、やっぱりそんな勇気は出てくれない。

「どうもしないと思います」

何をするのが正しいのかも、僕の平凡な頭ではわからない。

「とにかく……死ぬのは駄目です」

いまのところ、言えるのはそのくらいだ。僕や、兄が死んでからぜんぜん言葉を発しなくなってしまった父や母のように、残される人がいる。千奈海さんの気持ちは、さっき正直に答えたとおり、よくわからないし、親との関係が実際にどんな感じなのかも想像しきれない。でもその親が、残される人であることに変わりはない。僕だって、もう知り合ってしまったのだから、千奈海さんが死んだら哀しいし、頑張っても止められなかった分だけ、きっと余計に哀しい。

「そんなこと、あたしだって何百回も考えた。でも――」

しゃっくりでも我慢するように、千奈海さんは唇を閉じて息を止めた。そのまま膝を抱え、そこへ頭を落として顔を伏せる。

「どうしようもないんだよ。あたし頭悪いから、みんなに勉強追いつけないし、新しいお父さんとは何年経っても上手く喋れないし、ましてや好きになんてなれないし、そのせいでお母さんとも喋れなくなったし、こんな性格だから、友達なんてこれからもできないだろうし、そういう自分が嫌で仕方ないし、やっぱりこの世から消えてほしいって思うし、消しちゃいたいって思う」

顔が膝にくっついているせいで、千奈海さんの声はこもっていた。頭頂部がこちらを向き、真ん中にあるつむじや、その皮膚の色や、髪の一本一本が生えている様子がはっきりと見て取れ、それがとても生々しく、僕は急に何も言えなくなった。家を包んでいた雨音はいつのまにかやみ、二人して黙り込むと、物音ひとつ聞こえない。まだ言いたいことがあるような気がするけど、言葉が咽喉の奥で粘土になったように、まったく出てこない。空はこれから晴れるのだろうか。部活が休みの日、みんなは何をしているのだろう。バスや自転車で買い物に行ったり、友達同士で遊んだりするのだろうか。兄が死んでから僕は一度もそういうことをしていない。これからも、たぶんできない。家族が自殺していない人をうらやましく思ってしまうし、憎んでしまうし、笑ったり、冗談を言ったり、どうやっても無理だ。びちょびちょの身体で玄関のたたきにしゃがみ込んだまま、僕は咽喉に力を入れて顎を上げた。兄が死んでから体得した、涙を出さないコツだった。誰かの前で泣くなんてことは絶対にしたくない。そしてそれは、もしかしたら千奈海さんも同じなのではないかと思った。彼女も何か独自のコツを持っていて、いまこのときも、それを実行しているのではないか。ペット探偵のビルの下で、千奈海さんは泣いていた。一人きりでいるときは、彼女もああして何度も泣いていたのかもしれない。僕と同じように。

そのとき、ドアの向こうで声がした。

「おーい」

膝から顔を引き剝がし、千奈海さんが頭を上げる。

「おーい！」

「すいません……僕の知り合いかも」

立ち上がってノブに手をかけた。「かも」どころではなく、どう聞いてもいまのはニシキモさんの声で、ドアを開けてみるとやっぱりニシキモさんだった。まるでたったいままで水に潜っていたみたいに息が切れている。

「取り込み中に悪いけどさ、時間がねえんだ。すげえもん見られるかもしれねえから、いっしょに行こう。お兄ちゃん――と、よかったらそっちのお姉ちゃんもついでに」

（九）

ニシキモさんは桟橋に停泊させてあったモーターボートに僕たちを乗せると、エンジンをかけて急発進させた。僕と千奈海さんは反射的にお互いの腕を摑んでしまったので、二人してバランスを崩し、後ろ向きに転がった。

「大丈夫か？」

振り返りもせずに訊かれたが、僕たちは体勢を立て直すのに忙しくて答えられなかった。いったいどこへ向かおうというのか。ニシキモさんはスロットルレバーをぐっと前に倒す。いつも着ているくたびれたTシャツが風でばたばた暴れ、ボートはぐんぐん速度を上げながら進んでいく。雨はあがっているが、空はまだびっしりと灰色の雲に覆われ、海もその色を映して暗い。

「このボート、返さなくていいんですか？」

「あとで返すよ」

「すごいものって――」

行きゃわかる、とニシキモさんは顎で前方を示した。遠くのほうで、雲にいくつかの隙間が開き、そこから光が覗いている。

「ずっと見たかったんだ。昔、一回だけ見えそうになったことがあって、そんときと空が似てて……もしかしたら今度こそ見られるかもしれねえと思って」

「え、見られるかどうかわからないんですか？」

「んなもんわかるかよ！」

行く手に見えている雲の隙間が、しだいにはっきりとしてくる。こちらが近づいているせいなのか、それとも雲の隙間が少しずつ広がっているのか、そこから海に射す複数の光が、だんだん太くなっていくのが見て取れる。光が照らしているのは、湾の真ん中に浮かぶ無人島の手前あたりだ。

「俺も、いろいろあってさ」

エンジンが悲鳴を上げつづけているので、ニシキモさんの声は聞き取りづらい。

「つっても、悪いことが起きねえ人生のほうが特別なんだろうけどな」

　操縦桿を握るニシキモさんの顔を、僕はほとんど這いつくばった状態で見上げていた。どんな生活をしているのかも、ニシキモというのがどんな漢字なのかも、どういろいろあったのかも知らないけれど、皺が刻み込まれたその顔を見上げているうちに、急にわかったことがあった。

　漁港で先生が教えてくれたフォークボールの秘密。

　あのとき先生が言いたかったこと。

「フォークボールって、ほとんど落ちないらしいです」

「ああ?」

「フォークボールって落ちないらしいです!」

　風のうなりに負けないよう声を張る。

「落ちるだろうがよ!」

「落ちるけど、落ちてないんです!」

　あれは自然落下に近いのだという。もちろん少しは落ちているけれど、その軌跡はごく普通の放物線に近い。いっぽうでストレートは強い上向きの回転がかかっているから、なかなか落ちずに球が伸びる。それと無意識に比べてしまうので、逆にフォークボールのほうが、すごく落ちているように見えてしまう。

「要するに、どちらかというとストレートのほうが変化球らしいです!」

先生が実際にどういうつもりでそのことを僕に話したのかはわからないし、たまたま思い出しただけなのかもしれない。でも、もしかしてこれが言いたかったのではないか。たったいまニシキモさんが言ったのと同じことを。何もない人生のほうが——つらくて哀しいことが何ひとつ起きない人生のほうが、特別なのだということを。

「そりゃいいこと聞いた!」

いかにも深く考えていない感じで言うと、ニシキモさんは前方を指さす。

「通称、天使のはしごだ!」

雲の隙間から、細くて真っ直ぐな光のすじが重なり合って放たれている。

「あの光を伝って、雲の上から天使が降りてくるんだと!」

「ニシキモさんが見せたかったのって——」

「あれじゃねえ!」

じゃあ何なんだ。——と思った瞬間、スロットルレバーがニュートラルに戻されてエンジンが切られた。車ならばそのまま惰性でどんどん前進するのだろうけど、水の上ではそうはいかない。ボートは急激にスピードを殺され、僕と千奈海さんは這いつくばったままふたたびバランスを崩して前方に転がった。

「こっち来てみろ」

ニシキモさんはボートの端に移動すると、ウィンドシールドを両手で摑んで跳び、一段高くなった舳先の部分に乗り上がる。柵も何もないそんな場所に乗っかることも、人から借りたボートなのに平気でそれをやることも、僕たちがついてくると信じているらしいことも、ぜんぶが驚きだった。さらに、千奈海さんが立ち上がってウィンドシールドの端を掴み、両足で弾みをつけて舳先に乗り上がったので、また驚いた。

「お兄ちゃんもほれ、早く」

仕方なく、恐る恐る舳先に乗り上がる。もちろんニシキモさんのように、そこで立ち上がることなどできず、千奈海さんも僕も四つん這いの状態だ。飛行機が上空を飛んでいるらしく、ジェット音が近づいてくる。

「立てるか？」

返事も待たず、ニシキモさんは僕たちの腕を同時に掴んで上へ引いた。先に上体を起こしたのは千奈海さんで、彼女は顔を上げ、両目を大きく見ひらき、ゆっくりと膝を伸ばしていく。グレーのスウェットをはいたその両足が、見てわかるほど震えている。僕もニシキモさんの腕を頼りながら、震える足で立ち上がった。硬くて茶色い、鰹節みたいな腕だった。

「見ろ、あそこ」

雲の隙間から射し込む光のすじ――ニシキモさんが言う天使のはしごが、暗い海面をスポットライトのように照らしている。ぜんぶで五つ。それぞれの光は、丸く、小さく、等間隔で離ればなれになり、ちょうど五角形の頂点が光っているように見えた。しかし、それだけだ。いったい僕たちに何を見せたいのだろう。横風が吹いてボートが揺れる。ニシキモさんが腕を摑みつづけていなければ、僕も千奈海さんも絶対に海へ落ちていただろうし、摑んでくれていても落ちそうだった。なんとか僕たちが体勢を立て直したとき、ニシキモさんが短く呻（うめ）くような声を洩（も）らした。そして、自分で連れてきたくせにこう呟いた。

「嘘だろおい……」

実際それは、嘘みたいな光景だった。

目の前で、花が咲いていく。たぶん野球場くらいある花。雲の隙間から射し込む五つの光が、どれもゆっくりと広がって、五枚の花びらに変わっていく。水平線も見えない灰色の景色の真ん中で、ゆるい海風の向こうで、光の花は真っ白にひらき、端と端が重なり合って、つながり合って視界いっぱいに広がり、その眩（まぶ）しさに、僕はもう少しで目を閉じてしまいそうだった。

「咲いた……」

ニシキモさんの声が震えている。泣いているのだろうか。ずっと前から見たかったと言っていたけれど、何故（なぜ）だったのだろう。昔、一度だけ見えそうになったというのは、いつだったのだろう。僕の腕を摑む手の力が強くなる。反対側の手も同じだろうか。この花が現れることを、ニシキモさんは本当に空を見ただけで予想したのだろうか。相変わらずわからないことだらけだった。千奈海さんは死ぬのを考え直してくれるだろうか。殿沢先輩は自分の登板でチームが負けた悔しさや恥ずかしさを、あのメッセージで兄にぶつけたのだろうか。本当は死んでほしいなんて思っていなかったのだろうか。地方大会の決勝で負けたあと、兄のSNSには励ましの言葉がたくさん書き込まれていた。その書き込みは、たった一人の言葉にも勝てないものなのだろうか。勝った言葉は強くて、負けた言葉は弱いのか。勝った人は強くて、負けた人は弱いのか。殿沢先輩からあのメッセージが送られてこなかったら、本当に兄は死ななかったのか。父や母は、いつかまたちゃんと言葉を発するようになってくれるだろうか。僕は友達といっしょに笑えるようになるだろうか。残された家族が音もなく壊れてしまうことを、兄は少しくらい予想したのだろうか。火葬場で棺(ひつぎ)にグローブを入れさせてほしいと、母は係の人に頼んだ。でも断られ、子供みたいに口をあけて泣いた。そんな光景を、兄は死ぬ前に想像していただろうか。どうして僕に何も言ってくれなかったのだろう。漁港でボールを投げつづけても、カモメにパンを食べさせても、びちょびちょの身体で千奈海さんと話しても、何ひとつわからない。いつか本当に肘が壊れても、きっとわからない。小学生のとき、兄とのあいだでなぞなぞが流行(はや)り、僕たちは毎日毎日、いくつも問題を出し合った。あのときはどの問題にも必ず答えがあった。けれどいまは、そんなものがあるのかどうかさえわからない。千奈海さんに顔を向ける。あっちも僕を見ている。グレーのスウェットを着た全身を海風にさらし、唇を横に結び、両目に力を込めて。自分も同じ表情をしていることが、どうしてか相手の顔を見ることで感じられた。わからないことだらけなのに、それだけがはっきりと感じられた。

った。彼女は取り乱し、短く声を上げて家を飛び出した。おばはそれを追いかけたが、直後、叫ぶようなブレーキ音と鈍い衝突音が聞こえてきた。おばや周囲の人々が駆け寄って確認したときには、もう少女は事切れていた。

――アイソーアホリブル……。

事故が起きたのは、私が少女と最後に会った日だった。

私が決して開けてはならない箱を開けてしまった、あの日だった。

全身が砂のように崩れていく感覚に襲われながら、いつしか私は記事の下端に表示されている絵を凝視していた。少女の母親が描いた蝶。枝にとまった一匹の蝶。絵の左下には、あのとき私が見逃していたものがあった。力なく淡い筆跡でそこに記されていたのは、日本にも数多く棲む、ある蝶の名前だった。

それは紛れもなく、ダブリンのアイスクリームショップで見た絵だった。少女の母親が描いたという、枝に翅を広げてとまる、美しい蝶。理由を求める声のように、肋骨の内側で心臓が鳴る。カーソルが画像に吸い込まれ、指がマウスのボタンを押す。画面に英文が表示される。視線がその文字を追う。理解するよりも速く目が動き、急いで最初に戻るが、ふたたび追いつけなくなって、また戻る。何度もそれを繰り返したあと、私はようやく内容を理解した。

それは、ある交通事故について報じた記事だった。

その少女は、おばと同居していた。おばの仕事が見つからず、二人の生活は楽ではなかった。少しでも暮らしの助けになればと、少女はおばに何度も止められながらも、一人でバスに乗ってダブリン市街地へ出かけ、観光客から小銭を集めていた。そして家計の足しにと、集めたその小銭をおばに渡していたのだという。

おばによると、その日も少女は家を出てどこかへ出かけた。夕刻、おばがダブリン市街地まで彼女を捜しに行ってみると、やはり彼女は紙コップを持って旅行者に声をかけていた。おばは少女を叱ったあと、車に乗せて家に連れ帰った。

家に入ると、少女はいつものように、箱の蓋を開けてそっと中を覗いた。彼女はそこに一匹の蝶を閉じ込めていた。母親の生まれ変わりだと言って。砂糖水を染み込ませたティッシュペーパーを入れて。しかし少女が箱を開けたとき、その蝶がどこにもいなか

Now I know what Mom said at that time
お母さんがあのとき何と言ったのか、いま私は知っている

You wouldn't believe
あなたはどうせ信じない

ふと気がついた。

彼女の母親は、死に際に絵を指さして、自分は蝶になると言ったのではないか。一番好きだった、あの蝶になると。

そのことが何を意味するのかはわからない。わからないのに、先回りした予感が背後から冷たく覆いかぶさった。えたいの知れない不吉なもので身体がみるみるいっぱいになり、それに動かされるようにして、私はほかの記事をひらいていった。一つ。また一つ。つぎつぎ見ていくが、何もない。私に答えを教えてくれるものはない。私はキーワードを英語で打ち直して検索ボタンを押した。画面に英文の記事が表示され、上のほうに、蝶の写真がずらりと並んだ。

その中に、知っている画像があった。

どうしてこの絵が表示されているのだ。

たよりなく上下に揺れながら、窓枠の中を行き来している。

あの蝶は、風に乗り、海を越え、少女が暮らす街まで飛ぶこともあるのだろうか。あるいは、彼女の街にいる蝶が、ここまで飛んでくるようなこともあるのだろうか。

「……蝶」

思い立ち、パソコンに向き直った。検索ワードに「アイルランド」「蝶」と打ち込んでみる。少女や、彼女の母親の絵に描かれたあの蝶は、いったい何という種類だったのだろう。検索ボタンを押すと、日本語で書かれた旅行記のようなものが複数表示された。それらを一つずつひらいていく。いくつかの記事に、アイルランドで見たという蝶の写真が載っていたが、あの蝶に似たものはない。

もっと、特徴などを細かく書き込めばいいのかもしれない。しかし、なにしろモノクロームの絵を見ただけなので、大きさも色もよくわからなかった。翅のふちが塗られてはいたけれど、それだけで見つかるものだろうか。思案しつつ画面を下へ動かしていったとき、ある一つの記事が私の目を引いた。

それは、外国における言い伝えについて綴(つづ)られた記事だった。

ひらいて読んでみると、文章の中に、私が知らないことが書かれていた。なんでもアイルランドでは、死者の魂が蝶になって飛んでいく、と言われているのだという。

別れ際、紙コップに落としたメモ紙には自宅住所も書きつけてあったが、少女からのエアメールが届くようなことはない。箱に入っていたあのティッシュペーパーが何だったのかも、わからないままだ。けっきょく私は彼女に二ユーロ硬貨二枚を渡しただけで、ほかに何をしてやることもできなかった。

画面に「英会話教室」と打ち込み、自分が暮らす街の名前をつけ加えてみる。検索すると、自宅から近い距離に、想像していた以上に多くの教室があることがわかった。ほとんどが個人経営のようだ。私はそれらの詳細を、上から順に一つ一つ確認し、いくつかの教室名と電話番号をメモした。

いつかあの街で、また少女と会うことができるだろうか。これから懸命に英会話を勉強すれば、彼女と再会したそのとき、母親の話や、おばの話や、あの箱の中身のことを、あらためて訊くことができるだろうか。

図書館は高台にあり、窓の向こうに湾が望めた。ここへ来るときは傘が必要だったが、もう秋雨(あきさめ)はやんでいるらしい。雲に切れ間が生じ、そこから真っ直ぐな光が数本、海に射している。光のそばを飛んでいく飛行機は国際便だろう。ヨーロッパ方面へ行き来する飛行機は、きまってあの湾の上空を通過する。五ヶ月前、私がアイルランドへ向かったときも、帰ってきたときも、機体はああしてこの街をかすめていった。

窓のすぐ外を、一匹の蝶が飛んでいる。

（六）

図書館のパソコンに「S」「O」「S」と打ち込み、「検索」ボタンをクリックする。

画面にずらりと検索結果が表示される。

『SOSとは、モールス信号での打電を目的に制定された救難を求める符号』

『憶えやすく緊急時にも打ちやすい』

『〝Save Our Souls〟または〝Save Our Ship〟の略といわれるがこれは俗説』

『SOSというアルファベット自体に意味はない』

半びらきの口から、思わず短い息が洩れた。

どうやら私は、長いこと嘘を信じ込んできたらしい。SOSというのは、単にモールス信号で打ちやすく、憶えやすい三文字というだけだったようだ。きっと学生時代の英語教師も、誰かから聞いた俗説を、すっかり信じ込んでいたのだろう。

それにしてもインターネットの便利さには驚かされるばかりだ。キーワードを打ち込むだけで情報を提供してくれるし、私が四十年あまりも信じ込んできた間違いも、こうして一瞬で正してくれる。

ダブリンの街をあとにして五ヶ月が経っていた。

161

こいらしか生きていない、幼い彼女の不幸を、歳をとったこの身に移し替えてやりたかった。

少女は曖昧な角度に首を傾けながら踵を返し、それとひとつづきの動きで私から離れていった。何も言葉はなかった。小さな背中と、汚れたピンク色のリュックサックが、行き交う人々の向こうへ消えていく。その姿が見えなくなってからも、私は雑踏の端で動けずにいた。五、六人の若者が、にぎやかに追い越していき、一人が何か言うと、ほかの面々がのけぞるようにして笑った。

私が箱の中に見たもの。――折りたたまれたティッシュペーパー。四角くたたまれたあと、箱の中に入れられているうちに、かたちが崩れたような印象だった。少女の母親が死んだのが三ヶ月ほど前。そして彼女はつい先日、以前の家へ行ったとき、母親の机の上で「恐ろしいもの」を見つけたという。それはあのティッシュペーパーそのものだったのだろうか。それとも、彼女はあれで何かを拭き取るか、包むかしたのだろうか。

翌日も翌々日も、私は少女を捜して街を歩いた。

しかし、彼女はどこにもいなかった。

162

センチほどひらいた蓋の隙間を覗く。菱形の暗がりには何もないように見えた。しかし目をこらすと、曖昧なかたちのものが、そこにはたしかに入っている。それが何であるかを見て取ると同時に、私は蓋を閉じた。身体ごと振り返る。まるで叱られるのを心配しているように、何か聞き取れないことを呟きながら、少女がそばへ戻ってくる。私は蓋を留めていた輪ゴムをもとの位置に戻し、何でもない顔をして箱を差し出した。

「ドゥー、ユー、ウォント、アイスクリーム？」

話がしたかった。

しかし彼女は、あらかじめ決めていたかのように首を横に振り、紙コップと箱を胸に抱いて背を向ける。思わずその腕にふれると、彼女は振り返りざま、周囲に素早く視線を投げた。昨日、アイスクリームショップに現れたあの女性が、どこかから彼女の様子を見ているのだろうか。私もあたりを見回してみるが、それらしい姿はない。

上着の内ポケットから二つ折りの紙を抜き出した。部屋で用意してきたメモだった。私が泊まっているホテルの名前と部屋番号、その下には、日本の自宅住所とフルネームも、ローマ字で書きつけてある。それを紙コップに落とすと、少女は不思議そうに覗き込んだ。

「アイ、ウォント、トゥー、ヘルプ、ユー」

どのような状況から、どうやって助けるというのか。しかし、とにかくそう言おうとそのとき初めて気がついた。紙コップを持っていないほうの手に、あの箱がある。身体の脇に垂れた左手がそれを摑んでいる。昨日はリュックサックに仕舞われていた緑色の箱が、いますぐそこにある。私は財布から昨日と同じく二ユーロ硬貨を出し、輪ゴムで十字に縛られたその箱を指さした。

「ディス、ボックス、イズ、ビューティフル」

彼女はこくんと頷く。

もう一度「ビューティフル」と繰り返しながら、硬貨を持っていない左手を箱へ伸ばす。もっと近くで見てみたいというように、それを摑んで引き寄せてみると、彼女の手は何の抵抗もせずに箱から離れた。

箱を左手で摑んだまま、右手の二ユーロ硬貨を少女に差し出す。彼女が紙コップをこちらへ傾けたとき、そのへりに向かって、私は硬貨を落とした。二ユーロ硬貨は紙コップに弾(はじ)かれて跳ね、少女が短く息を吸ううちにも歩道へ落ちて転がり、彼女は背をこごめてそれを追いかける。

素早く箱の蓋に指をかけ、角の部分を持ち上げた。蓋を十字に留めていた二つの輪ゴムがぷつぷつと音を立ててずれ、箱がわずかに口をあける。背後を振り返ると、行き交う人々の向こうで、少女がいましも硬貨を拾い上げるところだった。箱に向き直り、三もうその姿さえ判然としない。英語を話せず、パソコンもろくに扱えない英語教師は、村に帰った浦島太郎と似ている。周囲を見渡せば、いつのまにかすべてが変わっていた。

このまま自分が物語を終えたところで、きっと誰の心も動かさない。

（五）

翌日の午後、雨が上がるのを待ってホテルを出た。まだ濡れた路地をたどり、ダブリンの中心街へ入って角を何度か曲がる。

昨日と同じ場所に、少女はいた。汚れたピンク色のリュックサックと、何ヶ所もゴムで留められた髪。ガラス片がぶら下がった手作りのネックレス。着ている服も昨日と同じだ。近づいていくと、彼女は私に気づき、振り向きざまに紙コップを持ち上げた。笑いかけてみたが、彼女は唇を結んだまま表情を変えず、紙コップを支える腕に力をこめるだけだ。

まるでいま初めて会ったかのように、その目には何も浮かんでいない。

膝を折って目の高さを揃え、昨日は叱られなかったかと訊いてみた。しかし彼女は答えず、ただ紙コップを私の顔に近づける。

に手をかけてしまう。そしてつぎの瞬間、彼の歯はこぼれ、顔は皺に覆われ、髪は白く変わり、手足が萎え——浦島は力なく砂浜に座り込む。

この結末を聞き、人々は浦島に同情する。しかしハーンは、はたしてそれは正しいのだろうかと自問する。神の現身である乙姫と、長く幸せな時間を過ごしたというのに、浦島は約束を破った。それがいったい同情の対象になり得るのだろうかと。ハーン曰く、この疑問は西洋的な考えに根ざしているのだという。西洋においては、神に従わなかったあかつきには、安らかに死ぬことなどとうてい許されず、哀しみの絶頂の中を生かされつづけることになるからだ。

浦島が玉手箱を開けたのは、はたして正しい行いだったのだろうか。神も仏もろくに信じていない私にはわからない。しかし、一つだけ確かなのは、もし最後にあの箱を開けなければ、浦島伝説がこんなにも長いあいだ語り継がれはしなかったということだ。

外はもう暗く、いつのまにか降っていた雨が、窓を濡らしている。それを無意味に眺めているうちに、ふと私は、四方の壁がゆっくりと迫ってくるような息苦しさをおぼえた。ライティングデスクの奥に張られた鏡に顔を向ける。片目の光が萎えた、貧相な男がそこにいる。その姿を目におさめながら、人並み以上に何ひとつ手に入れることができなかった自分の人生を思う。学生時代、ハーンの文章と出会った頃に想像した人生は、こんなものだったろうか。思い出そうとしてみても、その頃の感情はすっかり苔むして、まで少女が座っていたほうの椅子だった。カラフルな黄色いプラスチックは、まだ彼女のぬくもりを残している。長方形に光る出入り口を見つめながら、私は彼女の不幸に――その曖昧な全体像に、思いを向けた。

（四）

夕刻、私はホテルの部屋でメモ帳を捲っていた。

アイスクリームショップで少女が描いた絵を、一枚一枚眺めていたのだ。そうしながら、horrible（恐ろしい）という単語がどうしても頭を離れなかった。四日前、彼女は以前に暮らしていた家で――母親が使っていた仕事机の上で――いったい何を見つけたのか。あの箱の中には何が入っているのか。

思い出されるのは、かつて読んだハーンの「The Dream of a Summer Day（夏の日の夢）」だった。数ある日本の昔話の中で、ハーンが最も愛したと言われる、浦島伝説について書かれたエッセイだ。

あの昔話の結末で、浦島は竜宮城から村へ戻る。すると村では長い時間が経っており、すべてが変わり果て、かつてあった森も神社も人々も消えている。哀しみにくれた浦島は、乙姫（おとひめ）から渡された玉手箱を開ける。絶対に開けてはいけないと言われていたその蓋見てもいいかと訊くと、彼女は大きく両目を瞠り、息で薄まった声で「ノー」と答えた。その反応に私が戸惑ったとき、不意に彼女の視線が真っ直ぐにスライドした。私の背後、店の出入り口のほうへ。少女が素早く動く。小銭が入った紙コップと、謎の箱を、リュックサックに仕舞う。ついで、母親が描いた蝶の絵をテーブルから取ろうとしたが、その指は紙を摑みそこねた。画用紙は半回転し、絵の面を下にして私の椅子の脇に落ちる。私が拾い上げたそれを、彼女は急いで二枚の段ボールで挟み込むと、もとどおり輪ゴムで留めることもせず、リュックサックに突っ込んだ。立ち上がりながら「ハッゴー」と聞こえる言葉を囁き、それが「Have to go（行かなきゃ）」だと私が理解するのと同時に、背後で女性の声がした。

それはたぶん、少女の名前だった。

私には聞き取れず、ただ、Oの音ではじまる名前であることだけが記憶に残った。太陽が路地の向こうで強く光り、少女の影と、その先に立つ大柄な女性の影が見えた。私は立ち上がろうとした。しかしそのはずみで椅子が後ろに倒れ、慌ててもとに戻したときにはもう、影はどちらも消えていた。すぐに路地へ出てみたが、いつのまにかずいぶん増えていた歩行者たちの中で、少女の姿はどこにも見つからない。

店内の遠慮ない視線を浴びながら、テーブルへと戻った。腰を下ろしたのは、さっき何を見つけたのかと訊くと、今度はためらいのない声が返ってきた。

「アイソーアホリブル……」

しかし、言葉はそこで終わった。

I saw a horrible ——何だったのか。horrible（恐ろしい）は horror（恐怖）の形容詞だから、そのあとには名詞が来るはずだ。しかし少女はそれを言わないまま、ぴたりと唇を結び、いまも結んでいる。

「ホリブル……？」

彼女は小さく顎を引いて頷いた。

I put it in a box

私はそれを箱に入れた

身体をねじってリュックサックを持ち上げ、彼女はそこから箱を取り出す。もとは何かプレゼントでも入っていたのか、緑色の紙が全面に貼られた、丈夫そうな紙箱だった。一辺が十センチほどの真四角で、蓋がぴったりとかぶさっている。いかにもリボンが似合いそうな箱だが、リボンのかわりに十字をつくっているのは、二つの輪ゴムだ。

「キャン、アイ、シー？」

You wouldn't believe
あなたはどうせ信じない

「アイ、ウィル、ビリーブ」

私がそう言うと、うつむいていた彼女の青い両目が、くるっとこちらを向いた。心の奥を覗き込もうとするような、静かな目だった。かすかに息を吸い込む音が聞こえ、その息はしばらく彼女の中にとどまってから、声に変わった。寸断され、ゆっくりと聞こえてきたその言葉の一つ一つを、私はきっと永遠に忘れない。

Four days ago
四日前
When I went to the old house
前の家に行ったとき
I found it on her desk
私はお母さんの机の上でそれを見つけた

「ホワット、ディド、ユー、ファインド？」

った。翅に描き込まれた鱗粉の様子。血管のように枝分かれする細かいすじ。縞模様の触角。細いのに力強い六本の脚。マチ針の頭のような丸い目が、まるで何かの秘密を知っているように、小さく光を反射している。

「ザバターライスラダモ」

食べ物の名前のようにも聞こえたが、そんなはずはない。音の連なりを頭の中で繰り返しているうちに、「The butterfly she loved the most（彼女が一番好きだった蝶）」だとわかった。

死に際に、一番好きだった蝶の絵を指さして、母親はいったい何と言ったのだろう。私は答えを探す気分で、画用紙に視線を這わせた。少女もまた黙って画用紙を見つめていたが、ふと私が目を上げたとき、色のないその唇がひらかれ、奇妙に芯のある声が発せられた。

Now I know what Mom said at that time
お母さんがあのとき何と言ったのか、いま私は知っている

「ホワット、ディド、シー、セイ？」

慌ててベッドに駆け寄った。母親はぼんやりと天井を見つめていた。少女が声をかけると、頷くような仕草を見せ、布団から片腕を出した。そしてその腕を持ち上げ、壁際に置かれた自分の仕事机を指さした。そこには彼女が仕事で使っていたスケッチブックが置かれ、ページが広げられたままになっていた。母親はそちらを示しながら何か言ったが、少女には聞き取れず、それが最後に耳にした彼女の声となった。母親はそのまま眠りにつき、二度と目を覚まさなかった。

そんな話を私に聞かせると、少女はリュックサックから何かを取り出した。長方形の段ボールが二枚重なり合い、汚れた輪ゴムで十字に留められている。彼女がその輪ゴムを外すと、中に挟まれていたのは一枚の画用紙だった。

The drawing Mom pointed at
お母さんが指さした絵

鉛筆——いや、木炭だろうか。その絵はモノクロームで描かれているのに、肉眼よりも肉眼に近いと思えるほどリアルだった。ヒイラギに似た、尖った葉を持つ枝。その枝に翅を広げてとまった、一匹の蝶。翅のふちは黒く塗られ、どうやら先ほど少女が描いたのと同じ種類らしい。私は無言で絵の全体をしばらく眺め、ついで細部を視線でなぞ少女は頷く。そして先ほどまでと同じように、絵とジェスチャーと短いフレーズで、そのときのことを説明してくれた。互いにコツのようなものを摑んでいたので、今度のやり取りはずっとスムーズだった。

それは三ヶ月前のことだったという。

少女は学校を終えて家に帰り、いつものように玄関を抜けた。すると、母親の寝室からカチャカチャと音がした。それは看護師が注射を打つときに聞こえてくる音だった。急にドアを開けてしまったら、看護師の手元を狂わせてしまうかもしれないので、少女は玄関ホールでしばらく待った。そして音がやむと、そっと母親の寝室に近づいた。そのとき自分がゆっくりと歩いていった様子を、彼女は二本指で再現してみせた。同時に首をかしげていたのは、歩きながら実際にそうしていたからなのか、それとも私に説明しながら何か気になることでも思い出したのか。私がそれを訊ねる前に、彼女は片手でドアを開ける仕草をしてみせた。

Then he smiled at me
そのとき彼は私に頰笑んだ

看護師によると、少し前に、母親の体調が悪化したのだという。それを聞き、少女は

He speaks like you, but he's not like you
彼はあなたのように話すが、あなたのようではない

「……ホワイ？」

He never looks sad
彼は哀しい顔をしない

メモ帳に描かれた看護師に目をやると、たしかに表情はやわらかい。死に向かっている人物の隣に描かれるのは不自然と思われるほど、穏やかに頬笑んでいる。
「ネバー？」
「ネバー」

Even when Mom died, he was smiling
お母さんが死んだときでさえ、彼は頬笑んでいた

「リアリー？」

「ライク、ミー?」

すると彼女は私の顔を見たまま、

「あいすくりーむ」

唐突にそう言った。

その発音は、ものすごくアジア的というか、日本語的で、白人の少女がそれを口にするのは、まるで洋食レストランで急にお茶漬けが出てきたかのような奇妙さがあった。

「あいすくりーむ」

私も言ってみた。自分にとっては普段と変わらない発音なのに、ひどくけったいに聞こえ、思わず笑いが洩(も)れた。少女もいっしょになって笑ってくれるかと期待したが、やはり表情は変わらない。

しかし、なるほど。さっきから彼女が私の日本語英語を聞き取ってくれていたのは、看護師が似たような発音で話していたからなのかもしれない。もちろん看護師のほうは、アイルランドという国で働いているのだから、発音はともかく、完璧に英語を話せたのだろう。発音は上手くなくとも、流暢(りゅうちょう)に英語を操る人は世の中にたくさんいる。

彼がどこの国から来たのか、訊ねようとしたところで少女が口をひらいた。

だから私はいまも、その男性看護師の出身国を知らない。

私のお母さん

Illustrator

イラストレーター

遺伝的なものなのだろうか。それとも母親を真似て、彼女もずっと絵を描いてきたのだろうか。少女が鉛筆を置き、つっけんどんな仕草でメモ帳を差し出す。私はそれを受け取り、顔を近づけたり遠ざけたりしながら、しばらく眺めた。そうしているうちに、ほかの絵をまた見返してみたくなったので、メモ帳のページを一枚一枚、ゆっくりと戻した。家の中に並んで立つ少女とおば。ベッドに横たわる母親と、その傍らで注射器を手にしている男性看護師。——そのとき少女がテーブルの向こうから手を伸ばし、看護師の顔を指さした。

He speaks like you

彼はあなたのように話す

どういう意味だろう。

描きはじめる。

今度の絵は、いままでとは違った。描き込まれていく線の細密さから、そのことがわかった。自分の腕前を見てほしいという気になってくれたのだろうか。

描かれつつあるのは一匹の蝶(ちょう)で、その姿は驚くほど本物じみていた。線や陰影が増えていくにつれ、まるでポラロイドフィルムに蝶の写真が現れてくるようだった。子供が描く蝶は、たいてい翅(はね)が閉じきっているか、ひらききっているかのどちらかだが、彼女の蝶はどちらでもなく、翅を休めたその瞬間を正確に表現している。そう、飛び立とうとしているのではなく、翅を休めている――具体的に何がそう感じさせるのかはわからないが、とにかくそれが伝わってきた。鉛筆描きなので、もちろん色はない。翅の外側を囲むように、ふちが黒く塗られているが、何という種類なのだろう。この蝶が色をまとったところを、私は見てみたかった。しかし、もし見てしまったら、落胆するかもしれない。そんなふうに思えるほど、見事な鉛筆画だった。

「ホワイ、アー、ユー、グッド、アット、ドローイング?」

純粋な興味から私は、どうしてそんなに絵が上手いのかと訊ねた。彼女は鉛筆を動かしながら、二つの簡単な言葉で答えてくれた。

——あそこにお母さんがいる！

兄の体調は悪化し、とうとうそのまま息を引き取った。

そんな奇妙な話を終えたいねは、席を立って帰ろうとする。ハーンは万右衛門にものを訊ねるため、彼女の座っていた場所へ席を移しかける。すると彼女は慌てて万右衛門に何かを告げる。万右衛門はそれを英語にしてハーンに伝える。

——まずは畳を叩いてくださいとのことです。

その理由をハーンは訊ねる。万右衛門によれば、誰かの身体であたたかくなった場所へ座ると、その人の哀しみをすべて吸い取ってしまうのだという。いねはそれを信じ込み、まずその場所を叩かなければいけないと言っているのだ。

しかしハーンは、そのおまじないをせず、まだ彼女のぬくもりが残った場所に腰を下ろす。

それを見ていた万右衛門が言う。

——いねよ、旦那様は、お前の哀しみを引き受けてくださったぞ。

「ゼイ、アー、ベリィ、グッド」

絵を褒めながら、少女に笑いかけた。しかし彼女は口角を下げ、ただ曖昧な角度に首を揺らしただけだった。メモ帳を一枚捲り、覆いかぶさるようにして、また新しい絵をう。

少女の鉛筆がまた動き、家の中に小さな長方形が一つと、丸がいくつか描かれる。どうやら紙幣と硬貨らしい。彼女はそれらの上に大きく×印を描くと、哀しそうでも、捨て鉢な様子でもなく、ただ平板な声で「ノーマネー」と言った。そして、テーブルに置いた紙コップを持ち上げ、それを振ってみせた。

So I'm doing this
だから私はこれをやっている

そんな少女と向き合いながら、私の頭に想起されていたのは、かつてハーンが書いた「Ningyo-no-Haka（人形の墓）」だった。

エッセイ風の小品で、万右衛門という老人宅での話だ。

ある日、万右衛門が一人の女の子を家に上げてやる。いま目の前にいる少女と同じ年頃の、いねという女の子だった。弱々しく痩せたいねは、感情のともなわない声で、家族の死について語る。曰く、まず彼女の父親が病を患って死に、その後に母親も後を追うように病死したのだという。そして、兄もまた熱を出して起き上がれなくなった。兄は母親の四十九日に、床の中から指を突き出してこう叫んだ。

私の理解が正しければ、父親が海で命を落としたのは、少女がまだ学校に通っていない頃。母親が病気で亡くなったのは、つい三ヶ月ほど前だった。彼女は冬の寒い日に、病院ではなく自宅のベッドで最期を迎えたらしい。具体的な病名は少女も知らなかった。しかし治療で一度は髪がなくなったと言うから、私の妻と同じ、癌の類いだろうか。

いま、少女は四枚目の絵に取りかかっている。

△が□にのっかった、単純なかたちの家。その中に、いくぶん横幅の広い女性の姿が描かれていく。描き終わると、少女はそれを指さして言った。

My aunt's house

おばさんの家

家の中におば以外の人物が描かれていないということは、一人暮らしなのだろうか。

私がその絵を眺めていると、少女は鉛筆を置き、指でテーブルを歩く仕草をしてみせた。

そしてまた鉛筆を持ち、おばの隣に、今度は自分の姿を描き加える。

「リブ、トゥギャザー」

「ああ……リブ、トゥギャザー」

三ヶ月ほど前に母親が病死したあと、彼女はおばに引き取られたということなのだろじりで訊いてみた。彼女はスプーンでアイスクリームをほじりながら、丁寧に事情を説明してくれた。が、丁寧にというのは単にセンテンスの長さからそう思っただけで、ほとんど聞き取れなかった。路上ではある程度の会話を交わせたというのに、込み入った内容になると、やはり駄目らしい。bとv、lとrがまったく聞き分けられないうえ、すべての単語がみんなつながって聞こえた。私がメモ帳の存在を思い出したのは、そのときのことだ。書かれた文章であれば理解できる。少女に文章を書いてもらうつもりで、私はそれを鉛筆といっしょに渡した。

が、彼女はそこに、文字ではなく絵を描いたのだ。

どれも上手だった。たぶん、絵を描くこと自体が好きなのだろう。描いているあいだ、彼女はアイスクリームのことも忘れ、唇をぴたっと閉じ、尖(とが)った鼻から息の音をさせながら、一心に鉛筆を動かした。三枚目の若い男性を描いたとき、彼女はその人物の髪を、はじめは真ん中で分けたが、ふと手を止めて宙を見つめたあと、七：三くらいに描き直した。そうして一枚描き上げるごとに、彼女がその絵の部分部分を指さしながら、ゆっくりと私に事情を説明するので、まるでこちらが小さな子供になった気分だった。

一枚目は、少女と両親。

二枚目は、海に沈んだ父親。

三枚目は、病気になった母親と、看護師の男性。

を象(かたど)ったカラフルなもので、その向こうに見える縦長の店内は、もっとカラフルだ。

私はその店を指さし、生まれて初めて英語で嘘をついた。

いまからアイスクリームを食べるところだと、少女に言ったのだ。

「ドゥー、ユー、ウォント、トゥー、カム、アロング?」

いっしょに来るかと訊いてみると、彼女は胸を引くようにして私を見返し、やがてぷいと顔を背けた。しかし、その顔が向いたのは、カラフルな店内のほうだった。

(三)

さっきまで白紙だった私のメモ帳に、いまはいくつもの絵が描かれている。

一枚目は、髪を長く垂らした女の子と、その両脇に立つ笑顔の男女。

二枚目は、深い水の底に横たわっている男性。

三枚目は、ベッドで寝ている痩せた女性と、その脇で注射器を手にしている若い男性。

店に入り、少女といっしょにカウンターでアイスクリームを注文したあと、私たちはそれぞれのカップを手にテーブルで向かい合った。私はチョコレートアイスで、彼女のほうは、いくつもの色が混じり合い、小さなラムネのような粒がちりばめられたものだった。席についたあと、どうして物乞いをしているのかと、私は彼女にジェスチャーまこの四十年近くのあいだ、担任している生徒が家庭に問題を抱えていたことは一再ではない。両親の育児放棄（ネグレクト）で児童養護施設に預けられ、そこで酷（むご）いいじめを受けている女子生徒もいた。母親を交通事故で失い、自暴自棄になって不良連中と付き合いはじめた男子生徒もいた。学校にいるあいだ、彼らはみんな、何でもない顔で過ごす。決して自分からは教師に相談しようとしない。本人を問い質（ただ）してみても、きまって唇を横に結び、何も話してはくれなかった。教師という人間が信用されていなかったのだろうか。それとも、単に私が信用されていなかったのだろうか。

ほかの教師の助けを借り、事態を良好な方向に導けたこともある。しかし多くの場合、私は何もできなかった。まごついてばかりいるうちに時間が経ち、問題を抱えた生徒たちは卒業していった。自分の力不足と怠慢への後悔は、教師を引退したいまも、冷たいしこりのように胸に残っている。彼らはきっと、何でもないように首を横に振りながらも、嘘（うそ）を見やぶってほしいと願っていたのだろう。いや、見やぶってくれるような人間に、教師をやっていてほしいと願っていたのだろう。

目の前に立つ少女の、青白いひたいを見つめているうちに、胸のしこりが冷たくふくらんだ。何かしてやりたいが、きっと少女は私に何も求めていない。小銭を紙コップに入れるという行為以外には何も。

逃げるように視線をそらすと、路傍の看板が目に入った。三段重ねのアイスクリームいく。物乞いたちが観光客に話しかける理由も、きっとそこにあるのだろう。こうして財布に小銭がたくさん入っているのを、彼らはよく知っているのだ。

迷った末、二ユーロ硬貨を取り出して紙コップに入れた。日本でいえば二百円ちょっとだろうか。

「ホワット、ドゥー、ユー、ユーズ、ディス、フォー？」

金の使い道を訊いてみると、少女は首を横に振った。私の英語が通じなかったのかと思ったら、そうではなかった。紙コップと、何もない場所を、交互に指さしながら、彼女は「ゼオールゴートゥマイアゥン」と答える。

「……ソーリー？」

「ゼイ、オール、ゴートゥー、マイ、アゥン」

その英語が聞き取れてからも、私は内心で首をひねった。「They all go to my aunt（みんなおばさんのところへ行く）」——少女が集めた小銭を、彼女のおばさんが、すべて奪っているということなのだろうか。

「ユア、アント？」

「イェス」

それが何だというように、水分のない目でこちらを見返す。

その顔に、私は見憶えがあった。

口調がゆっくりだったおかげで、私にも聞き取れた。彼女がそうして正直に答えたのも意外だったが、同じくらい意外だったのは、自分の口から自然に英語が出てきたことだ。さっきの電話で、少しは度胸がついたのだろうか。それとも、子供相手だと舌がやわらかくなってくれるのだろうか。もちろん、やわらかくなったところで、発音まで上手くなるわけではないが。

「ホワイ、ドゥーユー、プリテンド、トゥービー、ア、ホームレス？」

どうしてホームレスのふりをしているのかと、勢いに乗って訊いてみた。すると、不意に彼女の目が強くなった。考えてみれば当たり前のことだ。彼女は最初から、自分はホームレスではないと言っており、ふりをしているわけでも何でもない。

「アイム、ソーリー」

気を悪くさせてしまった迷惑料でも払う気分で、私は財布を出した。小銭入れに硬貨が大量に入っているのは、レストランなどで料金を支払うたびに溜まっていくからだ。ユーロとセントの数え方が難しく、つい札を出してしまうので、釣り銭ばかりが増えてと言われているものと勘違いした。しかしすぐに、change は小銭のことだと気がついた。要するに彼らは物乞いであり、小銭をくれと言っているのだ。

ダブリンには物乞いが多いと、事前に図書館で読んできた本にも書いてあった。彼らは自分をホームレスだと言うが、八割方は、じつのところ帰る家があるらしい。観光客相手の物乞いは、けっこうな儲けになるので、ホームレスを装っているのだ。そうした偽ホームレスたちは、観光客から集めた金で生計を立てたり、酒を飲んだり、よくない薬を買ったりする。さらに、そんな彼らを使って商売をする者さえいるらしい。朝にバスで物乞いたちの家を廻り、彼らを街なかへと運び、夕方になると各自から手数料を受け取って、また家まで送って廻るのだという。

それにしても、子供というのは初めてだ。戸惑いながら相手の顔を見返していると、少女はわかりやすい二語だけを並べて紙コップを揺らした。

「チェィンジ、プリーズ」

道行く人々が、ちらりとこちらを見ながら通り過ぎていく。

膝を折り、顔の高さを合わせて訊いた。

「アー、ユー、ア、ホームレス？」

がっていた。革紐に細い針金が取り付けられ、その針金が、黄緑色のガラス片をしっかりと摑んでいる。彼女が首を横に振ると、ガラス片も左右に揺れた。

着く。すれ違う人々の英語を物音のように聞きながら、細い橋を渡る。そこはダブリンの中心街で、道の脇には小さなパブが軒を連ねていた。もちろん、どれもまだ開店前だ。立ち止まり、ガラスごしに中を覗いてみる。ギネスビールのサーバーや、アイリッシュ・ウィスキーが並んだ棚。木製のカウンターは、薄く射し込む外光を受け、昔の映画で見た洋銃のような艶を放っている。異国の趣にいまさら感じ入りながら、店内を眺めていると、耳の後ろで地面が鳴った。誰かが背後に立ったらしいが、どうしてか、ガラスには何も映っていない。私は漠然と身構えながら振り返った。

目の前に白い紙コップが浮かんでいた。

下からそれを突き出しているのは、一人の少女だった。汚れたピンク色のリュックサックを背負い、両手で紙コップを捧げ持っている。日本で言うと小学校高学年くらいだろうか。中途半端な長さのブロンドを、必要以上に多い箇所でしばり、子供が描いた太陽みたいになっている。産毛が白く光る両頰を突き出すようにして、彼女は真っ直ぐに私を見上げていた。紙コップの中には、ユーロ硬貨とセント硬貨が数枚ずつ入っている。

同じことが、この三日間で二度あった。

一度目は若い男性、二度目は老婆。

彼らが一様に口にする言葉の中には、change という単語が聞き取れた。最初に聞いたときは、紙コップに入っている彼らの小銭と、私が持っている何かを取り替えてくれ原書はすべて読みあさり、何度も再読し、そのたび語りの美しさと日本文化に対する洞察力に感嘆した。ハーンの来歴に、自分との驚くべき共通点があると知ってからは、何か彼の文学的成功が、自分自身の成功であるような思いを抱くようになった。幼い頃に経験した両親の離婚。父親に手放され、親戚のもとで育てられたこと。ハーンは十六歳の頃、回転ブランコで遊んでいるときに左目を負傷し、それによって白濁した自分の片目をいつも気にしていた。そのため、写真に撮られる際は必ず左目を手で隠すか、右の横顔をカメラに向けたという。自分が年老いて左目を白内障にやられてみると、私はそれさえも彼との共通点と感じ、よもや喜ぶわけではないが、感慨深く受け入れる始末だった。

もっとも白内障については、このまま放置すると手術ができなくなる可能性もあるらしいので、機を見て治療しなければならない。その手術が上手くいけば、文字を追いにくくなってしまったこの目も、きっと視力を取り戻してくれる。以前のように時間を忘れて本のページを捲ることもできる。そのときにはハーンの著作をすべて再読するつもりで、もう押し入れから出して部屋の隅に積んであった。そんな老後の愉しみに、ひと味加えるつもりの単身旅行だったのに、この三日間、日本での独居と何ら変わらない日々を過ごしていたのだ。

車がせわしく行き交う道を過ぎると、ダブリンを南北に二分するリフィー川へと行き時代後期のことだ。

ハーンとの出会いは、忘れもしない高校三年生の三学期、東京の荒川沿いにある叔父宅で暮らしていた頃だった。大学の入学試験に受かり、英文科への進学が決まった直後、古本屋の洋書コーナーで『Kwaidan』のペーパーバックを見つけた。ちょうど、その作品の簡易版のようなものを、学校の授業で使ったばかりだった。

叔父の家に帰り、私は居間の隅で『Kwaidan』を読みはじめた。そしてすぐにハーンの文章に打たれた。頭の中心から腰骨までが、実際にしびれるような感覚だった。夕食をはさみ、辞書を引き引き夢中でページを捲(めく)った。夜更けて布団に入ってからも、何かのはじまりを告げる胸の高鳴りに、いつまでも眠れなかった。

学校での始業前も休み時間も、私は机に『Kwaidan』の原書を広げて読み進めた。そうして、「The Story of Mimi-Nashi-Hoichi（耳なし芳一(ほういち)の話）」や「Yuki-Onna（雪女）」など、後にハーンによって世に広まることになった怪談を、一つ一つじっくりと味わった。それらはすべて、いまや日本人なら誰でも知っている物語たちの原文だった。残り少ない高校生活を目一杯愉(たの)しんでいる級友たちの中で、私は何か、世界の秘密が記された設計図を自分だけが手にしているような気分だった。

ようやく『Kwaidan』を読了したのは卒業間近だったが、その頃にはもう、自分の一部がすっかり別の色に変わったように思えた。やがて大学に入ると、手に入るハーンの陽が肩をあたためてくれた。緯度こそ北海道よりも高いが、寒さがそれほど厳しくないのは、島の周囲を流れる暖流のためだという。

旅行先にこの街を選んだのには二つの理由があった。

一つは安全だからだ。ダブリンは世界有数の安全な首都とも言われ、犯罪が少ない。警察官は拳銃を持ち歩いてさえおらず、実際この街に来てから何人かの制服警官を目にしたが、彼らの腰にそれらしいものは見当たらなかった。

もう一つの理由は、学生時代から敬愛するラフカディオ・ハーンだ。

　ダブリンは文学の街で、『ドラキュラ』を書いたブラム・ストーカーも、『サロメ』のオスカー・ワイルドもここで生まれ、『ガリバー旅行記』を書いたジョナサン・スウィフトもこの街の大学で学んだ。そして、あのラフカディオ・ハーンもこの街で幼少期を過ごした。

　アイルランドには古くからのケルト文化が色濃く残っており、人々は妖精や霊的なものを尊ぶという。現代（いま）もそうなのだから、ハーンの時代はなおさらだったろう。そうした文化の中で幼少期を過ごした経験が、彼に超自然的なものへの興味を植えつけ、やがてあの文学的成功へとつながったのではないかと、いくつかの研究本に書かれていた。ハーンはダブリンの街を出たあと、世界を巡り、やがて日本へたどり着いた。彼が日本での永住を決心して国籍を取得し、小泉八雲（こいずみやくも）の名で名著『怪談』を発表したのは、明治聞き取れた。

「サンキュー」

受話器を戻した手を、しばらくそのまま動かすことができなかった。たったいま自分は英語で会話を交わしたのだという高揚が、じわじわと全身を満たしていくのが、目で見るようにはっきりと感じられた。

が、こうしてはいられない。ナウと答えてしまったからには、いまにもスタッフが掃除をしに来るに違いない。私はすぐさま立ち上がり、カップ麺の容器をゴミ箱に突っ込むと、それを隠すようにティッシュペーパーを何枚かのせ、トイレで素早く用を足し、逃げるように部屋を飛び出した。

（二）

地図でアイルランド島を見るたび、産着(うぶぎ)にくるまれた赤ん坊を連想する。国境線を境に、顔の部分が北アイルランドで、産着の部分がアイルランド。そこへ右側からグレートブリテン島が母親のように寄り添って、いまにも赤ん坊を抱き上げようとしている。単にそれぞれの島の形状から、そんなふうに見えるだけだが。

日本では桜が散りつつあるいま、ダブリンの街はまだ肌寒かったが、日向(ひなた)を歩くと太いる。それを意味もなく眺めていると、すぐそばで電話が鳴った。ぎくりと身構えてライティングデスクの上を見る。しかし電話はどこにもない。いや、デスクの左端にあった。左目の白内障が進んできたせいで、ものがぼやけてよく見えないのだ。

ひと呼吸置いてから、胃袋を掴まれているような思いで受話器を取った。

「……ハロー？」

自分の声が、当たり前だが耳元で大きく響く。

電話は若い男性からだった。たぶんホテルのスタッフで、愛想はいいがひと言も聞き取れない英語で何か言われた。舌が固まって声を返せずにいると、さらに言葉がつづく。

『ワッタイジュライカストゥリーンィヤルー？』

困ったことに、今度は明らかに質問だった。

そう聞こえた。

「……ソーリー？」

『ワッタイ、ウジュライカス、トゥクリーン、ィヤルー？』

数秒考えて、ようやく「What time would you like us to clean your room?（何時に清掃に伺えばよろしいですか？）」だと見当がついた。

「ああ……ナウ、プリーズ」

『Thank you, have a nice day』

わずか一週間の滞在予定だというのに、一昨日も昨日も、背中を丸めてホテル周辺を歩くばかりだった。異国での見聞を書き留めようと用意してきた新品のメモ帳は、いまだ真っ白なまま。勇気を奮い起こしてレストランへ入ってみても、言葉が石のように喉もとでつっかえ、注文は指さし作戦で行うほかなかった。髪に櫛の目が立ったウェイターに、早口で何か訊かれれば、わかったふりをしてイェスイェスと頷いてしまうので、パンがついたシチューとパンが運ばれてきたりする。食べきれなかったパンをホテルに持って帰ろうと思ったら、また同じウェイターが近づいて来て何か訊かれた。working という単語がかすかに聞き取れたので、仕事でこの国へ来たのかという質問だと思い、ノーと首を振ったところ、パンをぜんぶ下げられてしまった。あれは「Are you still working on this?（まだこれを食べている途中ですか？）」だったに違いないが、そう気づいたのはホテルの部屋に戻ってからのことだったので意味がない。

自分がどんどんみっともなく、惨めに思われ、三日目の今日はとうとうホテルの部屋から出ることもせず、ドアに DO NOT DISTURB の札を下げたまま、日本から持参したカップ麺を侘しくすすっていた。たいていの人は海外旅行で肥ると聞くが、私はたぶん痩せた。もともと医者に、もう少し肉をつけたほうがいいと言われる身体なのに、いっそうしなびてしまった。

カップ麺の容器を覗き込む。並んでいた「SOS」の三文字が、底で散り散りになってい、人生の午後をどう過ごすかをゆっくり考えてみようと。しかし二年前——私の定年まであと二年というときに、妻の大腸に癌が見つかった。その癌を肝臓いっぱいに転移させた状態で、彼女は地図のない国へ旅立った。子供のいない私は一人きりになり、自宅の窓際で白い五弁花を咲かせていた鉢植えも、妻が持っていってしまったのか、すぐに枯れた。カタカナの長い名前は最後まで憶えられなかった。

カップ麺から手を離し、くすんだ銀の結婚指輪を眺める。もしいま妻がいっしょだったら、どんな顔をしていただろう。英語教師をつづけてきたはずの夫が、空港やホテルで外国人を前にどぎまぎし、頭に染みついているはずの英文法をまったく思い出せず、肌寒い季節だというのに汗だくになっているところを見たら。

授業で使う教科書はもちろんのこと、学生時代から趣味で洋書を読んできたので、書かれた英文であればたいがい理解できる。しかし、話すとなるとてんで駄目で、文法の知識も単語の記憶もまったく役に立ってくれない。もちろんそれは以前から承知していたことではあるが、こうして一人外国へ来てみると、あらためて会話力のなさを思い知らされた。誰もゆっくり話してくれないうえ、アイリッシュアクセントが強く、単語の一つもろくに聞き取れない。もっともアイリッシュアクセントが強いというのは、事前に図書館で読んできたアイルランドの観光案内本にそう書いてあっただけで、本当に強いのかどうかさえよくわからない。

いる。

これはいったい何の略だったか。口のまわりについた汁を拭いながら記憶をたどる。そう、Save Our Souls（我らを救い給え）――あるいは Save Our Ship（我らが船を救い給え）――学生時代の英語教師がそう説明していた。大学卒業後に自分もまた英語教師となり、それから四十年近くも中学校の教壇に立ってきたというのに、どちらが本当なのか、そういえば調べ直したことがない。

「それは、おたく、しだい」

数知れない生徒たちを苦笑いさせてきた駄洒落も、いまは誰もいないホテルの部屋に虚しく響くばかりだ。目を上げると、デスクの奥に張られた鏡に、驚くほど卑屈な顔が映っていた。

人生二度目の海外旅行だった。一度目は二十年近く前。姪がハワイで結婚式を挙げるというので、妻と二人でパスポートを取って国際便に乗った。そのときにはすでに、勤続年数でいえばベテラン英語教師だったにもかかわらず、ハワイにいるあいだ、ほとんどひと言も英語を口にしなかった。いつも親戚たちとひとかたまりになって行動していたし、その行動範囲も狭いもので、どこでも日本語が通じたからだ。

私が定年退職したら、二人で海外旅行に出かけようと、互いに五十を過ぎた頃から妻と話していた。ともに異国の空気を吸い、日本と違う景色を眺め、現地の人々とふれあ献花台は無数の花束で溢れたと、その記事には書かれていた。

十歳の少女は路傍で死んだ。うつぶせに転がり、周囲の人々が慌てて駆け寄ったときには、もう息がなかったという。

記事には生前の写真が添えられていた。木漏れ日をひたいに受け、こちらを向いて立つ彼女は、これから自分の身に起きることなど何ひとつ知らずに頬笑んでいた。

少女を殺した犯人を、私は知っている。

私だけが知っている。

しかし、このまま誰にも話さずに死んでいくだろう。

（一）

カップ麺の汁をすすり終えると、底に「SOS」の文字が並んでいた。

両手でカップを支え持ったまま、ゆっくりと上体を起こす。老眼の目が焦点を結んでくれる場所まで顔を離してみても、千切れた麺の端は、やはり「S」「O」「S」と並んで

笑わない少女の死

飛べない雄蜂の嘘

小学四年生のとき、自宅に帰る途中の坂道で、オスのルリシジミが目の前を横切った。青白い軌跡を描くその蝶を、わたしはすかさず追った。でも、追った時間はほんの数秒。気がつけば道の脇の植え込みに足を取られ、雑草だらけの斜面を転がり落ちていた。

斜面には割れた一升瓶が捨ててあった。その欠片が右太腿の皮膚を抉り、スカートが真っ赤に染まった。恐くて泣くこともできずにいると、通りかかった同い年くらいの男の子が、近くの家のドアを叩いてくれた。わたしは病院へ運ばれ、傷口を十四針も縫った。

翌日は学校を休んだ。しかし夕刻前に、母の目を盗んで家を抜け出した。あのルリシジミが、また坂道に現れるかもしれないと思ったのだ。松葉杖をついてそこへ向かうと、ルリシジミは見つからなかったが、斜面に少年の姿があった。彼は雑草のあいだに落ちている一升瓶の欠片を、一つ一つ丁寧に拾い、汚れたビニール袋に入れていた。手伝いたかったし、お礼を言いたかったけれど、話しかけるのが恥ずかしくて、わたしはそれをただ黙って見下ろしていた。

——お酒って、なければいいのに。
しばらくして上ってきた少年が、わたしを見ずにそう呟いた。

（二）

居間の畳に座り込み、わたしは田坂が手にした包丁を見上げていた。はたかれた左頬に添えた手は、震えてもいない。昨日までは、殴られるたびに震えていたのに。

頭の中もひどく冷静で、左頬の熱が、まるでお湯にスポンジをひたしたように、手のひらにどんどん移ってくるのがはっきりと感じられた。

きっと何か大きなものを、あきらめたのだろう。それが自分の人生だったのか、命だったのかはわからない。どちらにしても二つはそれほど違わない。

冷静だったせいで、ちょっとした奇妙さにも気づいていた。田坂の目つきや、手足の動きは、普段以上にアルコールの影響を受けている。しかし、全身から発散される酒のにおいが、いつもよりもむしろ弱いように思えたのだ。呼吸が浅いのだろうか。でも息遣いは普段と変わらない。酒を飲んだあとで服を着替えたのだろうか。いや、田坂が着ている革のジャケットや黒いトレーナーは、夕刻にふらりと出ていったときのままだ。

「俺が、恐いか」

首を横に振ると、赤らんだ田坂の顔が、ぐっと膨張した。

きっと、頷いたほうがよかった。先ほどからの田坂の行為は、みんな、わたしに恐怖を与えるためのものだったのだから。深夜に帰宅し、わたしを引っ張り起こしたのも。わざわざ部屋の明かりをつけてから頰をはたいたのも。取り乱しも震えもしないわたしを見て包丁を握ったのも。すべて、わたしの恐怖を見ることで、自分の大きさや強さを感じるためだったのだから。

「お前のせいで、ぜんぶ駄目になった」

目鼻が中央に集まったような形相で、田坂が距離を詰めてくる。身体に力を込めすぎて、わたしに向けられた包丁の切っ先が震えている。

「お前が俺の人生をこんなふうにした」

ここはアパートの一階で、窓のすぐ外に路地がある。昨日まではそれが、何をされても声を上げない理由だった。でもいまは違った。助けを求めたら誰かが警察に連絡してくれるのではないか。そんな可能性を思ったのは初めてのことだ。とはいえ、たとえ誰かが警察を呼んでくれても、刺されることに変わりはないかもしれない。警察が到着する前に——あるいは声を上げたその瞬間に、あの包丁がわたしの身体に突き立てられるかもしれない。日に日にエスカレートしてきた田坂の暴力は、針が振り切れて、たぶんもう自分では制御できていない。

わたしはいま、どうするのが正しいのだろう。

子供時代も学生時代も、職場の大学でも、考え事をしているときに驚くほど無表情になると言われた。考え事をしながら鏡を見ることはないので、それがいったいどんな顔なのかはわからない。でも、きっと他人を愉快にするものではないのだろう。みんな、はっきりとではないけれど、欠点を指摘するような物言いだったし、いま目の前で包丁を握っている田坂も、気づけば膨張したその顔が怒気でいっぱいになっていた。

「お前もう……死んでくれ」

大柄な身体が急接近し、視界の中で大写しになる。かつて自分がこの身体を求めたことがあるなんて、嘘みたいだ。この身体の下で吐息を細切れにさせていたなんて。打擲を受けるようになってからというもの、わたしの中に入ってくる田坂の一部は、彼がふるう平手や拳と何も変わりなかった。違いといえば、傷つくのが外側からであるか内側からであるかという、ただそれだけだった。

「わたしがこうなったのは、わたしのせい」

自分の声が、どこか遠くから聞こえた。

「あなたがそうなったのも――」

うっと呻く声がして、田坂の左手が引ったくるようにわたしの髪を掴んだ。視界が横へぶれ、包丁が天井の蛍光灯を反射し、その白い光がわたしの腹へ一直線に近づいた。

目を閉じて数秒、何も起きなかった。

目蓋を持ち上げると、驚きの表情を浮かべた田坂の顔が、すぐ鼻先にあった。後ろにはもう一つの顔があり、その顔もまた、驚いたように両目を見ひらいていた。当然、わたしも二人と似たような表情をしていたはずだ。何の前触れもなく知らない男が部屋に現れ、田坂の両腕を背後から押さえ込んでいたのだから。

田坂が黒目を眼窩（がんか）の左端いっぱいに寄せ、スローモーションのような動きで首を回す。二人の目が至近距離でぶつかる。

直後、田坂が動物のような唸（うな）りを上げて上体をねじった。相手と向き合おうとしたようだが、男はしがみついたまま離れず、二人は畳を踏み鳴らして反転した。作業着のようなものを身につけた男の背中がこちらを向く。田坂がふたたび唸り声とともに上体をねじると、男の身体は勢いよく浮き上がって壁に叩きつけられた。田坂が男の腕の中から右手を引き抜く。握っていた包丁が飛んで天井を打ち、わたしの足下に転がる。右腕が自由になった田坂は、男から身を離そうと暴れている。背中にしがみつく男は、痩せて小柄で、きっとすぐにでも拘束（こうそく）は解けてしまう。そのあとわたしは殴られる。蹴られる。包丁で刺される。逃げられない。いつまでも変わらない。わたしの手が包丁を握った。

一瞬後には、その刃が田坂の左胸に吸い込まれていた。

目の前で田坂の咽喉がひゅっと鳴り、笑いでも堪えるように胸がぶるぶると震え、大きな身体がぐらりとこちらへ傾いた。その身体の下敷きになったとき、わたしの両手はまだ包丁の柄を握ったままで、刃先が取り返しのつかない深みまで入り込むのがはっきりとわかった。

絵本のページを捲ったように、つぎのシーンは時間が飛んでいる。

畳に座り込み、田坂の死体を見下ろす男。灰色の作業着の右肘あたりが、真っ赤に染まっている。田坂が男の拘束から逃れようと腕を引き抜いたとき、包丁の刃がそこを切り裂いていたのだ。わたしは田坂の身体の下から抜け出した格好のまま、四つん這いで、見知らぬその男を見つめていた。吸った息が吐き出せず、手も足も、自分のものでないように少しも動かせなかった。

男の顔が、こちらを向く。

「ありがとうございます」

どうして、わたしに礼を言うのだろう。

「俺、この男を殺しに来たんです」

「殺しに……」

わたしの口はそう動いたが、咽喉から洩れたのは、吐息につけられた引っ掻き傷ほどの、かすれた音だけだった。

男の充血した目が、掃き出し窓のほうへ向けられる。見ると、カーテンがかすかに揺れている。震える腕を伸ばしてカーテンをよけると、鍵のまわりだけ半月状にガラスが消えていた。その部分から、師走の夜気が音もなく室内に入り込んでいる。田坂の身体から発散される酒のにおいが、いつもより弱かったのは、このせいだったのだろうか。

「あいつが寝てると思って、俺、そっから忍び込みました。でも、玄関で鍵が回る音がしたから、急いで脱衣所に駆け込んで、隠れて……」

男は血だらけの右肘を押さえながら、わたしに頭を下げる。

「俺のかわりに、ありがとうございます」

いったいどこの誰なのか。どうして田坂を殺そうとしていたのか。わたしが問うより先に、男はぐらつきながら身を起こし、日に焼けたその顔が蛍光灯の光に照らされた。何度見直しても、やはり会ったことはない。年齢は三十代になるかならないかだろうか。

「これ、捨ててもいいでしょうか」

「何を……」

男は田坂の死体を目で示した。

「俺、ボート持ってるんで」

（二）

小学三年生のとき、なんとかという名前の、とても可愛らしい女の子がクラスにいた。お喋(しゃべ)りが好きで、人気者で、頭がよくて、笑うときにはいつも大人びた仕草で髪の毛を頬に撫(な)でつけた。まばたきするたびに長い睫毛(まつげ)がぱたぱたと動き、それが蛾(が)みたいで綺麗(きれい)だと言ったのがはじまりだった。蝶みたいだと言っていれば、少しは違ったのだろうか。

とにかく、相手の顔から瞬時に笑みが消えた。彼女はわたしを真っ直(ます)ぐに見据えたまま、片手をこちらへ伸ばし、見えない小石をぱっと放した。小石はぽとんと足下に落ち、そこからすーっと教室の隅々まで波紋が広がり、いつのまにか静まり返っていたクラスメイトたち全員に、何かがまんべんなく染み込んでいった。

それを境に、一人きりの毎日がはじまった。

しかしすぐにわたしは、その状況が哀しくも苦しくもないと知った。勉強をするのに他人は必要ないし、放課後になれば、それまで同様、高台の林へと虫を捕まえに出かけた。春夏秋は捕虫網を振り回し、冬は倒木の裏や樹皮の内側を覗(のぞ)き込んで。捕まえた虫は、一種類につき雌雄一匹ずつ、誕生日プレゼントに買ってもらった標本作成キットで標本にしていった。あのキットには、虫眼鏡や注射器とともに、赤と緑の薬液が入っていた。赤が殺虫液で、緑が防腐液。わたしは新しい虫を捕まえるたび、薬液を順番どおり注入し、虫ピンで身体を刺し貫いて標本箱に飾った。そうして串刺しにして飾っていたものは、当時のわたしにとって〝標本〟以外の何物でもなかった。でも、思えばあれは、みんな死体だったのだ。

暗い海に浮かぶモーターボートの上で、男が死体の腹に包丁を突き立てたとき、わたしはそんなことを思っていた。

「こうすれば、浮いてきません」

男は包丁を抜き出す。月のない夜で、表情は見えず、輪郭さえおぼろだった。男の向こう側で小さく光っているのが、漁り火（いさりび）なのか、街の明かりなのかもわからない。湾の中ほどに浮かんでいるはずの小さな島も、闇に溶け込んで姿が見えなかった。エンジンを止めたボートは、潮の流れのせいか、さっきからゆっくりと時計回りに旋回している。

「死体は腐るとガスでふくらんで、あとで浮いてきます。でも腹に穴が開いていれば、そこからガスが洩れるから、浮いてきません」

意識に濃い靄（もや）がかかり、目の前の出来事をまともに捉えることができなかった。ついさっき自分が人を殺したのだという事実さえ上手く認識できずにいた。

男が包丁を無造作に海へ放り捨てる。ついで田坂の両脇に腕を差し入れ、その身体をボートのへりまで引っ張り上げた。田坂は船酔いで嘔吐しているような格好になった。

「こんな人間のために、自分の人生を犠牲にしちゃいけないんです」

男は田坂のズボンを両手で摑み、勢いよく持ち上げる。死体はぐるりと半回転して水の中に消えた。ずいぶん大きな水音が響いたはずなのに、記憶に残るそのシーンは完全な無音で、しかしどうしてか、そのあと水面にぽこぽこと浮かんできた空気の音だけは、いまもはっきりと憶えている。

「お前のせいで、っていうのは？」

急に訊かれ、わたしは「はい？」と間の抜けた声を返した。

「あなたのせいで、人生が駄目になったとか、そんなこと言ってたから」

わたしは唇をひらいたが、短い言葉で説明などできるはずもない。そもそも、その前に訊かなくてはならないことがある。

「あなたは……誰なんですか？」

「ニシキモといいます」

すんなり答えたばかりか、男は舟床に人差し指で「錦茂」と綴った。その苗字を田坂が口にしたことは、あっただろうか。珍しい姓なので、聞けば憶えていたはずだ。靄がかかった頭の中で、わたしが記憶を探っていると、身を起こした錦茂の咽喉から短い呻きが洩れた。そうだ、この人は大怪我をしている。

「腕を手当てしないと」

（三）

生まれたときから、海沿いのこの街で両親とともに暮らしてきた。しかし、ちょうどわたしが大学の研究室に就職を決めた頃、保険の営業マンをやっていた父の関西勤務が決まり、母もそれについていった。そうしてくれと、わたしが母に言ったのだ。父は一人では何もできない人だったから。でも、もし自分が一人きりでここに暮らしていなかったら、きっとその後の人生はずいぶん違っていた。

街にある湾は、大きな「つ」の字のかたちをしている。両親が街を去ったあと、わたしが一人暮らしをはじめたアパートは、その北側にあった。南側と北側はバスで一時間弱。舟で海を渡れば二十分もかからないだろう。しかし、北側は南側に比べて地価が高いため、湾のどちら側に住んでいるかでその人のステータスが決まるようなところが昔からあった。新居を探すとき、南側にはもっといい条件の物件があったのにもかかわらず、わたしは北側を選んだ。高い家賃は払えないので、アパートはバス停から遠く、築年数を重ねて古びていた。それでも北側を選んだのは、自分がそのエリアに似合う社会人生活を送れると思い込んでいたからだ。

好きなことを仕事にできるのは幸せだと、誰もが言う。でも、何かを好きであるほど、人はその世界で夢を見る。夢と現実が一致することなんてなく、たいていは夢のほうが綺麗で大きいから、両者の差がそのまま落胆に変わる。

幼い頃から虫を追いかけて捕まえ、やがて昆虫のことを勉強しはじめ、勉強が研究になり、その研究が仕事となったとき、わたしは夢と現実との違いに打ちのめされた。

大学の昆虫学研究室に勤めて何年経っても、助手としての業務しか与えられず、個人的な研究機材の使用許可さえもらえない。教授や助教授に自分がやりたいことを伝えても、返ってくる言葉は判で捺したように「まだ早い」だった。しかし、わたしと同期の男性は、明らかに単なる手伝いではない仕事を任されていたし、海外のフィールドワークにも同行していた。「まだ早い」というのはきっと、女性には、という意味だったのだろう。昭和というのは、そんな時代だった。

田坂と出会ったあの年、世の中では大きなことばかり起きた。アメリカでジョージ・ブッシュが大統領に就任し、ドイツではベルリンの壁が崩壊し、日本では昭和天皇が崩御して平成の時代がはじまった。その新しい元号をまだ使い慣れないうちに、竹下内閣が宇野内閣になり、二ヶ月後には海部内閣へと代替わりした。世間はバブル経済のまっただ中で、会社員たちは猛烈に働いて金を稼ぎ、テレビでは栄養ドリンクのCMが「二十四時間戦えますか」と問いかけていた。しかし、そうした激動の時代に身を置きながらも、わたしの日々には何の変化もなく、描いてきた夢と現実とのはざまで、いまにも溺れてしまいそうだった。

夏が終わりかけた水曜日、夜遅くにアパートの部屋を出た。

歩調はゆっくりで、顔はきっと「驚くほど無表情」だった。ガードレールごしに広がる夜の浜辺では、手持ち花火の光がいくつかまたたき、若々しい男女の声が聞こえていた。しかし届いてくるのは母音だけで、それはどこか、水の中で聞く声に似ていた。わたしは淀(よど)んだ水の中を、泳ぐ力を失(な)くしたゲンゴロウのように、行くあてもなく這い進んだ。

生まれて初めて居酒屋の戸を滑らせた瞬間、店内のざわめきがいっせいに耳に飛び込んだ。何人かの男が遠慮のない目を向け、その視線から逃げるようにして、わたしはカウンターの隅に座った。店には煙草(たばこ)と焼き魚のにおいが充満していた。

しばらく経っても店員が注文をとりに来る様子がなかったので、そっと振り返った。店主らしい白髪頭の男性が、小上がりで客といっしょに笑い合っていた。ぼんやり唇を結んでいると、一つ離れたカウンター席に座っていた男が、すぐ隣のスツールに尻をのせ換えた。

——スルメイカの刺身が美味(うま)いよ。

ワイシャツの胸から響くような、低い声だった。

——そのあとはタチウオの焼き。煮物がよければイシガレイ。さっきぜんぶ食べたけど、どれも美味かった。

わたしが中途半端に頷くと、男は肩ごしに振り返って大声で店主を呼んだ。

——この人に、スルメイカの刺身。飲み物はいいから、お猪口をもう一つ。

飲んでいる酒を分けてくれるのだと理解したのは、運ばれてきたお猪口にそれを注がれてからのことだった。

自分が何を喋ったのかは憶えていない。喋らない生き物ばかりを相手にしてきたせいで、雑談というものの勝手がわからず、ほとんど口をひらかなかったのかもしれない。

その夜わたしが知ったのは、男が田坂という苗字であること。電車で二時間と少しかかる隣の県に住んでいること。そこにある不動産販売会社に勤めていること。毎週水曜日にこの街の営業所へ出張してくること。空前の好景気で不動産は高騰をつづけ、それでも買い手が引きも切らず、給料は右肩上がりなのだと彼は話した。心地いい抑揚と転調がある、尊大さをまったく感じさせない口調だった。

大学院卒業後、研究室という狭い世界で溺れかけていたわたしには、田坂の口から出てくるすべてが新鮮だった。すすめられるまま飲んだ慣れない酒も、まるでその新鮮さの一部を口にしているように思えた。

——来週も、来るから。

別れ際に店の床を指さしながら、オオカマキリのような動きで顔を覗き込まれた。たぶん誘われたのだろうけど、確信はなかった。だから、翌週の水曜日、同じ店に足を向けたときは、いかにもふらりと出てきたような服を選んだ。カウンターで自分を迎えた田坂の笑顔には、あっと思い出すような表情を返した。

それから、毎週水曜日に同じ店で会った。わたしの口数は、田坂の半分とはいかないまでも、三分の一くらいまでは増えていった。それでも、店を出て田坂に「おやすみなさい」と言う頃には、咽喉がすっかり乾燥してひりついていた。

五度目に店を出たあと、二人でわたしのアパートまで歩いた。

街灯が等間隔に丸い光を落とす路地を、言葉少なに進みながら、わたしはすでに覚悟ができていた。部屋は綺麗に掃除してきたし、子供の頃から保存してあるたくさんの標本箱も、みんな押し入れに隠してあった。変わりたかった。変えたかった。心の中に、身体の中に、人間の息遣いがほしかった。

わたしが初めてだと知ったとき、田坂は喜びを隠さず顔に出した。

その夜を境に、彼は水曜日が来るたびにアパートを訪れた。わたしは仕事帰りにスーパーで食材を買い、田坂のための食事をつくり、身体を重ねたあとは、一つの蒲団(ふとん)で朝まで眠った。会えない日は電話をかけた。一人きりで暮らしてきた深い水たまりに、そうして人のにおいやぬくもりが入り込んできたことが、わたしは嬉しかった。静まり返っていた水底が、活き活きと濁ってくれることが嬉しかった。その濁りがやがて隅々まで広がり、水が二度ともとの色を取り戻せなくなるなんて想像さえしていなかった。

――いくら給料が上がっても、会社の金じゃ限度がある。

貯金を株に替えるつもりだと田坂が話したのは、暮れも押し迫った時期のことだ。わたしは金融事情についてなど何も知らなかった。だから、田坂が思いついたことなら間違いないと、考えもなく賛成した。

翌週の水曜日にアパートへ来たときは、早くも大幅に値上がりしたという株の話を聞かされた。史上最高値という言葉を、田坂は熱に浮かされたような目で何度も繰り返し、そんな話を聞きながら、わたしの胸を将来への期待があたためた。

しかし、年が明けてすぐに、株価の急落があらゆるメディアで報じられた。

田坂は人が変わったように取り乱し、アパートで過ごす時間もテレビのニュースばかりを食い入るように見た。そんな彼の腕を撫でさすりながら、大丈夫だから、大丈夫だからと、わたしは同じ言葉ばかりを繰り返した。しかしそれはきっと、自分自身に向けた言葉だったのだろう。

株価の下落は一向に止まらず、田坂の口数は減った。ときおり発せられる呟きは、胸の中にスズメバチの群れでも潜んでいるように、低く、細かく振動していた。わたしの上にいるときも、その動きは怒りをぶつけるようなものに変わっていた。それは、後にはじまる、もっと明瞭な暴力の先触れだった。しかし、田坂のために何ひとつできないわたしは、耐えることが彼の助けになるのだと思い込んでいた。

やがて、バブル経済の崩壊がはじまった。

止まらない株価の暴落がメディアを賑わす中、田坂と連絡がつかなくなった。アパートにやってこず、自宅の電話にも出ず、しかしある夕刻、ぽつんと部屋のドア口に立っていた。ゴールデンウィークのさなかで、わたしは高台にある図書館で調べ物をして帰ってきたところだった。彼は西日をまともに浴びていたにもかかわらず、まるで影が立っているように見えた。

勤めていた不動産販売会社が倒産したのだと、田坂は言った。

——家にも、住めなくなった。

彼が暮らしていたアパートは、会社が独身社員用に所有していた物件で、倒産とともに退去しなければならなかったのだという。

その夜、田坂はいつまでも動きをやめなかった。カーテンが白みはじめた頃、わたしは下腹部の痛みに耐えながらようやくまどろみ、しかしほんの三時間ほどで呼び鈴に起こされた。田坂が事前に送っていた荷物を、宅配便の配達員が届けに来たのだ。家具などはすべて二束三文で売り払ったらしく、届いた荷物はほんのわずかな量だった。

あれから長い時間が経ったわけではない。

なのに、初めて髪を摑まれた日のことも、初めて頬を打たれた日のことも、いつしかはっきりと思い出せなくなった。痛みの記憶は連凧（れんだこ）のように伸び、その最初の一つは、遠く霞（かす）んで見えず――しかし確実にすべての凧は自分の身体に繋（つな）がっていて、気づいたときにはもう、糸が全身に食い込んでいた。身動きがとれなかった。そのまま細切れになってしまうか、自分の肉ごと糸を断ち切るしかないと思った。ところがあの夜、包丁が目の前に転がった瞬間、わたしはもう一つの方法を見つけてしまったのだ。

そして気づけばそれを、この手で実行していた。

「どうも……わからないな」

腕を吊（つ）った三角巾の具合を確かめながら、錦茂は難しいなぞなぞでも出されたような顔でわたしを見ていた。掃き出し窓に開いた穴のせいで、部屋はひどく寒い。

「何でそれが、あなたのせいなのか」

「わたしが、大丈夫、大丈夫って――」

「株のことですか？」

わたしが答える前に、錦茂は急に大きく口をあけて笑った。背中にはおった毛布が滑り落ち、Tシャツ姿の上半身が剝（む）き出しになった。

「博打（ばくち）の失敗なんて、ぜんぶ、自分のせいです」

株が博打だなんて考えたこともなかった。いまのいままで、田坂は不運に見舞われて人が変わってしまったというような気持ちでいたのだ。それを自分が上手に対処してあげられなかったのだと。

「まあでも、お互い、大変だったわけですな」

痩せた頰に笑いを残したまま、錦茂は毛布を肩に戻す。この人は本当に、ついさっき人間の死体に包丁を突き立て、海に沈めたのだろうか。すぐそばで見ていたというのに、それが信じられないほど、あまりに自然な物腰だった。わたしのほうは、錦茂の傷に消毒液を塗るときも、包帯を巻くときも、三角巾で腕を吊るときも、全身の震えが止まらず、いまも止まっていないというのに。

「段ボールか何か、あります？」

錦茂は穴の開いた掃き出し窓を顎で示す。

「そこ、塞いどきますよ。寒いだろうから」

わたしは押し入れを開け、夏物の服を入れてある段ボール箱を引っ張り出した。錦茂は蓋の部分を左手だけで器用に切り取り、ガムテープで窓の穴に貼りつけた。掃き出し窓の外は生け垣なので、路地から応急処置の跡が見えることはなさそうだ。

「どうして……田坂を殺そうとしていたんですか？」

ようやく言えた。

「あの人と何があったんですか？」

錦茂は窓辺に立ったまま、すっと目をそらして眉を上げる。悪戯(いたずら)を見つかった子供が、それを誤魔化すような仕草で。

「そりゃ言えません」

「教えてください」

「知ってても仕方ないことですもん」

「ならせめて、あなたがどういう人なのか――」

「どういう？」

「その、お仕事とかは……」

「カツオを捕ってます」

具体的に何を予想していたわけでもない。しかし、あまりに予想外な答えだった。確かに、怪我の手当てをしているときから、Tシャツ姿の上半身が引き締まっていることには気づいていたし、モーターボートを操縦しているときも、いかにも海に慣れている様子ではあったが。

「ほとんど船の上で過ごしてますけど、いまは漁閑期で、陸(おか)にいるんです」

そう言ったあと、錦茂は何故(なぜ)かすとんと窓辺に座り込んだ。まるで両足が消えてしまったような、唐突な動きだった。両目に、どうも上手く焦点を結べていないような様子がある。もしやと思ってひたいにふれてみると、人の体温がここまで上がるものだろうかというほどの熱さだ。

「横になってください」

傷が炎症を起こしているせいだろう。手当てをしているとき、右腕が燃えるように熱いのは感じていたが、どうやら発熱は全身に及んでいたらしい。

「いや、大丈夫です、大丈夫」

しかし、床に敷かれたままの蒲団へ連れていくと、錦茂は倒れ込むように横たわった。上から毛布と掛け蒲団をかけたが、とてもそれで足りるようには思えない。窓の穴を塞いだといっても、段ボールの応急処置なので、部屋は依然としてひどく寒いままだったのだ。わたしはもう一枚、夏用の掛け蒲団を出してかけた。すみません、と呟いて錦茂は苦笑いしたが、その声と表情から、さっきまで無理をして自然に振る舞っていたことは明らかだった。

やがて錦茂は目を閉じ、頰に浮かんだ苦笑いがしだいに消え、見ているあいだに眠ってしまった。

立ち上がって天井の明かりを豆電球にしたとき、自分の蒲団がなくなってしまったことに初めて気づいた。その小さな失敗が、コップの縁すれすれまで迫(せ)り上がっていた水に落ち、両目から唐突に涙がこぼれた。両足が綿のようになり、わたしは畳に座り込み、口で呼吸をしながら必死で嗚咽(おえつ)を堪えた。膝の上で握りしめた両手に、涙がぽろぽろ落ちた。

泣いたまま身体を倒し、蒲団の隅に入り込んだ。限界まで疲れ切った手足は、蒲団の中で角砂糖のように溶けていき、何も考えることができなくなり、わたしはそのまま眠っていた。

（四）

最初のパトカーを見たのは、夜が明けきったときのことだ。

二枚重ねの蒲団から抜け出し、腰窓のカーテンをずらしてみると、海の手前の道を、やけにゆっくりとした速度で左から右へ移動していくのが目に入った。心臓を鷲摑み（わしづか）にされた思いで、わたしはカーテンの端を握ったまま動けなくなった。

「ただのパトロールです」

背後に錦茂が立った。

「でも、このへんをあんなふうにパトカーが通ったことなんて、いままでありませんでした」

「単に、見なかっただけです」

田坂の死体は本当に海の底に沈んだのだろうか。胸と腹に穴が開いたあの身体は、早くもどこかへ打ち上げられ、警察はいま殺人犯を捜しているのではないのか。警察がここを訪ねてこないからといって、田坂の死体が見つかっていないとは限らない。この部屋で暮らしていたことを、田坂は人に話していなかったかもしれないからだ。

昨夜のことを思い返す。わたしが田坂の胸を刺したあと、錦茂はボートをとってくると言い、部屋にわたしと死体を残して出ていった。戻ってきたのは三十分ほど経った頃で、ドアの前には工事現場で見つけてきたという手押し車と、長方形に畳まれたブルーシートがあった。錦茂は田坂の死体を手押し車に乗せ、上からブルーシートをかけて隠し、わたしたちはそれを真っ暗な路地に運び出した。錦茂の先導で、街灯のない道を選びながら海のほうへ下っていくと、桟橋のとっつきにあのモーターボートがあった。死体を海に沈めて戻ってきたあとは、錦茂がわたしを先に帰らせ、また三十分ほどしてから、傷の手当てをするためアパートに姿を現した。手押し車とブルーシートは、元どおり工事現場に戻してきたと言っていたが——。

「ボートはどこに?」

「見つからない場所に隠してあります。もちろん血やなんかも綺麗に拭き取ったから問題ありません」

テレビをつけ、ニュース番組にチャンネルを合わせた。しばらく画面を睨(にら)みつけていたが、相変わらず経済不況の話題ばかりだ。田坂の死体は見つかっていないのだろうか。

それとも、まだメディアに伝えられていないだけだろうか。あるいは、浜に死体が打ち上げられたくらいでは、大きく報道されないのだろうか。

「あなたは、とにかく普段どおり過ごさなきゃいけません」

壁の時計を見ると、もう仕事に出かけなければいけない時間だ。わたしは急いで身支度をした。アパートを離れ際、錦茂には部屋から出ないよう言い置いた。熱がまだ下がっていないからと彼には言ったが、本当は帰宅したあと一人でいることが恐くて仕方がなかった。

夕刻、帰り道の薬局で痛み止めを買い、アパートに戻った。

玄関を入るとき、路地の角を一台のパトカーが曲がっていくのが見えた。

「おおかた、近くで泥棒でも出たんです」

蒲団の中から、錦茂は虚ろな目で笑いかけた。

「港町は男が不在の家が多いから、ほかの地域より夜盗が多いそうです」

しかし、その目に浮かぶ暗々とした色が、熱のせいだけでないことは容易に見て取れた。いまにして思えば、あのとき錦茂はすでに、自分がやってしまった失敗に気づいていたのかもしれない。

「傷を、消毒します」

救急箱を開け、消毒液と新しい包帯を取り出した。蒲団の脇に膝をついて両手を差し出すと、錦茂は素直に首から三角巾を外した。

「ここは、高台になってますけど……海に咲く花って、見たことありますか？」

わたしは首を横に振った。それがどんな意味でも、見たことなどない。

「あれは何ていうのかな、雲の隙間から、太陽の光が真っ直(さ)ぐ射してくることがあるじゃないですか」

「薄明光線(はくめい)ですか？」

ぼんやりと首をひねられたので、「天使の梯子(はしご)」という、もっと一般的な言葉で言い直した。

「ああ……そっちの名前のほうがいい」

錦茂は口許(くちもと)をほころばせる。

「俺のおふくろが小さい頃、家の窓から、その梯子が見えたらしいんです。海に向かって射してるのが。一つじゃなくて、五つ……ちょうど、ばかでかい懐中電灯が、いっせいに海面を照らしてるみたいに。あんまり綺麗で、ずっと見ていたかったんだけど、親の手伝いをしなきゃならなかったから、おふくろはあきらめて家の中に引っ込んだそうです」

深々とした傷口に、消毒液を染み込ませた脱脂綿をあてていく。子供の頃、右太腿に大怪我を負ったとき、わたしも看護婦に同じことをされた。脱脂綿が傷口にふれるたび、骨まで突き刺さるような痛みが走ったのを憶えているが、錦茂は顔色ひとつ変えずに動かない。

「おふくろは、俺が九歳のときに死んじゃったんだけど、たぶん、お世辞にも幸せとは言えない人生でした。そのおふくろが、死ぬちょっと前に、言ってたんです。もしあのとき家を飛び出して、船にでも乗せてもらって光のそばまで行ったら、目の前で光の花が見られたんじゃないかって。ほら、五つの光が海面に並んでるわけだから、上手くすれば、ちょうど花のかたちになるじゃないですか。一つ一つが花びらで……十円玉を丸く並べたみたいに」

そんな可能性はとても低いだろうが、絶対に起きないことではないし、それを目のあたりにしたら、どれだけ綺麗だろう。

「もし光の花を見てたら、少しは人生が違ってたんじゃないかって、おふくろは言うんです。なんか、夢でも見るような顔して。それ聞いたとき、おふくろがときどき家事の手を止めて、ぼんやり海のほうを眺めてた理由がわかって……けっきょくおふくろは、光の花なんて見られなくて、可哀想(かわいそう)なまま死んじゃったけど……俺、子供心に、もし見てたらほんとに何か違ってたんじゃないかって……理屈なんて抜きにして……」

唇の動きがゆっくりになり、言葉が聞き取りづらくなっていく。ひたいに手をあててみると、恐ろしいことに、今朝よりもさらに熱かった。錦茂が消毒の痛みに反応しなかったのは、熱のせいだったのかもしれない。

「俺もずっと、まともな人生じゃなかったけど、その天使の梯子ってやつを見つけるたび思って……もしこの目でそんな花を見られたら、自分の人生、変わるんじゃないかって……」

見られたのかと訊くと、錦茂は力なく首を横に振った。

（五）

翌日以降も錦茂の熱は下がらなかった。

わたしは部屋に錦茂を寝かせたまま、毎朝仕事に出かけた。大学へ向かう途中の雑貨店で新聞を買い、研究室の隅で丹念に目を通したが、死体が打ち上げられたというような報道はなく、部屋で見るニュース番組でも、それは同じだった。

街ではやはり頻繁にパトカーの姿を見た。仕事への行き帰り。アパートの窓ごし。明らかに気のせいではなく、いままで経験したことのない回数だった。

仕事帰りにはスーパーで食材を買い、二人分の食事をつくった。わたしは座卓で、錦茂は蒲団で上体を起こしてそれを食べた。そうしながらわたしたちは、努めてあの夜と関係のない話題を選んだ。小さい頃の夢。いつか昆虫の研究者になり、世界中を旅したいと思っていたこと。その夢が実現しそうにないこと。カメムシが持つ臭腺の仕組み。ナミテントウが行う集団越冬。もう押し入れから出すこともなくなっていた、子供時代につくった標本を、錦茂は見たがった。標本箱を取り出して畳に並べると、彼はまるで少年のように目を輝かせた。わたしもまた、懐かしい標本たちに、しばしのあいだ見入った。蝶の翅脈（しみゃく）。甲虫（こうちゅう）の外骨格（がいこっかく）。蛾の触角が持つ櫛歯（くしば）の様子。標本の並べ方にもずいぶんこだわっていたことを、わたしは久方ぶりに思い出した。たとえば四種類の昆虫を横一列に並べるだけでも、驚くほどたくさんのパターンがある。昆虫の数を自然数＝Nとすると、パターンの数はその階乗。つまり、Nが四の場合は四×三×二×一で二十四通り。Nが五なら百二十通り、六なら七百二十通り。もちろん当時はそんな公式なんて知らなかったけれど、いくら並べ替えてもまだ新しい並べ方があって、なかなか決められなかった。

　錦茂が聞かせてくれるのは、たいてい漁の話だった。彼が乗っている漁船は、ときにオーストラリアの近く、パプアニューギニアのほうまでカツオを捕りに行くのだという。漁に出ている期間は一ヶ月から、長ければ数ヶ月。そのあいだはずっと海の上にいるらしい。

「でも、十二月から一月は漁閑期で、長い休みに入るんです」

その漁閑期に、どうして田坂を殺そうとしていたのか。二人のあいだにいったい何があったのか。訊くことができないまま日々は過ぎた。

窓の穴は相変わらず段ボールで塞いだ状態で、部屋はいつも寒く、わたしたちは二枚重ねの狭い蒲団の中で、互いの身体のあいだに手のひら一つぶんほどの隙間をあけて眠った。

（六）

十日ほど経った頃、ようやく錦茂の熱は下がった。

腕の傷も、朝晩の消毒のたびによくなっているのが見て取れた。

「世話かけて、すみませんでした」

その夜、錦茂は台所で食事の支度を手伝ってくれた。まだ右手を使うことはできなかったが、それでも料理の心得があるのは一見してわかった。もし両手を使えていれば、わたしより上手だったかもしれない。

「明日になったら、出ていきます」

天ぷら油があたたまるのを待ちながら、錦茂はわたしの顔を見て微笑った。

「あなたは、頑張って、ぜんぶ忘れてください」

わたしが曖昧に頷くことしかできずにいると、どうしてか錦茂は油の火を止めた。し

231

ばらく黙り込んだあと、身体ごとこちらに向き直る。そのまま何も言わず、わたしたちは互いの目を見合ったまま台所で立ち尽くした。この狭い部屋で過ごしていながら、そうして長いあいだ目を合わせるのは初めてのことだった。

「一つだけ、頼みがあるんです」

「わたしにできることなら」

できます、と錦茂は頷いた。

しかし、それはとうてい実行不可能な頼み事だった。

「あの夜のことを、いつかもし警察に知られたときは、俺が刺したと言ってほしいんです。俺が忍び込んで、刺して、死体をどっかに運び出したって。あなたは俺に脅されて、ずっと警察に相談できずにいたって」

「そんなこと、できるはずありません」

当たり前の話だ。

「殺したのはわたしだし、死体もいっしょに運びました」

「できなくても、やってください。どうせ——」

短く言い淀む。

「もう少し、勇気さえ……力さえあったら、俺があの男を殺してたんです」

「錦茂さんがあの人を殺そうとしていた理由さえ、わたしは知らないんです。それなのに、そんな話をのみ込めるはずがないじゃないですか」

「それでも、約束してほしいんです。俺がいなくなったあと、あの男のことで、いつか警察が何かを摑んで、ここに来る可能性もある。そのときは、必ず俺の名前なり人相なりを伝えて、その男がぜんぶやったって言ってください」

わたしが言葉を返す前に、玄関の呼び鈴が鳴った。

息を詰めて互いの顔を見た。呼び鈴はもう一度鳴り、それを追いかけるようにして男の声が聞こえた。

「お忙しいところ、すみません」

「訪問販売だと思います」

わざと言葉にして囁いたのは、そうであってほしいという思いからだ。実際、このあたりにはセールスが多い。錦茂が言ったように、港町で、男が不在がちだからだろうか。

三度目の呼び鈴が鳴り、また声がした。

「少しだけ、よろしいでしょうか」

そっと玄関に近づいた。ドアスコープから覗いてみると、四十代くらいの男性が立っている。スーツの上着もズボンも、疲れたようによれて、どこにもはっきりとした線がない。革のジャケットを小脇に抱えているだけで、鞄などは持っておらず、あまりセールスマンには見えなかった。男はドアスコープに顔を寄せ、軽く笑ってみせる。光の加減で、覗いていることがわかってしまったのかもしれない。

「警察の者です」

全身が凍りついた。

なんとか首だけをねじって振り返る。錦茂が音もなく動き、脱衣所に身を隠した。

「……はい」

「近くのお宅を順番に回っておるんですが、ちょっと、見ていただきたいものがありまして」

意を決し、鍵を回してドアを押し開けた。その瞬間、背後で小さく笛のような音が鳴った。掃き出し窓に開いた穴と、そこを塞ぐ段ボールとの隙間を、空気が抜けていったのだ。聞き慣れたその音が、いまは冷たい刃物のように胸を貫いた。

「どうも、恐れ入ります。お食事中でしたかね？」

「いえ……何でしょう」

男は警察手帳を見せて氏名を口にしたあと、スーツの内ポケットから一枚の写真を取り出した。

「突然あれなんですけど、こんな人、どこかで見かけたりしてないですか？」

しばらく写真を眺めてから、わたしは首を横に振った。

「見てないと思います」

「似たような人も、見たことない？」

首をひねり、もう何秒か、写真に目を落とす。

「たぶん、ないです」

たぶんと言ったのは、明言すると疑われる可能性があったからだ。

刑事が手にしていたのは、唇を真横に結び、真っ直ぐにカメラを見つめる錦茂の写真だった。

（七）

どうして警察が錦茂を捜しているのか。いったい何をしたのか。彼が田坂を殺そうとしていたことと関係があるのか。わたしがいくら訊ねても、錦茂は首を横に振るばかりだった。

「なら、錦茂さんのボートに死体を乗せた証拠が残っていて、それを警察が見つけてしまったんじゃ――」

「あのボートは以前に不正なやり方で手に入れたものだから、たとえ見つかっても、俺に繋がることはないです」

すると、やはり田坂の死体が浜に打ち上げられてしまったのではないか。警察は田坂と錦茂の関係を摑み——それがどんな関係なのかはわからないが、殺人犯として錦茂を捜しているのではないか。しかしこれにも錦茂は首を横に振った。もし刺殺体が打ち上がったなら、絶対に報道されているはずだと。

「警察が俺を捜してるのは、まったく無関係の理由からです。だから、あなたは安心してください。とにかく、迷惑はかけられないから出ていきます。明日じゃなくて、今夜にでも」

「駄目です」

驚いた顔を向ける錦茂に、わたしは強い口調で言い添えた。

「ここにいてください」

いったい何が起きているのかはわからない。でも、この部屋を出ていったら、錦茂は警察に捕まってしまう。そのことで田坂の殺人が露見しても、わたしは構わない。やってしまったことの責任をとるのは仕方のないことだ。わたしはただ錦茂を守りたかった。

彼はわたしを助けてくれた。田坂がためらいのない動きで包丁を突き出したとき、身を挺してそれを止めてくれた。この人がいなければ、わたしはあの夜に死んでいたかもしれないのだ。

「せめて、怪我がちゃんと治るまで」

長いこと黙り込んだあと、錦茂はぽつりと言った。

「さっきの頼みを、聞いてもらえるなら」

頷くしかなかった。

そうして、翌日以降も奇妙な生活はつづいた。錦茂は部屋から一歩も出ず、わたしは毎朝、何食わぬ顔で仕事に出かけた。途中の雑貨店で買った新聞を研究室の隅で読み、仕事帰りにはスーパーで二人分の食材を買った。部屋に戻ると、それを二人で料理し、座卓で向かい合って食べながら、テレビのニュース番組を見つめた。夜は二枚重ねの狭い蒲団で眠ったが、互いの身体のあいだにあいた手のひら一つぶんほどの隙間は、しだいに子供の手のひらほどになり、指四本ぶんになり、それが三本、二本、一本と減っていった。

（八）

初めて身体を重ねたとき、遠くから除夜の鐘が響いていた。

わたしの太腿にいまも残る傷痕に、肌を離したあとで錦茂は気がついた。田坂の暴力によるものだと思ったのだろう、彼の目にそれらしい色が浮かんだので、わたしは首を横に振った。

「もっと、ずっと昔の傷です」

小学四年生の学校帰り、オスのルリシジミを追って、雑草だらけの斜面を転がり落ちたときのものだ。ルリシジミは日本のどこでも見られる小さな蝶で、明るい青白色の翅（はね）を持つ。海外にも多く棲息（せいそく）し、英語ではHolly Blueと呼ばれる。翅の青味は個体によって違うが、あのとき学校帰りにわたしの前を横切ったのは、それまで目にしたどんなルリシジミよりも色濃く、美しかった。

「いつか、消えるといいですね」

さっきまで身体を重ねていたというのに、錦茂の口調は相変わらずで、でも声の感触は違った。

「自分の失敗でできた傷だから、このままで構いません」

窓の向こうで除夜の鐘はつづいていた。忘れた頃にまた鳴るような、ずいぶん長い間隔だった。耳元で聞こえる錦茂の声は、肌に心地よく、全身に食い込んだ連凧の糸が音もなくほどかれていくのを、わたしは感じていた。

「ここを出たら、船に乗ります」

錦茂がそう言ったあと、鐘の音を聞いた憶えがないのは、百八つ目がちょうど終わったときだったのだろうか。それとも、わたしの耳に届いていなかったのだろうか。

「でも……警察が錦茂さんのこと捜しています」

「乗るんです」

　こちらを見つめる錦茂の目に、天井の豆電球が映り込んだ。かすかに濡れた瞳の中で、その光は線香花火のように細かく滲んでいた。

「船に乗ったら、どのくらい、戻ってこないんですか？」

「数ヶ月かもしれないし、もっと長いかもしれません」

「帰ってきたら、ここに来てください」

　本気かどうかを確かめるように、錦茂がわたしの顔を覗き込んだ。

「必ず来てください」

（九）

「天使の梯子」という名前は、旧約聖書に書かれた話がもとになっている。あるときヤコブが夢の中で、空に目を向けると、雲の切れ間から光の梯子が地上に伸び、そこをたくさんの天使が上り下りしていたのだという。

　錦茂との生活が終わりを告げた日、わたしはそれを見た。

　一月も下旬に差しかかった、日曜日の昼だった。腰窓からふと外に目をやると、細い光の筋が海に向かって射していたのだ。雨があがったばかりで、空には灰色の雲が一面に広がり、その切れ間から真っ白な薄明光線が伸びていた。一本だけでなく、海に向かって、二本、三本——。

「見られるかもしれない」

隣に立つ錦茂の声は、咽喉もとでかすれていた。

「お母様が言ってた……？」

頷く錦茂の目は大きく広がり、ふちまで剝き出しになった黒目が真っ直ぐ海へと向けられていた。薄明光線が照らしているのは、ちょうど湾の中ほどに浮かぶ小さな無人島の手前だが、家々の屋根が邪魔をして、どんなかたちで海面を照らしているのかはわからない。しかし確かに光線は五本あり、互いに近い場所へ向かって射しているように見える。

「俺、海に出てきます」

だしぬけに窓辺を離れながら言うので、驚いて袖を摑んだ。

「駄目です」

腕の傷はまだ完全に治っていないし、屋外では警察が錦茂を捜しているかもしれないのだ。

「行かせてください」

錦茂は勢いよく振り返り、ひらききったままの目でわたしを見た。しかし、その表情はすぐに弱々しいものに変わり、まるで何か大きな失敗を白状するように、唇だけを動かして呟いた。

「この目で……近くで、見たいんです」

あまりに馬鹿げていた。たとえ五本の光が海に射しているからといって、それが上手いこと花びらのかたちになんてなるわけがない。こんな白昼、わざわざ安全な場所から危険な場所に、可能性がほとんどないもののために出ていくというのか。

「どうしてそんな――」

「このままじゃ、駄目だからです」

「何がですか？」

「変えないと駄目なんです……変わらないと」

言葉の意味を、そのときのわたしはわかっていなかった。錦茂が変えようとしていたものが、わたしに匿（かくま）われながら暮らす奇妙な日々のことだと思い込み、胸がしんと冷たくなった。

「どうしても見たいんです」

錦茂は一歩後退し、包帯が巻かれた右肘の様子を確かめるように、ゆっくりと動かした。

「船に乗る前に、どうしても」

その言葉を最後に、錦茂は玄関のドアを出た。わたしの身体がようやく動いたのは数秒経ってからのことだった。追いかけてドアを開けると、走り去る彼の背中が角を曲がって消えた。名前を呼ぶのを堪えながら、わたしは冬の路地を走った。角まで行き着いたが、錦茂の姿はない。港のほうへ坂を下り、あちこち捜し回ってみても、どこにもいない。

錦茂はさっき、海へ出ると言っていた。するとあのモーターボートを取りに行ったのだろうか。しかし、いったいどこに隠してあるのだ。——そうだ、川かもしれない。港にボートを隠すのは難しいだろうけど、河口に入って少し川を上れば、両岸に鬱蒼と木々が生い茂る場所がある。あのあたりなら人から見られることはない。わたしはそこを目指して走り出し、しかしそのとき、目の前の十字路を男の姿が横切った。右から左へ。海のほうに向かって。

足を止め、わたしは立ち尽くした。

知っている男だった。間違いない、あれは以前にアパートの玄関口に現れた刑事だ。十字路の角に消える直前、刑事は胸のポケットから何か黒いものを取り出して口にあてた。固まった両足をなんとか動かして十字路まで行き着くと、走り去る刑事の向こうに海が見えた。灰色の海面を、五本の薄明光線が照らしている。手前にモーターボートの姿がある。右手のほうから、光に向かって海面を真っ直ぐに進んでいく。

わたしは坂道を駆け下りた。涙がこめかみを伝って両耳へ入り込んだ。海へ行き着く前に、刑事の姿は角を折れてどこかへ消え、人けのない港には、遠ざかるモーターボートのエンジン音だけが響いていた。しかしすぐに、もっと大きなエンジン音がそれを掻き消した。強い風が吹き、歪んだ景色の中で、雲が急激にかたちを変えた。薄明光線が大きく広がり、五本だったものが一本の太い光となり、サーチライトのようにモーターボートを照らした。右手から現れた船が——モーターボートの何倍も大きな船が、スピードを上げながら同じ方向に走っていく。視界が上にぶれ、両膝がコンクリートを打った。風は強さを増し、遠ざかる二つのエンジン音とまじり合い、わたしはその音の中で声を上げることもできず、錦茂を呼ぶ声は、ただ何度も咽喉へ突き上げては消えるばかりだった。

（十）

イチジクを無花果と書くのは、花が咲かずに実がなるように見えるからだ。でも実際には、花は実の内側に並んでいる。花を閉じ込めるかたちで実が生じる植物というのは非常に珍しく、ほかに聞いたことがない。

イチジクコバチという、小さなハチがいる。そのハチのメスは、無花果の実を見つけると、表面に穴を掘りはじめる。産卵管の先端にある、鋭く尖った部分で果肉を掘り進み、花が並ぶ内側部分へと入り込むのだ。メスは実の内側で卵を産み、その卵からオスとメスが生まれる。彼らは無花果の中で種子を食べて育ち、やがて交尾をする。その後オスは、メスを密室の外に逃がすため、内側から実を掘りはじめる。掘られた穴を通り抜け、メスは空に飛び立っていく。いっぽうオスは、メスを逃がすというその行為によって力尽き、実から出ることのないまま息絶える。野生の無花果を割ってみると、中からオスのイチジクコバチが死んだ状態で見つかるのは、そのためだ。

窓の向こうで、秋雨（あきさめ）が静かな音を響かせている。

この雨はシルバーウィークに入ってから降ったりやんだりで、せわしない天気がつづいていた。行楽シーズンなのに、観光地の人出は例年よりもずいぶん少ないと、今朝のニュースが報じていた。

あのアパートは、錦茂との奇妙な生活が終わった三年後に取り壊された。ちょうど同じ時期、子供の頃に虫を捕まえていた高台の林が均（なら）されてマンションが建った。わたしはそこに部屋を借り、三十年近くが経ったいまも、同じ場所で暮らしている。長い年月のあいだに、わたしも建物もすっかり年老いた。

錦茂がくれた人生を、たぶん、わたしは無駄にしなかった。

あれからわたしは大学の研究室を辞し、独立行政法人の研究機関に移った。以前よりも自由な環境の中、都市型昆虫を専門に研究を行い、かつての夢だった、世界の国々へのフィールドワークにも出かけた。ドイツ、イギリス、アイルランド、アメリカ、インド、中国。行く先々で現地の研究者と意見を交わし、彼らの著書に名前を挙げてもらうようなことも幾度かあった。自分の本を書いたことなどないし、これからも書けはしないだろうけど、ささやかな誇りと自信を胸に、いまも研究職をつづけている。

長いこと暮らしてきたこの部屋は、デスクの正面に窓がある。そこからいつでも湾が見渡せるが、この三十年近くのあいだ、錦茂が見たがっていた光の花は、一度も咲いたことがない。

錦茂という男が何者だったのか。

わたしがそれを知ったのは、錦茂が海に出ていった二日後のことだった。新聞の地域面に載った小さな記事が、彼の正体を教えてくれたのだ。

湾の南側に住む男が、盗んだモーターボートでたびたび海を渡り、北側の住宅地で盗みを繰り返していた。捜査をつづけていた警察は、それが錦茂という、窃盗の前科を持つ人物であることを突き止めた。自宅を見張っていたが戻ってこず、行方を追っていたところ、北側の住宅地でその姿を発見した。彼はボートで沖へ逃げ、しかし警察艇がそれを追跡し、海上で逮捕されることとなった。長年のあいだ彼は盗みで生計を立てていたが、自分はカツオ漁師だと周囲には話していたという。

錦茂と田坂とのあいだには、いったいどんな関係があったのか。

あれから錦茂と会うことは一度もなく、真実はもちろんわからない。しかしあるとき、わたしの頭に一つの想像が浮かんだ。新聞記事を見てから三年後、引っ越しの件で母に電話をしたときのことだった。

『あなたがいつも虫を捕ってた、あの林よね。え、あそこがマンションになるの？』

娘の人生に起きた出来事など何も知らず、母の声はいつもどおり暢気で、わたしにはそれが有り難かった。喋り好きの母は、わたしの子供時代の出来事をあれこれと懐かしげに語り、そのうち例の、太腿に大怪我をしたときのことを思い出した。

『あれはねえ、ほんとにびっくりしたわよ』

あのとき、斜面の下でスカートを真っ赤に染め、恐くて泣くこともできずにいるわたしを、通りかかった少年が見つけてくれた。彼は近くの家のドアを叩き、すぐに救急車が呼ばれ、わたしは病院に運ばれて右太腿を十四針も縫った。翌日、その少年が斜面で一升瓶の欠片を一つ一つ拾い、ビニール袋に入れているのを見たけれど、わたしは話しかけるのが恥ずかしく、黙ってそれを眺めていた。その後は少年の姿を目にすることもなく、けっきょくお礼も言えずじまいだった。——記憶をほどきながら、わたしがそんな話をすると、電話ごしの母が思いもかけない言葉を返した。

『錦茂くんよね』

聞き違いかと思った。

声の動揺を抑えて訊き返すと、母はもう一度、同じ苗字を口にした。

『湾の南側に住んでた子なんだけど、うちに生協の配達に来てたおばさんの家が、その子の家のすぐ近くにあって。おばさんって言っても、いまのわたしより若かったけど』

その女性から、以前に錦茂の話を聞いていたのだという。

『家にちょっと、問題があったみたいでね。お父さんが仕事もしないで、昼間からお酒飲んで。家庭内暴力っていうのか、家の中から、しょっちゅうそんな物音とか声が聞こえてたらしくて、近所で有名だったそうなのよ。きっと、錦茂くんがしょっちゅう一人で自転車に乗って、湾の反対側まで来てるのも、なるべく家から離れていたいからじゃないかなんて……そんなような話を聞かされてて』

声も返せないまま、わたしはただ受話器を耳に押しつけていた。

『あなたを連れて病院から帰ってきたあと、わたし、救急車を呼んでくれたお宅にお礼を言いに行ったのね。それでそのとき、あなたが怪我してるのを最初に報せてくれたのが、通りかかった男の子だって初めて知ったの。ドア口でちゃんと名乗ったみたいで、それが錦茂くんって子だって聞いて……珍しい苗字だし、すぐにわかったのよ。ああ、生協の人が話してた、例のお宅の子だって』

短く、母は言い淀んだ。

『怪我したあなたを見つけてくれたんだから、錦茂くんのお宅にもお礼に伺わなきゃって思ったんだけど、ほら、いろいろ話を聞いてたでしょ？　なかなか足を向けられなくて、そのうち……いなくなっちゃったみたいで』

最後の部分に、迷うような間があった。

どうしていなくなったのかと訊いてみると、母は短い吐息を前置きに教えてくれた。

『お母さんが死んじゃったの』

酔った夫が、包丁で妻を刺し殺したのだという。

子供が見ている前で。

いまから五十年前に起きた、わたしの知らない無残な出来事だった。

『お父さんはもちろんすぐに逮捕されて、錦茂くんは町内の親戚に引き取られたらしくて……当時ほら、あなたまだ小さかったし、ちょうど同い年くらいだったから、言わなかったけどねえ、ほんとに可哀想で……』

しだいに吐息がまじっていく母の声と重なって、あの日の少年の声が聞こえた。

――お酒って、なければいいのに。

斜面で一升瓶の欠片を拾っていた彼は、こちらを見ずにそう呟いた。

ついでわたしは、アパートで錦茂が口にした言葉を思い出した。

――おふくろは、俺が九歳のときに死んじゃったんだけど、たぶん、お世辞にも幸せとは言えない人生でした。

母との電話を切ったあと、わたしは畳に座り込んで考えた。

錦茂と短い日々を過ごしたその部屋で、一人きり目をつぶり、長いこと考えた。

——あの夜のことを、いつかもし警察に知られたときは、俺が刺したと言ってほしいんです。

——もう少し、勇気さえ……力さえあったら、俺があの男を殺してたんです。

やがて、こんな想像が頭に浮かんだ。

モーターボートで湾を渡り、盗みを繰り返していた錦茂は、深夜にアパートの一室へ忍び込んだ。家の人間が就寝中だとばかり思って。ところが窓から室内に入り込んだあと、玄関のドアがひらいて男が入ってきたので、慌てて脱衣所に隠れた。すると、入ってきた男が女を引っ張り起こして殴りつけ、台所の包丁を握った。その包丁が女に向かって突き出された瞬間、彼は咄嗟に脱衣所から飛び出し、男の背中にしがみついた。すると、床に落ちた包丁を女が拾い、男の胸を刺してしまった。

放心している女に、彼は大嘘をついた。

——俺、この男を殺しに来たんです。

女の姿に、かつての母親を重ねたのだろうか。

罪の意識を、少しでも減らしてやろうとしたのだろうか。

——こんな人間のために、自分の人生を犠牲にしちゃいけないんです。

そして彼は男の死体を海に沈めた。女の罪を隠すために。彼女に新しい人生を送らせるために。それが、ずっと昔に斜面の下で座り込んでいた、スカートを真っ赤に染めた少女だったことなど知らず。

――あなたは、頑張って、ぜんぶ忘れてください。

もちろん、あのアパートで錦茂と暮らしているあいだ、何ひとつ気づいていなかったわけではない。最初から、少しおかしいところはあった。田坂を殺そうとしていたはずなのに、彼は凶器のようなものを持っていなかったし、殺しに来たとはっきり言いながら、その理由は話そうとしなかった。何かしらの嘘をついていることはわかっていた。そしてその嘘が、自分自身のためではないことも感じていた。しかしまさか、彼が単なる泥棒であり、田坂と面識さえなかったなんて、考えてもみなかったのだ。

建物を包み込む雨音が、気づけば消えていた。

窓辺に立ち、雨あがりの海を見下ろす。濡れたガラスの向こうには雲が広がり、湾全体を灰色に覆っている。こうしてここから眺めていると、ときおりモーターボートが海面を移動していくのが見える。乗っている人の顔までは、もちろんわからないけれど、わたしはいつもそれが錦茂であることを想像する。いま頃、あの人はどんな暮らしをしているのだろう。カツオ漁にひどく詳しかったから、実際に興味を持っていたのかもしれない。もしかしたら、あれから本当にカツオ漁師になり、船に乗って遠くまで漁に出ているのではないか。そしてときおり帰ってきては、モーターボートで湾を走っているのではないか。この窓から見えるボートの一つが、それなのではないか。

――ここを出たら、船に乗ります。

少なくとも、もう泥棒はやめていることだろう。

――数ヶ月かもしれないし、もっと長いかもしれません。

腕の怪我が治ったら、彼は自ら警察へ出向き、罪を償うつもりでいたのだ。船に乗るというのは、きっとそういう意味だった。もしあの日、錦茂がアパートの部屋を飛び出さなかったら、そのとおりになっていただろうか。彼は自分から警察へ行き、罪を償ったあとで、わたしを訪ねてきてくれていただろうか。時間を遡ることができたら、わたしたちはどこへ戻り、何をするだろう。

明るい光に気づき、目を上げる。雲の切れ間から薄明光線が伸びている。湾にぽつんと浮かんだ小さな島の手前――暗い海に向かって真っ白な光が放たれ、見ているあいだにも、その数が増えていく。丸い光が等間隔に海面を照らし――もう一つ――もう一つ――。

「花……」

わたしは息をのんだ。

かつて錦茂の母親が、哀しいその胸に描いたという光の花。錦茂がどうしても見たかったもの。それがいま、海面に大きく咲こうとしている。たとえようもなく美しい五弁花が、真っ白にひらこうとしている。すべてのものが眩(まぶ)しさの中へと消え去り、わたしの視界にはただ花だけがあり、その花の中にわたしは、自分と同じように年老いた錦茂の姿を思い描いた。同じものを目のあたりにしている彼の姿を想像した。

神様は二つも同時に奇跡を起こしてはくれないと、わかっていながら。

り添っているのだ。かすかな機体の揺れが視界をぶれさせ、それぞれの光の周辺が残像でふちどられ、海面に咲く花は見ているあいだにもその美しさを増していく。

こんなことが本当に起きるものなのだろうか。

いま見ているのは実際の景色なのだろうか。

眩しい光の花を見下ろしているうちに、私にはまたわからなくなった。神様。奇跡。砂に埋もれていた半月形のシーグラス。ホリーがあんなに生きてくれたこと。オリアナがふたたび笑顔を見せてくれたこと。ステラの家で見た写真——。

いや、もう、どちらでもいい。

まるで大きなくしゃみでもしたように、晴れ晴れとした気分が胸に広がっていた。ぐっと背筋を伸ばしてみると、海面に咲いた花から放たれる光が、長いことちぢこまっていた骨の隙間に射し込んでくる気がした。

どちらでもいい。ホリーの死を乗り越えて二人で暮らしはじめたオリアナとステラが、ほんのときおりでも笑っていてくれれば、それでいい。

　帰国の連絡をしたとき、父は相変わらず淡々とした様子で応じたが、その声にはたしかに嬉しげな色がにじんでいた。話したいことが――話さなければならないことが、たくさんある。謝らなければならないことも。十年以上も向き合えずにいた父と、私は上手く言葉を交わせるだろうか。長いあいだ、この胸にわだかまっていた言葉は、きちんと声になってくれるだろうか。

　ディスプレイを見つめているうちに、機内の乗客たちがざわめきはじめた。

　驚いたように――何かに感嘆しているように。

　周囲に目をやると、隣に座った年輩の白人男性も、通路の向こう側に座る若い日本人女性も、私と同じように怪訝そうな顔であたりを見回している。私は肘掛けに両手を添え、軽く腰を浮かせてみた。ざわめいているのは、どうやら窓際の乗客だけらしい。それも、私と同じ側に座った乗客たちだ。

　腰を落とし、窓に顔を近づけてみた。

　目を疑うような光景が、そこにあった。

　暗い海に、光の花が咲いている。巨大な円形の光が、水面に五つ――それらが寄り集まり、一つの大きな花となって白く輝いている。光の正体が何なのか、はじめは理解ができなかった。しかしすぐに、雲間から洩れる光だとわかった。灰色の雲に生じた五つの隙間から、太陽の光が海面を照らし、それらが偶然にも美しい花のかたちとなって寄祈りの声を掻き消されながら。あの夜、ステラはホリーから、私とオリアナがダブリン湾に向かったことを聞き知った。ウラン硝子のシーグラスを探しに行ったことを。その後、ステラは砂浜に現れた。彼女は私たちに声をかける前に、あるいは私たちと話したあと、自分の宝物を砂浜に投げた。オリアナに見つけさせようとして。ずっと大切にしてきた宝物が、砂にまぎれて失くなってしまう可能性だってあったというのに。

つまり、あの奇跡は神様が起こしたのではなく、ステラがオリアナに与えたものだったのだ。

そもそもステラが玄関灯の下でシーグラスの話をしたのも、最初からオリアナに探しに行かせるためだったのではないか。彼女が宝物のシーグラスを失くしてしまったと嘘をついたのは、自分の人生がオリアナにどう映っているかを、誰よりわかっていたからではないか。もしあのときステラが、いまも幸運のシーグラスを持っていると言っていたら、オリアナはその力を信じなかったかもしれない。現在の伯母の生活がどんなものなのかを、知っているから。

本人に訊いたわけではないので、本当のところはわからない。しかし私は、そんなふうに考えていた。

ディスプレイに目を戻す。

定かではないが、たぶんいま機体はあの街の上空あたりを飛んでいる。

いて、二人はとてもよく似ていた。しばらくその写真を眺めていると、荷物を運び込むステラとオリアナの声が聞こえてきたので、私は何でもない顔をしてサイドボードの前を離れた。つぎに段ボール箱を運び込んだときは、フォトフレームは消え、硝子片だけがそこに残されていた。たぶんステラが気づいてどこかへ仕舞ったのだろう。私は知らんぷりをして引っ越しの手伝いをつづけながら、ついさっき自分が見たものの意味を考えていた。

並んで笑顔を浮かべていた、幼い頃のステラとホリー。ステラは右手を自慢げに突き出し、人差し指と親指のあいだには小さな硝子片があった。半月形の、黄緑色をした硝子片。あの夜、オリアナが砂の中で見つけたのとまったく同じものだった。

いったいどういうことなのか。子供時代にステラが失くしたウラン硝子のシーグラスが、何らかの経緯でダブリン湾の砂にまぎれ、それを偶然にもオリアナが見つけたのだろうか。

いや、さすがにそんなことはありえない。

すると考えられるのは一つ。

ステラが私と同じことをしたという可能性だった。

宝物にしていたシーグラスを失くしたというのは彼女の嘘で、本当はずっと大切にしていたのではないか。何かを願いながら。祈りながら。ままならない日々に、ときおり

――ママのこと、忘れないで。

別れ際、オリアナは私に一枚の画用紙を差し出した。いつスケッチしたのかはわからないが、以前よりもさらに上達した筆致で、そこにはホリーの穏やかな寝顔が描かれていた。

以来、彼女たちとは会っていない。

仕事に追われて暮らしながら、あれから半年あまりが過ぎてしまったが、いまはどうしているだろう。オリアナの髪は、もとの長さに戻っただろうか。ステラとは上手くやれているだろうか。

もっとも、二人の生活についての心配は、とっくに消えていた。

明け方の砂浜で、ステラの本当の気持ちを知ったから――というだけではない。

引っ越しを手伝った日、私はあるものを見たのだ。段ボール箱を抱え、最初にステラの家に入ったときのことだった。ダイニングの隅に古いサイドボードがあり、その上に黄緑色の硝子片が置かれていた。私が小皿を割ってつくり、ステラが砂浜で見つけた、あの偽物のシーグラスだった。恥ずかしさと、いくらかの嬉しさをおぼえながら、私は段ボール箱を床に置いてサイドボードに近づいた。硝子片が置かれていたのは、木製のフォトフレームの前だった。飾られていたのは色褪せたスナップ写真で、子供時代のステラとホリーが並んで写っていた。ホリーの身体は健康で、ステラはいまよりも痩せて明け方の浜辺でシーグラスを見つけてから二ヶ月のあいだ、オリアナはホリーの前で何度も笑顔を見せた。前髪がふれ合うほど顔を寄せ、二人の思い出を語りながら。学校での出来事を、身振りをまじえて母親に報告しながら。互いの髪の長さを比べ合いながら。

ホリーが生きているあいだ、オリアナは奇跡が起きることを信じていたのだろうか。それはいまでもわからない。しかし、少なくとも私は信じていた。ホリーの死後、私はホリーの病状を考えると、彼女の命の長さはまさに奇跡的なものだったからだ。ホリーの死後、私はオリアナにそう話した。すると彼女はあのシーグラスを握りしめて頷き、涙を堪えながら、ありがとうと呟いた。

ホリーの葬儀が行われた翌週、オリアナはステラの家に移った。引っ越し業者に頼むほど荷物はなく、しかしステラとオリアナだけで運びきれる量でもなかったので、私は自ら申し出てその引っ越しを手伝った。

ステラの家に最後の荷物を運び込んだあと、彼女は紅茶を淹れてくれた。あまり綺麗ではないダイニングテーブルを三人で囲み、私たちが話したのは、やはりホリーのことだった。ステラもオリアナも、話しているうちに咽喉をつまらせ、涙をたくさん流した。しかし、紅茶を飲み終えた私が別れの挨拶をしたとき、二人の顔に浮かんでいたのは、頬笑みだった。

二人の泣き声が響く空には、まだ星が瞬（またた）いていた。オリアナという名の語源である夜明け。ステラという名の語源である星。それらが重なり合う、短い、美しい時間だった。

（七）

じわじわと高度を落としていた機体が、やがて雲の下に抜けた。

窓に顔を寄せて上空を覗く。灰色の雲はずいぶん遠くまで広がっている。日本はせっかくのシルバーウィークなのに、どうやらあまり天気はよくないらしい。窓は濡れていないが、雨はこれから降り出すのだろうか。それとも、もうやんだあとなのだろうか。

目の前のディスプレイには、周辺の地図とともに機体の現在地が表示されている。たぶんもうすぐ、機体は故郷の街を通過する。国際空港に到着する直前、あるいは飛び立った直後、ヨーロッパ方面へ行き来する便のほとんどはあの街の上空を抜けていく。

ディスプレイの地図は縮尺が大きすぎて、街の正確な位置はわからない。目印になるはずの湾も、地図上では省略されていた。もちろん、その湾の真ん中に浮かぶ小さな島も。

ホリーはあれから二ヶ月生きた。

眠りと死の境目がない、安らかな最期だった。

ようとするかのように、ステラは両腕で彼女を抱きしめた。その胸に押しつけられながら、オリアナも両腕を伸ばしてステラの身体にしがみついた。

「ごめんなさい、オリアナ……ごめんなさい……」

オリアナの短い髪に、ステラは濡れた頬をこすりつけた。子供のように泣きじゃくりながら、何度も、何度も。

「あなたのお母さんは生きなきゃ駄目なの……わたしは、何も上手くできないから……頑張っても、何ひとつ上手くできないから……こんなに可愛いオリアナを、わたしはきっと駄目にしてしまうから」

「大丈夫……伯母さん、大丈夫……」

暗い砂浜で、二人は声を放って泣いていた。

それぞれが見つけた硝子片を、それぞれの手に握りしめたまま。

ステラが手にしているのは、私が小皿を割ってつくった偽物だった。大波にさらわれてしまったと思い込んでいたが、こんなところに移動していたのだ。ステラが私と話したあと、乱暴な足取りで石階段のほうへ戻っていくとき、靴先で蹴飛ばしてしまったのかもしれない。

しかし私は、それを打ち明けるつもりはなかった。

もちろん、これから先も。

いまオリアナが手にしているのは、正真正銘の本物だ。世にも貴重な、ウラン硝子のシーグラスだ。

私たちの様子に気づいたのか、石階段のほうからステラが歩いてくる。暗がりの中で、彼女の影はしだいに大きくなり、しかし、あるところでぴたりと静止した。何をしているのだろう——ステラはその場に立ち止まったまま、背をこごめている。その影が、ゆっくりと伸び縮みする。そうかと思えば、彼女は急に動いた。前方に向かって大きく足を踏み出し、その勢いのまま、覆いかぶさるようにして砂浜に屈み込む。一瞬後、彼女は叫ぶような大声を上げた。オリアナが振り返る。私は砂を蹴ってステラのほうへ向かった。彼女は両肘を砂に埋もれさせ、左手で右手首を摑んでいた。その右手は上に向けられたまま、ぶるぶると震え、五本の指が鉤形（かぎがた）に曲がり、震える手のひらにのっているのは、明るく光るウラン硝子だった。

「見つけた……オリアナ、見つけたよ……」

大きくひらいた口からは、ほとんど言葉にならない声が、泣き声のような声が洩れている。いや、彼女は泣いていた。緑白色の光を映した涙が、とめどなく頰を流れ落ちていた。オリアナが駆け寄り、すぐそばに膝をついて右手を差し出す。

「わたしも見つけた……伯母さん、わたしも見つけた！」

オリアナが手にした半月形のシーグラスを見るなり、まるで逃げていく相手を捕まえしだいに広がっていく。オリアナが二本の指でつまんでいるのは、まぎれもない、ウラン硝子のシーグラスだった。空から降り注ぐ紫外線を受け、暗がりで光っている。緑色をまとった白い光を放っている。形状はこの上なく美しく、幼い子供が誰かの笑顔を描いたとき、その口がかたちづくるような半月形をしていた。

神様は、いるのかもしれない。

生まれて初めて私はそう思った。

オリアナは本当に見つけたのだ。

ウラン硝子のシーグラスを探しに行こうと提案した夜、私は通販サイトで小皿を取り寄せた。手のひらにのるほどのサイズだが、本物のウラン硝子でつくられたアンティークだった。美しい黄緑色をしたその小皿を、私はアパートの部屋で叩き割り、欠片（かけら）の一つを紙やすりで丹念に削った。そして、シーグラスに似せたその欠片をズボンのポケットに隠し、オリアナとともにここへやって来たのだ。私はそれを、オリアナの隙を見て砂浜に放り投げた。目印の少し南側に。ステラが現れる直前——私たちが湾の北側を歩き終え、これから反対側を探そうというときに。オリアナに見つけさせるつもりだった。彼女にもう一度笑ってもらい、その笑顔をホリーに見せたかった。しかし、そうして私がずる賢く仕込んだ偽物は、あの大波が海にさらっていった。たしかに投げたと思われるあたりや、その周辺を、何度ブラックライトで照らしてみても見つからなかった。

「カズマ……」

眠りから覚めたばかりのように、彼女は唇だけを動かして囁いた。その目は砂浜の、ある一点に向けられている。目印があった場所よりも、少し北。何かが光っている。砂に埋もれた小さな何かが。

「紫外線……」

私の声は咽喉もとでかすれた。

いま、目の前で起きていること――シンプルな、ほんの短い時間だけに起こる光学現象。太陽が低い位置にあるとき、光は地球表面の厚い大気を通り抜けてくる。その際、大気中に含まれる微小な粒子が光を散乱させる。とくに、紫外線のような波長の短い光を。つまり、いまこの暗い砂浜には、散乱した紫外線が届いているのだ。人間の目には見えないが、たしかに空から降り注いでいるのだ。

オリアナが両手をつき、視界の中心にあるものを見失わないよう、四つん這いで砂の上を進む。やがてそこへ行き着くと、暗がりで発光するその小さなものを、指でつまんで持ち上げた。私は膝を立てて彼女のそばに駆け寄った。

「カズマ、これ――」

「ウラン硝子だ」

私の言葉に、彼女は素早く息を吸う。そのまま吐き出さず、しかし唇の隙間だけが、きなかった。謝罪すべきはオリアナに対してだけではない。ホリーにも、ステラにも。ホリーはこのままオリアナの笑顔を目にすることなく旅立ってしまうかもしれない。ステラは私にはっきりと言った——見つかるわけがないと。そして実際に、そのとおりだったのだ。疲れ切った両足に、後悔と羞恥の重みがのしかかり、私はもう立っていることもできなかった。砂に両膝をつくと、震えるオリアナの背中がすぐそばにあった。逃げるようにそらした目に、ステラの姿が入り込んだ。うつむいた彼女のシルエット。その両手は、ひたいのあたりで組み合わされている。一心に何かを祈るように。ずっとそうして祈っていたように。

違和感は、少し遅れてやってきた。

オリアナと二人で砂浜を歩きつづけながら、これまで私は何度かステラのほうへ目を向けた。しかし彼女の両手が組み合わされているところを一度も見なかった。いや、見えなかったのだ。暗闇で確認できたのは、彼女が石階段に座り込み、背中を丸めて首を垂れている、おぼろげな影だけだった。もちろんいまも周囲は暗いままだが、どうしてかステラの両手が、私の目にうっすらと見えている。

海のほうへ顔を向けた。すると、かすかな水平線がそこに浮かんでいた。太陽はまだ顔を出していないが、いまにも街に夜明けがやって来ようとしているのだ。

オリアナも景色の変化に気づいたのか、そっと首を持ち上げる。

リー港にかけての砂浜を何度も往復した。湾の北側をもう一度探してみようとオリアナは言ったが、私はわずかな可能性に賭けて南側に固執した。

しかし、時間ばかりが過ぎた。

やがてオリアナのブラックライトが光を弱め、見ているあいだに消えた。電池が尽きてしまったのだ。私は自分のブラックライトを彼女に渡し、二人でまた歩きはじめたが、十分も経たないうちにそれも消え、あたりは完全な暗闇に包まれた。

自分自身の電池も尽きてしまったように、オリアナは砂浜に座り込んだ。砂に尻を落とし、両膝にひたいをつけて、しんと動かなくなった。そこは、石階段のある場所からいくらか南に歩いたあたりだった。振り返ると、石階段にはまだステラのシルエットがあった。背中を丸めてうなだれたまま、最初に見たときから腕のひとつも動かしていないかのように。

一週間前、ウラン硝子のシーグラスを探しに行こうと、私はオリアナに提案した。その行為に対する迷いは、この浜辺で聞かせてもらったオリアナの言葉によって消え去った。彼女が、自分の心にあるものを打ち明けてくれたときに。

しかしいまは、後悔ばかりが胸を埋めていた。

オリアナが膝を抱えたまま泣いている。声を抑え、嗚咽を堪え、その背中だけが小刻みに震えている。胸を埋める後悔が大きすぎて、私は謝罪の言葉を口にすることさえで

（六）

私はオリアナと並んで砂浜を南下した。

彼女と同じように、ブラックライトで地面を照らしながら。

やがてダブリン湾の南側、埠頭に囲まれたダン・レアリー港に行き着くと、静まりかえったその港の手前で、砂浜は途切れていた。私たちは港に背を向け、足跡の少し脇を、もとの場所に向かって進んだ。目印の枝は、あの大波がさらっていったのだろう、どこにも見当たらない。石階段のほうへ視線を向けると、ステラの影がそこにあった。背中を丸めてうなだれたまま、じっと動かず、その姿は暗い風景と一つになっていた。私たちがもう一度ダン・レアリー港まで歩き、石階段のそばまで戻ってきても、彼女はやはり同じ姿でそこにいるのだった。

「オリアナ、もう――」

「帰らない」

用意していたように、オリアナの声は素早かった。

「カズマは帰ってもいい。でも、わたしは探す」

私たちはいつまでも歩きつづけた。目印の枝を立てていたあたりから南、ダン・レアれはほんの数秒のことだった。

私たちが立っている場所を境に、砂浜が濡れて黒ずんでいる。ついさっきやってきた大波が、砂の表面を乱暴に引っ掻いていったのだ。おそらく、そこにあったいくつもの物体を、水の中に巻き込みながら。

「カズマ、わたし大丈夫だよ？」

「オリアナ……」

膝が萎えそうになるのを、私は必死で堪えていた。

「もしかして、落ちてたシーグラスを波がみんな持っていったんじゃないかって思ってる？」

その言葉は当たっていた。彼女が考えている以上に。

「でも、波なんて、いつも砂浜を行ったり来たりしてるんだから、大丈夫だよ。何かを持っていっちゃうこともあるけど、運んでくることだってあるでしょ？」

首の関節が固定されてしまったように、どうしても頷くことができなかった。それでもなんとか顎を引いてみせると、オリアナはくるりと踵を返し、黒ずんだ砂浜をブラックライトで照らしながら歩きはじめた。彼女の背中がずいぶん小さくなるまで、私の足は動いてくれなかった。海からの風は、顔でも身体でもなく、胸の中を吹き抜けていくように思えた。

うしても必要なものをインターネットで取り寄せたり。

オリアナはブラックライトで地面を照らしながら、慎重に歩を進めている。砂が足音を吸い込み、その姿は青白い光とともに地面を滑っていくように見えた。静かだった波音が、ほんの少しだけ高まる。つぎにやってきた波は、さらに大きな音を響かせた。海のほうへ目を向けると、白い波頭が高々とふくらみながらオリアナのほうへ迫っていくのが見えた。

「気をつけて!」

私が声を飛ばしたときにはもう、彼女もその大波に気づいていた。ブラックライトの光が大きくぶれながら横方向へ動く。逃げるオリアナを波が追いかけ、慌てた彼女は短く声を上げながら砂の上に転がった。波頭は高く伸び上がりながら迫り、しかし彼女の手前でその勢いを弱めると、急降下して砂浜を打った。重たい響きが腹を震わせ、細かいしぶきが針のように顔を刺した。

「……オリアナ?」

私が駆け寄ると、彼女は砂浜に座り込んでいた。スニーカーとジーンズの裾が、ぐっしょりと濡れている。

「わたしは大丈夫」

彼女は立ち上がって尻をはたく。怪我をした様子はなく、胸に安堵(あんど)が広がったが、そ彼女は本当に見つけたいと思っています。この浜辺に来て、実際に探しはじめてから、そう思うようになったんです」

「なら、いっそうまずいじゃないか」

ウラン硝子のシーグラスは見つからず、けっきょくオリアナを落胆させることになると言いたいのだろう。

「もしかしたら……神様が助けてくれるかもしれません」

私は空を仰いだ。一面に広がる星の中に、ほんの爪の先ほどの細い月が埋もれている。

「いないよ、そんなもの」

咽喉を二度鳴らすような、不明瞭な声だった。まるで、本当はその存在を信じている相手に、聞かれてしまうのを恐れているかのように。

「いるかもしれません」

私がそう言うと、ステラは聞き取れないことを呟きながら背を向け、わざと砂を蹴散らすような足取りで石階段のほうに戻っていった。私はそれをしばらく見送ってから、オリアナのシルエットに向き直った。神様はいない――たしかにそうなのだろう。不信心な私も、実際のところ、そう思って生きてきた。でも、人間だって無能じゃない。たとえ神様がいなくても、私たちができることはたくさんある。誰かの病気をできるかぎり治したり、死にゆく人の心身をケアしたり。彼らの家族について懸命に考えたり、ど私が囁くと、オリアナは小さく頷いた。

「わたしは探してる」

オリアナが遠ざかるのを待ってから、ステラが口をひらいた。

「見つかるわけがないだろう」

「見つかると信じています」

「もし見つからなかったら、あんた、責任とれるのか？」

私は答えず、浜辺を遠ざかるオリアナのシルエットを振り返った。

「彼女は、ホリーの病気が治らないことを知っていたそうです。あなたが教える前から」

そうかい、と無関心そうな声が返ってくる。

「知っていたからこそ、ウラン硝子のシーグラスを探しに行こうと思ったそうです」

もちろん、そんな短い説明では意味など伝わらない。ぞんざいに訊き返すステラに、私はオリアナが聞かせてくれた言葉を忠実に伝えた。やがてやってくる母親の死を、自分のせいにしたかったこと。誰かを恨むのが、もう嫌だったこと。――私が話し終えると、ステラはぎりぎり聞こえるほどの音で舌打ちをした。

「見つけないために……探してるってわけか」

「はじめはそうだったようです。でも、いまは違います。ウラン硝子のシーグラスを、

「少し、休む？」

「平気。今度はあっちを探す」

オリアナは目印の南側を指さす。私はブラックライトで腕時計を確認してみた。針に塗られた蛍光塗料が、未来的な光り方で時刻を教えた。海に来てから、たぶん二時間ほど——そう思っていたが、驚いたことに三時間以上が経っており、もう深夜に近い。ブラックライトを左手に持ち替え、私は冷え切った右手をポケットに突っ込んだ。

「行こうか」

目印の南側に向かって歩き出す。しかしそのとき遠くから声がした。オリアナの名前を呼んでいる。立ち止まって周囲に目をこらすと、最初に下ってきた石階段のあたりに、かすかな人影が見えた。だんだんと大きくなりながら近づいてくる。

「ここにいるって、妹に聞いてね」

睨みつけるような目を、ステラは私に向けていた。

「ホリーは？」

「ぐっすり寝てる」

暗がりで仁王立ちになり、彼女は唇を引き結ぶ。あからさまに、私に対して何かを言いたげな顔で。

「少し、ステラと話をしてもいいかな」

「泣くと思う」

そう言ってから、かすれた声でつづける。

「でも、そのあと、たぶん笑う」

その笑いの前触れともいうべき、ほんのかすかな表情の動きが、彼女の顔に浮かんだ。見ているあいだに消えてしまったが、私はどこかへ消え去ったそれを追いかけたかった。衝動が身体を駆け上がって声を押し出した。

「見つけよう」

待っていたように、彼女は大きく一回頷いた。

オリアナがふたたび砂浜に足を踏み出す。私も隣に並ぶ。互いにブラックライトで地面を照らしながら、真っ直ぐに海辺を歩く。砂の中で何かが光ると、やはりオリアナは屈み込んで確認したが、それが無用なゴミであっても、もう溜息はつかなかった。まるで、無数の雑多なものの中に一つだけ宝物がまじっていることを知っていて、無関係なものを取りのけるたび、その宝物が見つかる可能性が高まると確信しているかのように。そんなオリアナの隣で、私はただ地面を照らしつづけた。発光するものを見つけても、拾うことは手伝わなかった。宝物を見つけるのは私であってはならない。オリアナでなくてはならない。

往路よりもずっと時間をかけて、私たちは目印の木の枝まで戻った。

くなったとき、それが誰のせいでもなくて、自分のせいだって思えるように」
肉体的な痛みを我慢するかのように、オリアナは服の上から見て取れるほど全身に力を込め、唇を引き結んでいた。しかし、その横顔が、まだ何か言おうとしている。それが何であるのか、私にはわかる気がした。

「……いまも、同じ気持ち？」

彼女は瞬きながらうつむき、やがて、首を横に振った。

「見つけたい」

言葉とともに、涙が頬を伝った。涙は顎の先にとどまって揺れ、オリアナはそれを、叩くように手のひらで拭った。

「ここに来て、カズマといっしょに探してるうちに、いつのまにかそう思ってた。だって、見つかるのは奇跡みたいなことなんでしょ？　それが起きたら、ママにも奇跡が起きるかもしれないでしょ？」

ウラン硝子のシーグラスを浜辺で見つけるなど、実際に奇跡のようなものだ。しかし、はたしてその奇跡は、オリアナの身に起きるべきものなのだろうか。自分がやっているのは正しいことなのだろうか。

「もしも見つけられたら……オリアナは笑ってくれる？」

訊くと、小さくかぶりを振る。

のだ。
母を亡くした私にはオリアナの気持ちがわかると、ホリーは言った。だから私を在宅ターミナルケアの担当看護師に選んだのだと。しかし、私には何ひとつわかってなどいなかったのだ。そして、たぶんホリーにも。彼女や私が思っていたよりもずっと、オリアナはその小さな胸の中で、たくさんのことを考えていた。苦しみながら。自分の力で得られる救いを懸命に探しながら。母親が終末期医療を受けていると知っていたというのに、オリアナは笑顔を見せていた。学校から帰ると、ベッドに横たわるホリーや、私に向かって、いつも頬笑んだ。母親が死んでいくことを知っていながら、そうして笑うことは、どんなにつらかっただろう。ホリーの病気が治らないと、ステラがはっきりと口にしたあの日から、オリアナは笑わなくなった。そうして笑わないことも、どんなにつらかっただろう。

「パパが崖から落ちて死んだとき、わたし、パパにぶつかった人を恨んだ。おんなじように落ちて死んでほしいって思ったし、いまもほんとは思ってる。でもそれが嫌なの。このままママが死んだら、ママの病気を治せなかった病院とか、病院の先生とか、カズマのことを恨むかもしれない。そんなの嫌なの」

オリアナは足を止めた。

「だから、探そうと思ったの。絶対に見つからないって、わかってたから。ママがいな

「辞書には〝terminal〟っていう言葉が書いてあって、でも飛行機とか電車の〝terminal〟しか知らなかったから、最初は意味がよくわからなかった。だからそれも調べた」

そして、ホリーが受けているのが治療ではなく終末期医療だと知ったのだという。

「カズマがウラン硝子のシーグラスを探しに行こうって言ってくれたとき、わたし、絶対に見つからないと思った。だって、伯母さんが昔それを見つけたって聞いて、カズマはすごく驚いた顔をしてたから。それだけ珍しいものだってわかったから。いくらこうやって探してても、ウラン硝子のシーグラスなんて、きっと見つからない」

「でも、オリアナ――」

「見つからないから探そうと思ったの」

出会って初めて、オリアナは私の言葉を遮った。

「一生懸命に探して、見つけられなかったら、ママはわたしのせいで死んだことになる。わたしの探し方が足りなかったから死んだことになる。自分のせいなら仕方ないって思える」

オリアナの白い首すじを、海風が吹き抜けていく。私は言葉を返そうとした。しかし吸い込んだ息は声にならないまま、ただ冷たく固まって胸を埋めた。かつて中学生の私は、母の死を父のせいにした。あの街の海岸で、父に残酷な言葉をあびせかけた。しかし十歳のオリアナは、母親が死んでいくことを、懸命に自分のせいにしようとしている

「そろそろ、目印まで引き返そうか」

行く手で砂浜が途切れている。そこから先に進むと、発電所や下水処理場が並ぶエリアに入る。それを越えた北側にも砂浜はつづいているが、このあたりで引き返し、目印の南側に取りかかったほうがいいだろう。

二人で回れ右をした。歩いてきた自分たちの足跡よりも、少し陸側にずれ、また砂浜をブラックライトで照らしながら引き返す。少し海風が出ていた。強い風ではないが、とても冷たく、吹いてくるたび私たちは襟元を掻き合わせて背中を丸めた。

「カズマ、本当のこと言っていい？」

何度目かの風が行き過ぎたとき、オリアナが唐突に口をひらいた。

「ママの病気が治らないこと、わたし、ずっとわかってたの」

胸にぽつんと氷のかたまりが落ちた。

ステラに言われる前から、という意味だろうか。私がそれを訊ねる前に、オリアナはゆっくりと頷いた。

「ずっと前からわかってた。最初に入院してた病院を出て、別の病院みたいなところに移ったでしょ。お見舞いに行ったとき、廊下にいた誰かが、そこをホスピスって呼んでたのが聞こえたの。知らない言葉だったから、あとで辞書を引いた」

話しながらも、オリアナの目はじっとブラックライトの先を見つめている。

が、とうとう頭をもたげてふくれ上がり、咽喉を割って飛び出した。いったん飛び出すと、もう自分では止めることができなかった。息継ぎも忘れた私の声をあびながら、あのとき父はじっと唇を結んでいた。その顔がまったくの無表情だったせいで、私は逆に、自分が責められていると感じた。医療のことなど何も知らない自分。哀しさや悔しさを、残された唯一の家族である父にぶつけている自分。親に手を上げられたことは一度もなかったが、私はそのとき、見えない手で初めて殴られた気がした。そんなふうに思うほど勢いは止まらず、私は夜の浜辺で、考えつくかぎりのむごい言葉で父をなぶりつづけた。あのときの父の目にも、いま隣を歩くオリアナの目のように、ペンライトの光が映っていた。

それ以来、私は父と言葉を交わさなくなった。何を言われても、聞こえないふりをするか、ただぞんざいに首を横に振った。終末期医療に従事することを決めたときも、それに向かって勉強をしはじめたときも、父には何も話さなかった。ダブリンの看護大学に合格した日、進学に必要となる金について初めて父に説明すると、父はおめでとうと言ってくれた。その顔さえ、私はしっかりと見ることができなかった。しかし、学費を出すことを約束してくれた父に頭を下げ、自分の部屋に戻ろうとしたとき、その顔が一瞬だけ視界の端に入り込んだ。リビングのソファーに座った父は、ずっと前からそこに置かれている、父そっくりの人形に見えた。人形の両目は、乾いた二つの硝子だった。

のか、いつも、たったいま寄せ集められたように見えた。それらを使うための時間をつくる気なんてないのに、父はインターネットであれこれと購入しては、そこに放置していたのだ。中にはパッケージさえ開けられずにいるものもあった。お金をたくさんもらえる仕事だから、何か買わなければもったいないと思っていたのだろう。それらをガレージに置いていたのも、近所の人に見せびらかすためなのだろう。当時の幼い頭で、私はそんなふうに考えていた。

——近々、本当にはじめてみようと思ってる。

——釣りする時間なんて、ないでしょ。

——シフトを減らしてもらえるように、病院に頼んでみるつもりなんだ。仕事の集中力も、きっとそのほうが高まるだろうし。二人で乗れるゴムボートもあるから、お前もいっしょにやってみないか？

父の声は笑っていた。

その声が、私の足を止めさせた。

——お母さんのときは、集中してなかったの？

父も立ち止まり、訊ね返すように振り向いた。

私が父に残酷な言葉をぶつけたのは、そのときのことだ。母の命を救えなかった父を、私が直截な言葉で責めたのは。母が死んだ夜から、ずっと胸の中で身を潜めていた言葉

「そうだよ、オリアナ」

母が死んだあと、父が私を夜の浜辺に連れ出したことがある。

私たちの家は湾岸通りにあった。その道に沿って父と二人で歩き、母がオートバイに撥ねられた横断歩道を、海のほうへ渡った。事故の直後に誰かが置いてくれた花が、まだしおれもせず、信号柱の下にあった。歩道の脇に設けられた石の階段を踏んで浜辺へ下りると、父は上着のポケットからペンライトを二つ取り出し、一つを私に渡した。

――夜に歩いてみたら、いつもの浜辺が違って見えるかと思ってな。

昼の浜辺を歩くことなんてなかったくせに、父はそんなことを言ってペンライトの電源を入れた。私もスイッチを押し込み、足下を照らしてみた。月の明るい夜だったのに、そうして小さな光が生じると、とたんに周囲が真っ暗に見えた。私たちは、ちょうどいまの私とオリアナのように、地面に落ちた楕円形の光を追うようにして、砂浜を歩いた。ただし、もっとあいだをあけて。私は海側を歩いていたので、ときおりすぐそばまで、波と星がいっしょになって打ち寄せた。

――釣りをはじめようと思っていた時期があるんだ。お前が生まれる少し前に。

一階のガレージに、使われていない釣り道具が置かれていることは私も知っていた。釣り道具だけでなく、テントやバーベキューセット、大きな望遠鏡やゴムボートが、物心ついてからずっと、父の車の脇に寄せ集められていた。母がときおり埃(ほこり)を拭っていたうほどの距離をあけて私たちは歩いた。

ある程度は予想していたことだが、砂浜では私たちが探していない様々なものが、ときおりブラックライトに反応して発光した。五分に一回ほどだろうか。釣りに使われる浮き。レシートやティッシュペーパーの切れ端。プラスチックの真珠がついたイヤリング。ウサギのかたちをしたヘアクリップ。シャツのボタン。砂の上で光るものを見つけるたび、オリアナは飛びつくようにして屈み込み、指でつまみ上げた。そして小さな溜息とともに、それを遠くへ放った。何度見つけても、同じように急いで拾い、溜息とともに遠くへ投げるのだった。

物音も風景も、闇に溶け込んでいた。聞こえるのは私たちが砂を踏む足音と、波の音くらいで、見えるのは、地面を照らす二つの青白い光と水平線の漁り火だけだった。すぐ隣を歩くオリアナの表情さえ判然とせず、ただその目に、ブラックライトの光だけがぽつんと映っていた。

「カズマ、ウラン硝子はすごく明るく光る？」

「インターネットで画像を見たら、すごく明るかった。ただ、ボタンとか紙切れとかも、同じくらい明るく光っちゃうみたいだね」

「じゃあ、光ったものを一つ一つちゃんと見ていけば、いつかウラン硝子を拾えるっていうことね？」

ナを連れ出す許可をくれた。

——ステラがすごく大事にしていたのが、懐かしい。

海岸沿いのパーキングに車を駐め、オリアナと二人で石階段を下り、砂浜に向かう。

それぞれ片手に新品のブラックライトを握っていた。見えない海から潮のにおいが届き、夜が与える漠然とした不安が下腹に染み込んでくる。それにつれ、背後の道を走る車のエンジン音が遠ざかっていく。

「別々に探すの？」

オリアナがそう訊いたとき、彼女の声には波の音がまじっていた。もう水際は目の前にあり、暗がりの中に白い波頭だけが浮かんでいる。

「暗いから、いっしょに動いたほうがいい」

そばに長い枯れ枝が一本落ちていたので、私はそれを拾って砂に突き刺した。

「同じ場所を何度も探さないように、この目印から、北と南に向かって順番に歩いてみよう」

「わかった」

私たちは同時にブラックライトのスイッチを入れた。

波打ち際を右手に、まずは北へ向かって歩きはじめる。二つの光が、行く手の砂浜を青白く照らす。貧血気味のようなその光は、縦長の楕円形で、それらがぎりぎりふれ合

——探したい。

パソコンの画面を見つめながら、マウスを動かす。通販サイトのブックマークに矢印を合わせてクリックする。検索ワードに「black light」と打ち込むと、十種類以上の商品がずらりと表示された。その中で、子供が片手で持ちつづけられそうなものを選び、私は二つ購入した。在庫商品なので、数日中には到着するようだ。

自分がやろうとしているのは、はたして正しいことなのだろうか。

ブラックライトの購入を終えたあとも、私はマウスに右手をのせたまま、長いこと画面を見つめていた。

（五）

一週間後、いつもより遅れて到着したステラと入れ替わりに、私はホリーの家を出た。海に向かって走る車の助手席には、ジーンズに厚いジャケットを着たオリアナが乗っていた。

ダブリン湾にシーグラスを探しに行くことを、ホリーには正直に説明してある。ウラン硝子のシーグラスを、ブラックライトを使って二人で探すのだと。その理由を私は敢えて話さなかったし、彼女も訊いてこなかった。ただホリーはこう言って、私にオリアポーチでオリアナと向き合いながら、私は考えた。

考えて、考えて、考えた。

さっと顔を上げたオリアナの目は、大きく見ひらかれていた。しかしその表情はすぐに、引き潮のようにあとかたもなく消え去った。

――探しに行ってみようか。

――でも、きっと見つからない。

私は膝を曲げて彼女と顔の高さを合わせ、悪戯を提案するような声で言った。

――見つけるための、いい方法がある。

ブラックライトで砂浜を照らせば、ウラン硝子はそれに反応して発光し、自らその場所を教えてくれる。もちろん、そこに存在すればの話だが。そう言うと、ブラックライトというのは何かと訊き返されたので、さっきステラが言った〝bug zapper〟と同じく紫外線を出す装置だと教えた。そのあと紫外線についても簡単に説明した。

ブラックライトは懐中電灯タイプのものが何種類もある。夜の浜辺に行き、それを使って広い範囲を探せば、もしかしたらウラン硝子のシーグラスが見つかるかもしれない。

私はオリアナにそう話した。じっと黙り込んだ彼女の表情が、ほんのかすかにだが、めまぐるしく変わっていった。

やがてオリアナは顔を上げ、明瞭な口調で言った。

ステラが家の中に消えたあと、オリアナがうつむいたまま呟いた。オレンジ色の玄関灯が、その影をくっきりとポーチに落としていた。

——見つけたら、願いが叶うかもしれないから。

——オリアナは、何を願うの？

答えをわかっていながら訊いた。しかし彼女が返した言葉は、私の想像と違っていた。

——ママの願いが叶うようにって。

——ホリーは、何を願うと思う？

三角帽子の下で、オリアナは金色の睫毛（まつげ）を伏せた。

——わからない。でも……何でも叶うようにって。

ホリーの願いは、もちろん生きることだろう。生きて、いつまでもオリアナといっしょに暮らしていくことに違いない。オリアナが成長し、何かに喜んだり、くじけたり、そこから立ち直ったり、大人びた新しい上着に袖を通したり、誰かを愛したり、その人と寄り添ったりするのを目のあたりにしながら。

しかし、その願いはおそらく叶わない。

——あの子が笑っているところを見たい。

ベッドで囁（ささや）かれたホリーの言葉。

——もう一度だけでもいいから。

耳慣れない言葉がまじっていたが、文脈からして電撃殺虫器のことらしい。日本でもコンビニエンスストアの店先などでよく見かけた、羽虫を殺す装置だ。虫は紫外線が見えるので、その紫外線で誘引したところを電撃で殺す。

「大事にしてたんだけど、いつのまにか失くしてた。あれをいまでも持ってりゃ――」

玄関灯に照らされたステラの姿は、急にしぼんでしまったように見えた。彼女は小さく息を洩らして玄関のドアに手をかけたが、それを抜けていく直前に短い言葉をつづけた。まるで吐き捨てるように――いや、実際に彼女は吐き捨てたのだ。それは、地面に捨て、誰にも拾われずに放置されるしかない言葉だった。

「こんなことにはならなかった」

（四）

その夜、私はアパートの部屋でパソコンの画面に見入っていた。

インターネットでウラン硝子のことを調べてみたところ、やはり相当に貴重なものであることがわかった。ただし、現在製造されていないというのは私の勘違いで、アメリカやチェコではいまも少量のウラン硝子製品がつくられ、輸出もされているらしい。

――わたしも、見つけてみたい。

「そんなんじゃない。もっと、ずっと貴重なやつだ」

ウラン硝子のシーグラスなのだという。

「それはたしかに――」

珍しい。

いや、珍しいどころか、本当にそんなシーグラスが存在するのだろうか。

耳学問でしかないが、ウラン硝子はその名のとおり、硝子にウランをまぜてつくられる。もちろん人体に影響があるほどの量ではないが、まぜられたウランによって、硝子は非常に美しい黄緑色をまとう。しかし最大の特徴は色そのものではない。紫外線を受けたとき、硝子全体が明るく発光することだ。

ウラン硝子は一八〇〇年代半ばからヨーロッパをはじめ世界中で製造されはじめたが、その製造は一九四〇年代に幕を下ろした。ウランが原子力に利用されるようになったからだ。器や花瓶、コップやアクセサリー。わずか百年ほどのあいだにつくられたウラン硝子の製品は、いまでは骨董品として高値で取引される貴重なものとなっている。原子力と引き換えに姿を消したそんなウラン硝子が、シーグラスとなって浜辺にたどり着くなんて、いったいどれほどの確率なのだろう。しかもそれを人が見つけるなんて。

「夕暮れになるといつも、ホリーと二人でそのシーグラスを持って、近くの雑貨店まで行ってね。軒先にぶら下がってる〝bug zapper〟のそばで光らせてた」

「シャムロックですか？」

アイルランドの国花にもなっている植物だ。日本でもあちこちで見られ、シロツメクサやクローバーと呼ばれている。ケルトの世界では三という数字に魔力が宿ると言われ、三枚の葉を持つシャムロックは古くから幸運のアイテムとされてきたらしい。

しかしステラはハッと息を吐き、ここからは見えないダブリン湾のほうに、すがめた目を向けた。

「シーグラスだよ」

浜辺で見かける小さな硝子片のことだ。硝子の破片が、海の底を長いこと漂っているうちに角を丸め、平たい宝石のように変わる。シーグラス自体は別段珍しいものではなく、浜辺を観察してみれば誰にでも見つけられる。私も生まれ育った街の海岸で、幼い頃からよく目にしていた。水色、緑色、茶色、薄い白。たいていはその四色がよく落ちている。もともとシーグラスは、硝子製品の破片がかたちを変えたものなので、要するにそれらの色を使った硝子製品が、世の中に多いということなのだろう。

「昔、よくホリーと二人で、ダブリン湾で探したもんだ。でもあるとき、とびきり珍しいやつを見つけてね」

「赤やオレンジのものですか？」

その二色が非常に珍しいと聞いたことがあった。

い込んだ。しかしその声を、すんでのところで抑え、彼女はポーチに出てドアを閉めた。

「言っただろ……お前のママは治らない」

「あれは伯母さんが大袈裟に言っただけ。ママはよくなる。伯母さんはそうやってひどいこと言うから嫌い」

姪にはっきり「嫌い」と言われた瞬間、ステラの顔が初めてひるんだ。

「伯母さんだって、昔は家族といっしょにハロウィーンの仮装をしてたってママが言ってた。悪い霊に連れていかれないようにって。そういうのを、伯母さんはママよりずっと信じてたって。子供のころママがすごい熱を出したときも、大切にしてた幸運のお守りを枕元に置いて安心させてくれたって」

ステラは臆したような目でオリアナの言葉を聞いていたが、やがて頰をわずかに持ち上げた。何か皮肉めいたことを口にする準備のように。

「あのお守りだけは……本物だった。手に入れてから、実際いいことばかり起きたもんだ。小学校のテストでは勉強したところが出たし、口喧嘩した友達とも、いつのまにかまた仲良く喋ってた」

「幸運のお守りというのは、もしかして――」

ホリーの病状から話題をそらせたい一心で私は言葉を挟んだが、まるでステラの機嫌をとるような嫌悪感があった。

オリアナはセイヨウヒイラギの幼木に目を戻す。

「伯母さんは、何でも大袈裟に言うの」

私の英語のことだろうか。ホリーの病気のことだろうか。判断がつかずにいるうちに、暗がりの向こうからヘッドライトが迫ってきた。庭を囲む木柵の影が、私たちを串刺しにするように伸び、車が近づいてきて、ステラの古いセダンになった。運転席からのっそりと出てきたステラは、暗い前庭にしゃがみ込む私たちを一瞥したが、声はかけず、そのまま玄関のドアを抜けていく。

直後、彼女の叫び声が響いた。

私とオリアナはすぐさま立ち上がって玄関へ向かったが、そこへたどり着く前に乱暴な足音が聞こえ、ドアが内側から勢いよくひらかれた。

「あんな、意味のないことして！」

内側から膨張したような顔で、ステラはオリアナを睨みつけていた。いったい何のことを言っているのか、気づくまでに数秒かかった。スタンドライトで照らされた骸骨姿のホリーが、ステラを驚かせてしまったのだろう。

「意味のないことじゃない」

身を硬くしたオリアナが、小さく声を返す。ステラは顔に張りついた蜘蛛の巣でも払うように首を振ると、人が勢いにまかせて大声を出すとき特有の短さで、口から息を吸うやく心を入れ替え、全教科を猛勉強しはじめたけれど、英語の発音はいまさら上手くなってはくれなかった。

いや、もちろん誰のせいでもなく、けっきょくは自分の努力とセンスの問題なのだろうが。

「わたし、伯母さんが苦手」

オリアナがくるりと私に顔を向ける。周囲にあった橙色(だいだいいろ)の残照はいつのまにか消え去り、その顔だけが暗がりにうっすらと浮かんで見えた。

「たぶん、名前が正反対だから、合わないの」

「名前?」

「わたしの名前は昔の言葉で〝夜明け〟だって、パパが教えてくれた」

「ステラは?」

やはり昔の言葉で、〝星〟を意味するのだという。

「だから、合わないの。だって夜明けと星がいっしょにいるのは変でしょ?」

訴えかけるような目だった。もしホリーが死んでしまったとき、自分がステラに引き取られることを、オリアナはわかっているのかもしれない。ほかに現実的な選択肢がないことを。

「カズマのこと馬鹿にしてるのを聞いて、伯母さんのこと、もっと嫌になった」

「どうして?」

「こないだ、玄関の外で、伯母さんに嫌なこと言われてたから」

オリアナは私の隣にしゃがみ込み、セイヨウヒイラギの枝先を見つめる。

「カズマの言葉のこと」

「聞いてたんだね」

だから、オリアナはあのときドアを開けてくれたのだろうか。ステラにそれ以上何も言わせないように。あるいは私が何も言い返さないように。

「でも、本当だから、仕方がないよ」

「カズマの英語はすごく自然だし、わたしはカズマの喋り方が好き」

言葉の前半と後半で矛盾しているようなことを言い、オリアナは私を慰めた。

生まれて初めて英語というものを習ったのは、中学校時代、新間先生の授業だった。当時は四十代半ばだっただろうか、生真面目な男性の英語教師で、いつも一生懸命に教えてくれはするのだが、英語がまったく喋れなかった。新間先生だけでなく、あの頃はそんな英語教師がたくさんいた。教科書に載っている英文を読むことはできるけれど、発音はいわばカタカナ的で、私たちは本当の英語を知らないまま、ただテストのためだけに単語や文法を憶えた。やがて、一年生の終わりに母が死ぬと、私は好きだった理科以外、すべての勉強を投げ出してしまった。三年生の夏、あの出来事が起きたあとによいる。

「帰るときも、ちゃんとかぶってなきゃ駄目」

「ありがとう、オリアナ」

私は帽子を自分の頭に戻した。

「ホリーは？」

「骸骨のまま眠ってる」

ホリーは以前に約束したとおり、オリアナに手伝ってもらいながら自分の顔に骸骨メイクをほどこした。その出来映えは私が予想したものをはるかに凌駕していた。モノクロ画を得意とするイラストレーターと、その才能を受け継ぐ娘。二人がホリーの顔に描いたのは、そのままホラー映画が撮れそうなほどリアルな骸骨だった。手鏡を遠ざけて仕上がりを眺めるホリーの目には、満足げな色が浮かんでいた。オリアナも隣で同じような目をしていたが、その両目以外はやはり、麻痺してしまったように表情を失くしたままだった。

「カズマ……ステラ伯母さんのことを考えてた？」

言葉を返す前に、私はちらりとホリーの部屋の窓を振り返った。明かりは消され、しかし部屋の隅にあるスタンドライトだけは点してあるようで、それらしい光が窓硝子に浮かんでいる。

いや、本当に、いま初めて気づいたことなのだろうか。ダブリンへの移住を決めたとき、私はその類似をどこかで意識してはいなかったか。類似というよりもむしろ、類似していることで強調される大きな違いを。故郷の街では海に陽が沈んでいくが、この街では水平線からまっさらな太陽が顔を出す。新しい一日がやってきたとき、この街は最初の眩(まぶ)しい光を受ける。当時の私は、故郷の街を逃げ出したかったけれど、逃げ出したくなかったのではないか。世界地図を頭に思い浮かべ、よく似た場所で——しかし太陽が昇る場所で、人生をやり直したかったのではないか。私のことを、誰も知らない場所で。日本ではなくアイルランドで働くことを決めたのも、この国がターミナルケア発祥の地だからなどではなかったのではないか。

「これをかぶってて」

かさついた感触の何かが、髪にふれた。

「もうじき夜になるから」

いつのまにか、すぐ後ろにオリアナが立っていた。彼女が着ているのは、明るい緑色をした妖精の衣装だ。ハロウィーンの今日、アイルランドでは学校が休みとなり、オリアナは以前から用意していたこの衣装を、朝からずっと身につけていた。

私は自分の頭に手をやり、彼女がそこにのせたものを取ってみた。オリアナがかぶっているのと似た、妖精の帽子だった。ただしこちらは布ではなく緑色の紙でつくられてステラの存在。笑わなくなったオリアナ。その理由を知らずにいるホリー。私は自分のなすべきことがわからなかった。目指すべき場所は知っているのに、そこへの道順がどうしても見つけられない。日々この家に通いながら、在宅ターミナルケアの担当看護師という重荷が、想像していた以上の重荷が、音もなく両肩に積み重なっていくのをまざまざと感じた。そしてときおり自分が、患者や家族のことではなく、その重荷から逃げ出す方法を模索していることに気づいて凝然とするのだった。無論、本当に逃げ出したりはしないし、できるはずもない。しかし、そんな自分を無言で叱りつけたあとも、ともすればまた同じように、逃げ出したいという気持ちが胸にきざす。街を歩けば、行き交う人すべてにうっすらとした憎しみを抱いた。アパートに帰って眠ると、何かとてつもなく大きな機械のコンセントを、自分が懸命に挿し直そうとしている夢を見た。

　セイヨウヒイラギの前でしゃがみ込んでいるうちに、背後の太陽が沈み、周囲の景色が急速に暗くなっていく。

　その風景を眺めながら、ふと気がついたことがあった。

　ダブリンという街は、生まれ育ったあの街と、ちょうど東西が逆になっている。これまで気づかずにいたのが自分でも不思議なくらいだった。地図を思い浮かべてみると、二つの街はどちらも似たような広さで、どちらも横から海岸線が食い込んでいる。あの街は西側から。ダブリンは東側から。

を与えられているのだ。半分も理解できないというのは、とうてい信じがたかった。しかし、それを百パーセント嘘だと言い切ることもまたできず、私は腹の底が熱くなっていくのを感じながらも、短い言葉で謝った。すると彼女は相手の弱点を見つけたかのように、厚い頬を持ち上げて鼻を鳴らした。

——何で妹はこの国の言葉もまともに喋(しゃべ)れない男に人生最後の時間をまかせなきゃならないんだ。

たぶん、意図的な早口だった。熱いものが鼻の奥までこみ上げ、それに圧(お)されて言葉が口から飛び出しそうになった。しかしそのとき背後で玄関のドアがひらいた。振り返ると、そこにあったのはステラを迎えに出てきたオリアナのシルエットで、逆光の中の彼女は、いつもよりさらに痩せ細って見えた。

車のエンジンを切る前に、ステラは私に向かって狙い定めるように目を細め、ごく小さな声で呟いた。

——死んでいく人間が偉いわけじゃない。

いま、ホリーの身体は小康状態を保っている。しかし担当医の指示を仰ぎながら投与するモルヒネや抗鬱剤は、その量も頻度も以前より増え、彼女の死は着実に近づいていた。

——最初から反対だった。

エンジンをかけたまま、ステラはウィンドウフレームに肘をのせた。左右の口角は垂れ下がり、さも不愉快そうに細められた目は、こちらを見ようともしなかった。

——ぜんぶ反対だった。治療をやめることも、わたしらに世話をさせながら死んでいくことも。

——治療しても回復する見込みがないことは、残念ながら医学的に見てほぼ間違いないことでした。ホリーは担当医からきちんとその説明を受け、すべて理解した上で、ターミナルケアという道を選んだんです。癌治療のつらさは、それを受けたことのある人にしかわかりません。私にも、もちろんわからないことです。でも、だからこそ私たちは彼女の気持ちを懸命に想像して、その選択を尊重すべきだと思っています。残された時間をどう過ごすかも含めて。

私が話している途中から、ステラの両目に苛立ちがありありと現れていた。

——聞き取りにくいんだよ、あんたの言ってることは。

返ってきたのは、そんな、予想もしていない言葉だった。

——いまだって半分くらいはわからなかった。

そんなはずがあるだろうか。もちろん私はネイティブとまったく同じ発音で話せるわけではない。それでも、看護師として働くのに問題はないと判断された上で、この仕事

　ホリーがそう言ったのは、私がステラの残酷な言葉を耳にした翌日のことだった。

　――病気のわたしが家にいることに、あの子は疲れてしまったのかもしれない。

　ドアごしに聞いたステラの言葉について、私はホリーに打ち明けることができずにいた。一週間が経った、いまもまだ。

　――あの子が笑っているところを見たい。

　言葉とともに、ホリーの目尻を涙が伝った。瘦せて乾ききり、年相応以上に刻まれてしまった肌の皺（しわ）に沿って。それは彼女が私の前で初めて見せた涙だった。ホリーは自分の両手に顔を落とし、くぐもった声でつづけた。

　――もう一度だけでもいいから。

　その夜、いつものようにエンジン音が聞こえてくると、私は玄関のドアを出てステラの車が近づいてくるのを待った。むくんだような敵意があった。ホリーの部屋の窓は閉じてあり、私たちの会話は聞こえないだろうが、もし聞こえても構わないという気持ちでいた。

　私が車の脇に立つと、ステラは運転席側のウィンドウを下げた。

　――どうしてホリーとの約束を破ったんですか？

　これがターミナルケアであること。ホリーは回復する見込みがなく、もう治療は行われないこと。それをオリアナに話さないと、ステラも約束していたはずなのに。

グラスを持って部屋を出る。後ろ手にドアを閉めたとき、玄関の外からステラの声が聞こえた。

「馬鹿なことして、そんなみっともない髪にすることなかったんだ」

彼女の太い声は、ドアを貫通して私の耳にまで届いた。

「無意味なんだよ。どうせホリーはもう治らないんだから」

（三）

庭のセイヨウヒイラギは、しゃがんだ私と同じほどの高さしかない。

四年前、個展で出会った日本人女性からルリシジミの話を聞いたあと、ホリーが植えたというセイヨウヒイラギ。彼女と同じ名前を持つ木。つやつやと光沢のある葉が、夕陽を受けていっそう輝いている。

セイヨウヒイラギの葉は、ふちを四、五人の小人が引っ張り合ったように、尖った鋸歯を持つ。気品のあるその葉はクリスマスケーキの飾りとしても使われ、日本でもプラスチック製のものをよく見た。まだ母が生きていた頃。私たちが、しっかりと家族だった頃に。

――オリアナが、笑わないの。

いの。とりわけあの子に関しては」

「タイミングよりも、どうやって話すかが重要です」

私が答えたのは、ホスピスの新人教育で職員たち全員に教えられる、いわば模範解答だった。しかしそれは、四年間の実務経験を積んだいま、私自身のゆるぎない意見にもなっていた。

「後にオリアナは、そのときのあなたの言葉を何度も思い出すことになりますから」

「言葉を準備する時間は、まだある？」

治療を中断してホスピスに移ったとき、担当医が彼女に宣告した余命は二ヶ月。その宣告からすでに三ヶ月半が経過している。だが医師の宣告する余命は一般的に、データから導き出される期間よりも短いことが多い。宣告した期間よりも早く亡くなってしまったとき、遺族の怒りにつながったり、ときには訴訟を起こされたりもするからだ。

「個人的には、大丈夫だと思っています」

ホリーは唇を閉じたまま頬を持ち上げ、サイドテーブルからグラスを取って咽喉(のど)をしめらせた。水はほとんど残っていなかったので、弱々しいそのひと口でグラスは空になった。

「入れてきますね」

「ありがとう、カズマ」

向き合うことになる感情も、あなたはすでに知っている。だから、誰より頼りにできるの。心をひらけるの。在宅でのケアをあなたにお願いしたのも、それが理由だった」

「そうだったんですね」

私がホリーの在宅ターミナルケアを担当することになったのは、彼女の意見があったからだと事務局から聞いていた。

ホスピスでは一般的な病院と同様、一人一人の患者に担当看護師がいるわけではなく、シフトに入っている者が共同で患者たちを看る。ホリーが在宅ターミナルケアを選んだとき、彼女は二十六人いるその看護師の中から、私を指名したのだ。荷の重さに胃を硬くしながらも、私は少しの誇らしさをおぼえ、そして何より不思議だった。どうして自分なのだろう。患者の看取りに関して、私はまだ充分なベテランとはいえない。話す言葉も、もちろん会話は問題なくこなせるが、日本語なまりがいつまで経っても消えてくれず、発音はやはりネイティブとは異なる。そんな私を指名した理由を、以前それとなくホリーに訊ねてみたこともあるが、曖昧に首を振って誤魔化されていたのだ。

「だから……カズマに訊きたいの」

「何をです？」

「本当のことをオリアナに話すべきなのかどうか。わたしがもうすぐ死んでしまうことを、いま娘に教えるべきなのかどうか。死ぬのは一度きりだから、絶対に失敗したくな気づいた。看護大学で出会った友人たちとも、卒業後に働きはじめたホスピスの同僚たちとも。その理由について、私は一度、じっくり考えてみたことがある。そのとき見つけた、いちばん正解に近そうな答えは、あまり嬉しいものではなかった。国籍や容姿の違い。交わす言語が自分の母国語ではないこと。それらが、他人をいっそう他人に見せているのかもしれない。本当につながり合うことなんてできないと、きっと私はどこかで感じていて、だからこそ、あたかもバーチャルリアリティの世界にいるかのように、近づくことにも近づかれることにもためらいをおぼえないのだろう。

ステラが喫(す)っている煙草(たばこ)のにおいが流れ込んできたので、私は窓を閉じた。

「外国人だからじゃないの」

振り返ると、ホリーは真(ま)っ直(す)ぐに私を見ていた。

「ホスピスにいたとき、あなたがお母さんのことを話してくれたでしょ?」

「ええ」

母親はどうしているのかと訊かれたので、正直に答えたのだ。ある日突然、母がこの世から消えてしまったこと。無軌道な若者が運転するオートバイに撥(は)ねられて命を落としたこと。そのとき自分が抱いた気持ちと、そのあと胸に凝(こご)ったもの。

「オリアナも事故で片方の親を亡くしているから、あなたにはオリアナの気持ちがわかると思った。そしてオリアナは、今度は母親を失おうとしている。そのときオリアナがきおり生活費を援助していたが、六年前に他界したとき、彼女は生活保護を申請したのだという。

「わたしがいなくなったら、ステラがオリアナを引き取ることになっているの」

半ば予想していたことだが、そうして実際に聞いてみると、胸が重たくなった。

「心配は、ありませんか？」

「あるわ、もちろん。でも、ステラはいま仕事を探そうとしているみたいだし、わたしたち夫婦はどちらも両親を亡くしているから、オリアナの面倒を見てくれる人は、ほかにいないの」

けっきょくのところ私は、患者のケアをまかされた赤の他人でしかない。家族関係について無責任な意見など口にすることはできない。窓の向こうから響くステラの声を、しばらく黙って聞いていると、ホリーの唇から場違いな笑いが洩れた。

「あなたには、何でも話してしまうわ」

「たぶん、私が外国人だからです」

自分自身の経験から、そんなふうに思った。

日本で暮らしていた頃――母を亡くしたときから、私は自分の殻に閉じこもるようになった。誰とも打ち解けず、誰にも心をひらかず。しかし、ここアイルランドへ渡って以来、かつての自分からは想像もできないほど素直に、胸をひらいて人と話せることに

「ハロウィーンの発祥がアイルランドだっていうことは、カズマは知ってる？」

「いえ、知りませんでした」

「ケルト暦では、十月三十一日は一年の境目にあたるの。暖かい季節と寒い季節の、境目。その日には、この世とあの世の境界が曖昧にぼやけて、死者の魂が戻ってくると考えられていたそうよ」

死者の魂は、妖精やゴブリンや悪魔などの姿をしており、人間をあの世に連れていこうとする。そのため人々は、死者の機嫌をそこねないよう菓子を配ったり、また自分たちも仮装によって彼らに外見を似せることで、身を隠したのだという。

「だから、オリアナはあなたに仮装をしてほしいんですね」

あの世からやってきた死者が、母親を連れていかないように。

窓の外から会話が聞こえてくる。ほとんどはステラの声だ。彼女はホリーやオリアナと対照的な体格で、医学的にいえば完全な肥満体型だった。声も低く太く、しかも常に不満や疑念に満ちた話し方をするので、あまり耳に心地よいとはいえない。日本に「ステラおばさんのクッキー」というクッキーショップがあるが、オリアナのステラ伯母さんは、あの看板に描かれた優しげな女性とは正反対のイメージだった。

以前にホリーから聞いた話だと、ステラはダブリン郊外で一人住まいをしているが、その暮らしは生活保護によって支えられている。ホリーの夫が生きていた頃は、彼がと私と入れ替わるかたちでホリーを看る。ホリーが眠りにつく頃には帰っていくが、ときには朝まで過ごすこともあるらしい。そうした際は、かつての夫婦の寝室にまだ置かれている、ホリーの夫が使っていたベッドで眠るのだという。

「迎えに出てくれる？　オリアナ」

オリアナが部屋を出ていく。彼女の小さな背中を見送りながら、私の胸には暗いものがこみあげていた。ステラの存在とつながり合った、馴染みの感覚だった。

在宅ターミナルケアをスタートさせる際、医師をまじえてケアプランを話し合ったときから、私はステラに好ましい印象を持てなかった。自分が妹のケアをしなければならないことを――いや、ホリーの病気自体を、露骨に迷惑がるような態度だったのだ。それが気がかりだった私は、ホリーと二人きりになったとき、ステラにケアをまかせてもどんな大丈夫なのかを遠回しに確認した。するとホリーは、実際に迷惑をかけているのだから、どんな態度をとられても仕方がないと言って、目をそらした。

「オリアナは、わたしが連れていかれるのを心配してるんだと思う」

「……何です？」

「仮装のこと」

ホリーは左手を持ち上げ、手のひらを天井に向けて見つめた。薬指にはめられた結婚指輪が、関節のあいだでぐらついている。

「今年は、できないでしょうけど」

「しなきゃ駄目」

机に向かっていたオリアナがだしぬけに振り返った。

「ママはちゃんと骸骨にならなきゃ駄目」

まるで母親が病気であることを忘れてしまったような、強い口調だった。両目がはっきりと相手を責めていた。そんな娘の視線を受け止めながら、ホリーはしばらく何事か考えた。

「わかったわ、オリアナ。そうする」

するとオリアナの表情が一変した。今度はまるで、母親の病気が目の前で治ったかのように、にっこりと頬笑んだのだ。私は奇妙な心持ちだった。どうしてオリアナはこんなにも、ハロウィーンの仮装などに固執しているのだろう。訊ねようとしたとき、窓の向こうにエンジン音が近づいてきた。ヘッドライトから拡散した光がカーテンを白く染める。

「ステラが来てくれたみたいね」

ステラはホリーの姉で、オリアナからすると伯母にあたる。

ホリーがホスピスで過ごしていたあいだ、この家でオリアナの世話をしていたのはステラだった。在宅ターミナルケアに切り替えてからは、夕刻を過ぎた頃にこうして現れ、る人々が、安息とともに最後の時間を過ごせるようになったのだ。いまでは多くの国にホスピスが広まっているが、もとをたどればメアリー・エイケンヘッドの功績といえる。彼女がそんな大きな仕事を成し遂げた地で、私も何かをはじめたかった。

「もうすぐハロウィーンね」

窓から秋風が吹き込み、レースのカーテンが呼吸をするようにふくらむ。

「私のアパートの近くでは、路地のお店がカボチャとコウモリだらけです」

この国に来てから住みつづけているアパートは、ダブリンの中心地、街を南北に二分するリフィー川のそばにある。住んでいる人間が誰も本当の築年数を知らない、古い建物だった。

「ハロウィーンでは、カズマはいつも仮装をするの？」

「いえ……仮装したところで、部屋の鏡を見て笑うくらいしかできないですから」

ホリーやオリアナはどうなのかと訊くと、毎年必ず仮装をしてきたのだという。

「オリアナのお気に入りは妖精で、わたしはいつも骸骨になるの。でも、どうしてもメイクに凝ってしまうから、わたしの骸骨は少し恐すぎるみたい。お菓子をもらいに来る子供たちが、玄関のドアを開けると、きまって顔を引き攣らせるのよ」

ホリーは自分の頬に手をやり、何かを計量するような目つきで、骨がつくった凹凸にゆっくりと指先を這わせた。

「学費がひどくかかると知り、あきらめました」

それもまた、嘘だった。

あの出来事が起きた前年――私が中学二年生になる前の春休み、母が交通事故で亡くなった。事故が起きた夜、重傷を負った母が運び込まれたのは父が働いている救急病院で、処置を行ったのも父だった。母はその夜のうちに死んだ。母の命を救えなかった父を、中学生の私は責めた。直截（ちょくさい）な言葉で、とめどない怒りをぶつけた。父はひと言も声を返さず、黙ってそれを聞いていた。医師という道を選んだとき、いつか自分も、あの日の父のようになってしまうのではないか。私はそれが恐かった。人の命の長さが、自分の力によって大きく変わってしまうことが恐くてたまらなかった。少なくとも、そう思われてしまうことが。

悩んだ末、私はこの道を選んだ。ターミナルケアに従事する看護師――人に救いを与えることができ、しかし父が長年つづけてきた救急医とは真逆ともいえる、この職業を。日本ではなくアイルランドで働くことを決意したのは、この国がターミナルケア発祥の地だからだ。十九世紀前半、修道女のメアリー・エイケンヘッドがダブリンに「ホーム」と呼ばれる建物をつくり、それがホスピスの原型となった。その後、彼女の志は引き継がれ、二十世紀に入ると、国内やイギリスでターミナルケアを目的としたホスピスがいくつも建てられた。そのおかげで、死という人生最大の出来事を迎えようとしてい

（二）

九月が過ぎ、十月も後半にさしかかった。

レースのカーテンは暗く染まり、ときおり遠くで車のエンジン音が響くほかは、オリアナが手にした鉛筆の音が聞こえるくらいだ。彼女はホリーの仕事机で、両足を椅子の脚に引っかけるようにして座り、宿題をこなしている。髪は母親よりも早く伸び、いまは耳を半分ほど隠していた。机に向かうその後ろ姿は、華奢な男の子のようにも見える。

「カズマは、どうして看護師になったの？」

ベッドで半身を起こしたホリーが訊く。この一ヶ月あまりで、顔も身体も急激に痩せ細っていた。

「父が救急医なんです。その影響で医療に興味を持って」

後半は嘘だった。私が医療に従事することを決意したのは、中学三年生のとき、取り返しのつかないことをしてしまったからだ。私のせいで、一つの命がこの世から消えた。償う術などどこにもなかった。だから私は、せめて、人の命を救う人間になりたいと思った。ならなければいけなかった。

「お父さんのように、お医者さんになることは考えなかったのね？」

「ママの仕事を手伝うには、もっと上手くならなくちゃ」

「そうね、オリアナ」

「パパの言葉を、最近よく思い出すの。海で溺れそうなとき、自分の手を自分で引っ張っても意味がないって、パパは言ってたでしょ。誰かに引っ張ってもらわないと駄目だって。だからママも遠慮しないで。忙しいときは、わたしが助けるから」

アイリッシュ楽器のメーカーに勤めていたという彼女の父親は、六年前に亡くなった。問わず語りにホリーから聞かされた話だと、国の西端にある観光地、モハーの断崖をオリアナに見せようと、家族三人で出かけた日のことだった。オリアナは当時四歳。三人で断崖を歩いているときに、地面の段差でつまずいた老人の身体(からだ)が父親にぶつかり、父親ははるか下の海へと落ちて死んだ。――モハーの断崖には私も一度だけ行ったことがあるが、自然の状態を残そうとしているのか、おそろしく高い絶壁だというのに柵も設置されていない。一見して危ない場所で、実際、年に十件ほども死亡事故が起きていると聞く。ホリーによると、父親にぶつかった老人は、自分が大好きな場所を孫娘に見せるため、モハーの断崖に来ていた。その孫娘はオリアナよりもさらに幼く、目の前で起きたことを上手く理解できていない様子だったという。

アナは野の花を摘んで綺麗な花束にし、退院おめでとうと言ってホリーに渡した。母親の病気が治ると信じ切り、いまもそれを疑うことなく、こうして笑っている。彼女の笑顔を目にするたび私は、行方不明者を捜すためのポスターを思い浮かべる。これから自分の身に起きる出来事を何も知らず、無邪気に頬笑んでいる顔を。

「ママがまた仕事をはじめるときは、わたしも少し手伝えるかもしれないって思ってるの」

ベッドの脇に立ち、オリアナは母親の手を握った。

「それができるように、宿題のあと、いつも絵を練習してる。もうだいぶ上手になった」

「上手なのは前から知ってるわ、オリアナ」

ホリーだけでなく私も知っている。オリアナは母親の画才を確実に受け継いでいた。彼女の絵を見て、描き手の年齢を言い当てることができる者など、きっといないだろう。母親ゆずりの細密なタッチで、余計な装飾やてらいがない、素直な絵だった。両目が何の抵抗も感じないまま絵の全体を吸い込み、頭の中に同じものを残してくれるような。無論、イラストレーターとして十数年も仕事をしてきたホリーの作品と比べると、やはり幼さはある。だがそれは、いつか薄れ、技術に取って代わることが感じられる幼さだった。

——でも、せっかく大きくなったんだから、そんなことしないでいいのよ。

「ママの絵を見てたの、カズマ？」

私が手にしたスケッチブックを、オリアナが背伸びして覗き込み、彼女のあたたかい吐息が手首にふれた。ホリーもオリアナも、私がホスピスで看護にあたっていたときは「ミスター・イイヌマ」と呼んでいたが、在宅でのターミナルケアに切り替えてからは「カズマ」になった。

「ホリーが大好きな蝶の絵を見ていたんだよ」

「ママの病気が治ったら、カズマの絵も描いてくれって頼めば？」

からかうように、オリアナは笑う。私は咄嗟に表情をつくることができず、手のひらで顔を撫でて誤魔化した。

これがターミナルケアであることを、オリアナは知らない。三十六歳の母親が、いまにもこの世から旅立とうとしていることを。ホリーはオリアナに、自分が一時的に過ごしていたホスピスのことを単に〝新しい病院〟だと話し、在宅ターミナルケアに切り替えた際も、病気が治りかけてきたから家で治療することになったと説明したらしい。

——だからカズマ、あなたもお願い。

はたしてこれは、正しいことなのだろうか。母親と別れる準備ができないまま、そのときは刻一刻と近づいている。ホリーがホスピスを出てこの家に戻ってきたとき、オリ彼女が色のない唇を閉じたとき、玄関のドアが鳴った。小走りにホールを駆ける足音。部屋のドアが勢いよくひらかれ、鮮やかなピンク色の通学用リュックサックを背負ったオリアナが入ってくる。

「お帰り、オリアナ」

ベッドからホリーが頰笑み（ほほえ）かけると、彼女も明るい笑顔を返した。オリアナが冬でもないのにニット帽をかぶっているのは、髪がまだ頭皮から数センチほどしか伸びていないからだ。

ホリーがホスピスから自宅に移った日、オリアナは工作用のハサミで自分の髪を切った。肩甲骨はどまであった美しいブロンドを、頭皮ぎりぎりのところですべて切り落としてしまった。

――いっしょなら恥ずかしくないでしょ？

それを見たホリーは言葉を失い、震える両手で顔を覆った。指のあいだにのぞいた両目は大きく見ひらかれ、彼女はそのまま浅い呼吸を繰り返していたが、やがてその呼吸が落ち着いてくると、娘の顔に手を差し伸べた。

――生まれたときのあなたを思い出すわ。

まるで、この世に誕生した我が子を本当にいま初めて目にしたかのように、彼女は左右の手のひらで娘の頰を包み込んだ。

「日本人から聞いたんですね」

「チエさんっていう、昆虫の研究をしている女性。四年前、レストランの二階を借りて個展をやったときに、たまたま見に来てくれた人だった」

あなたの名前が入った蝶がいると、その日本人女性は教えてくれたのだという。

「彼女がいちばん好きな蝶なんですって。子供の頃、学校帰りにその蝶を夢中で追っていて、道の脇にあった斜面を転げ落ちて大怪我をしたこともあったそうよ。それを聞いて、わたし、どんなに綺麗なんだろうって、あとからスマートフォンで検索してみたの」

そして、画面に現れた色彩の美しさに一瞬で心を摑まれた。

「その日から、〝ホリーの青〟はわたしにとってもいちばん好きな蝶になった。この家の庭に、小さなセイヨウヒイラギが植わっているのは知ってる？」

「ええ、そこですね」

窓から覗いた右側、ちょうど彼女の仕事机から見える位置に、セイヨウヒイラギの幼木が植わっている。

「四年前に植えたのよ。その蝶のことを知った、すぐあとに」

「〝ホリーの青〟は来ましたか？」

「まだ、一度も」

一人きりでオリアナを育ててきた彼女だが、一年半前に骨髄腫が見つかったときから仕事の依頼を受けることをやめていた。

スケッチブックを手に取り、白紙のページをめくっていく。するとやがて、枝に翅を広げてとまった一匹の蝶が現れた。紙面いっぱいに木炭で描かれた、白黒写真かと見まごうほど細密なスケッチ。ビーズのようにつるりとした眼や、翅を覆う鱗粉の様子まで、見事に再現されている。蝶がとまっているのは、葉の様子からして、セイヨウヒイラギの枝らしい。

「これが、〝ホリーの青〟という蝶ですか？」

「そう。アイルランドだけでなく、あなたの国にも、その蝶はいるらしいわ」

「日本にも？」

スケッチブックに目を戻す。枝や葉の大きさからすると、蝶のサイズはたぶん親指の爪ほどだろう。翅はあまり特徴的な模様を持っておらず、ただ、ふちの部分が暗く塗られている。その暗い色の内側に、私は頭の中で色を足してみた。先ほどホリーが言っていた、淡い青白色を。

「……ルリシジミ？」

思わず飛び出した日本語に、彼女は頷いた。

「わたしにその蝶のことを教えてくれた女性も、そんな名前で呼んでたわ」

らは九年目になるが、アイルランド人の信心深さを目にするたび、自分の無宗教ぶりに恥じ入る。もちろん、たとえば墓石に落書きをしたり、仏像に石をぶつけろと言われてもできないだろうけど、私の信仰心はせいぜいその程度のものだ。

私が働いているホスピスにホリーがやってきたのは、二ヶ月前のことだった。彼女はそこで一ヶ月を過ごしたあと、残された時間を一人娘のオリアナといっしょに暮らすことを選び、在宅での終末期医療(ターミナルケア)に切り替えた。その訪問看護を私が担当することとなり、週に五日、こうして彼女の家に通っている。

「わたしは、死んだら〝ホリーの青〟になると思う」

その言葉は意味が摑(つか)めなかった。Holly は彼女自身の名前だ。首をひねってみせると、彼女は薄く笑って〝Holly blue〟と繰り返す。

「わたしがいちばん好きな蝶の名前」

Holly（セイヨウヒイラギ）を好んで集まる、淡い青白色をした蝶なのだという。

「自分の名前が入っているから、好きなんですか？」

枕の上で、ホリーは曖昧に首を揺らす。治療中にいったんは失われた髪が、いまは数センチほどまで伸びていた。

「そこにある、スケッチブックをひらいてみて」

かつての仕事机を目で示す。雑誌や書籍のイラストレーターとして働き、夫の死後は

（一）

青い両目に映っても、曇り空はやはり曇り空だった。

「人は死ぬと、魂が蝶（ちょう）になって飛んでいくと言われてるの」

ベッドに横たわったまま窓を見つめ、ホリーは息の多い声で呟（つぶや）いた。

日に日に力が失われていく彼女の目に、どこまでも広がる低い雲が映っている。九月中旬といえば、日本の多くの街ではクーラーをフル稼働させて残暑をしのいでいる頃だろう。しかし、ここアイルランドは北海道より高緯度に位置しているので、こうして窓を開けておけば充分に心地いい。ホリーの自宅はダブリン市内だが、ダウンタウンからは離れているため騒音も少なく、彼女は最後の時間を穏やかに過ごすことができていた。

少なくとも、環境という意味では。

「あなたの国では、何て言われてる？」

「人間や、ほかの生き物に生まれ変わるとも、ブッダになるとも聞きます」

「でもカズマ、ブッダは仏教をつくった人じゃないの？」

「宗教のことは、あまり詳しくないんです。すみません」

この国の大学で看護学を学んだ後、看護師として働きはじめて五年目。日本を出てか機体が徐々に高度を下げはじめた。

目の前のディスプレイには現在地が表示されている。中心にある飛行機マークは上を向いて静止したまま、地図のほうが小刻みに下へ下へと動いていく。私は腕時計の針を八時間進め、日本の時刻に合わせた。夜が昼になり、何でもない九月下旬が、シルバーウィークの最終日に変わる。

十八歳で日本を出て以来、約十年ぶりの帰国だった。

膝の上には一枚の絵が置いてある。オリアナが私にくれたものだ。画用紙には鉛筆で、ホリーの穏やかな寝顔が描かれている。

――ママのこと、忘れないで。

この絵を私に差し出しながら、十歳のオリアナは言った。

忘れられるはずがない。ホリーのことも、オリアナのことも。あの夜、ダブリンの海岸で経験した出来事も。ほんの二ヶ月間だが、自分が生まれて初めて神様を信じたことも。

消えない硝子の星

眠らない刑事と犬

この街で五十年ぶりに起きた殺人事件だという。

事件があった夜、一匹の犬が殺人現場から忽然と姿を消した。わたしはそれを必死に捜した。林の中を。街の中を。どうしても見つけなければならなかった。

刑事としてではなく、一人の人間として。

そうしながら、あらゆることを考えた。彼が隣家の夫婦を刺し殺した理由。その心に抱え込んでしまったもの。左腕に巻かれた白い包帯。事件の二週間前に彼が握った包丁。

ただ一つ考えなかったのは、自分自身についてだった。

（一）

家――男――わたし。

その三つが一直線上に並んでから三十分ほどが経過していた。男の視線は家の二階あたりに向けられ、わたしの視線は彼の背中に向けられている。それぞれの距離は十メートルほどだろうか。

街の北側、高台にある住宅地だった。湾を挟んだ南側よりも地価が高く、曇り空の下に建ち並ぶ家々はどれも高級感がある。さっきから男が見つめているその家も、戸建て住宅のコマーシャルに出てきそうな外観をしていた。シャッター付きのガレージ。白い塀の上に並ぶ、洋風の忍び返し。その向こうに大きなプラタナスが伸び上がり、枝には丸い実がたくさんぶら下がっている。まだ九月半ばを過ぎたばかりなので、実はどれも緑色をしていた。

男の手に握られているのは、いわゆる高枝切(たかえだき)りバサミ。

ただの高枝切りバサミではなく、独自の改造が施されている。ポールの先端からY字状に、薄手のまな板と、虫取り網の先っぽが、それぞれ取り付けてあるのだ。ポールを斜め上に向かって突き出すことで、まな板はちょうど地面と平行になる。その状態で手元のハンドルを握ると、おそらく網がぱたんと下がり、まな板の上にいるものを捕らえる仕掛けなのだろう。

捕らえようとしているのは、鳥に違いない。

視線の先に、これから一羽の鳥が現れることを、彼は予想している。

男を監視しはじめたのは昨日のことだ。昼近く、彼は事務所のあるテナントビルを出ると、大通りでバスに乗った。ウェストポーチだけを身につけ、キャップを目深(まぶか)にかぶって。男がバスを降りたのは、湾の北側にある港付近。迷いのない足取りで高台の住宅地へ向かうと、いまと同じように、この家を塀の陰から観察しはじめた。すると、しばらく経った頃、一羽の鳥が飛んできて庭のプラタナスにとまった。全身が灰色で、尾羽だけが赤い、大きなインコのような鳥。種類はわからない。

鳥がとまったのは、二階の窓のそばに伸びた枝だった。それを見るなり、男はすかさずウェストポーチから拳銃を取り出して引き金を引いた。もちろん本物ではなくエアガンだ。放たれた弾は枝に当たり、鳥は驚いて飛び去った。男はすぐにその場を離れると、またバスに乗り、向かった先はホームセンターだった。買ったのは高枝切りバサミと、樹脂製のまな板と、虫取り網と、「鳥の餌・お米ＭＩＸ」。それらを抱えて彼は自分の事務所へ戻った。そのあとは夜まで張り込んでも出てこなかったので、おそらく事務所の中で、あの不格好な罠（わな）を作製していたに違いない。

昨日はわざと鳥を追い払ったというのに、今日は捕まえようとしている。事情を知らない人が目にしたら、その行動は理解不能だろう。しかしわたしは、二日間にわたる尾行の末に確信していた。

あの情報は、やはり本当だったのだ。

男の名前は江添正見（えぞえまさみ）。年齢はわたしよりも十歳若い三十六。行方不明になったペットを捜すのが仕事で、古いビルの三階に「ペット探偵・江添＆吉岡」という事務所を構えている。江添正見と吉岡精一（よしおかせいいち）の二人による共同経営だが、これまで調べた情報だと、ペット捜索を行うのはいつも江添一人のようだ。吉岡という男は、おそらく事務担当か何かなのだろう。

わたしは生まれて一度も動物を飼ったことがないし、飼いたいと思ったこともないので知らなかったが、江添はペット所有者の中では有名な人物なのだという。事務所のホームページに「発見実績90％」とうたってあるが、じっさい彼に捜索を依頼すると、行方不明になった犬や猫はたいがい見つかるらしい。その実力は口コミで広がり、いまでは県外からの依頼も多くあるとか。

江添の背中がぴくりと動いた。

見ると、昨日と同じあの灰色の鳥が、いままさにプラタナスの枝に降り立つところだった。江添はマシンガンでも構えるように、高枝切りバサミを肩口に掲げ、腰を落として路地に出る。そのまま白い塀に肩をこすらせながら前進し、プラタナスのほうへと近づいていく。——いや、戻ってきた。まるで逆回しのように後退し、先ほどと同じ塀の角に引っ込む。

「ほれ、あすこ」

「どこです？」

声が近づいてきた。

「あすこだっての、二階の窓があんだろ、その手前」

「あ、ほんとだ、いた」

海へつづく坂道のほうから、二人の人物が現れた。白い短髪の老人と、高校野球部のユニフォームを着た男の子。男の子のほうが敬語を使っているので、祖父と孫ではないのだろう。二人は何か小声で言い合いながら、あの家に近づいていく。

「……やっぱし、ここじゃねえか？」

老人は口を半びらきにして、豪華な家を見上げる。

わたしと江添は、別々の塀の陰からそれを覗く。

やがて、驚くべきことが起きた。灰色の鳥がプラタナスの枝から飛び立ち、塀の外側に向かって急降下したかと思うと、高校生の肩にとまったのだ。

「……嘘だろおい」

老人が自分のひたいを叩いて苦笑する。

二人はその場で短いやり取りをし、やがて老人だけが、来た道を引き返していった。残された高校生は、鳥を肩にのせたまま、ぎくしゃくと身体を回し、門柱のインターフォンを押す。スピーカーから『あっ』と女性の声が聞こえた。玄関のドアがひらかれる音。高校生は門を開けて中に入っていく。

ほどなく、ガチャリとドアが閉まる音がした。

塀の陰で、江添の首ががくりと垂れる。彼はそのまましばらく動かなかったが、やがて舌打ちをすると、その場にしゃがみ込んで罠を縮めはじめた。栄養失調のように痩せた横顔が、不満でいっぱいになっている。

いま目の前で起きたことが何なのか、遅ればせながら読めてきた。

「仕事がなくなったの？」

路地に踏み出し、江添の背中に声をかける。驚くかと思ったが、彼は無反応で、数秒経ってからようやく大儀そうに振り返った。前髪のあいだから、からからに乾ききった目がわたしを見る。

「あなた、ペット探偵の江添正見さんよね」

彼は答えず、手元に目を戻して罠の片付けをつづける。よく見ると、ポールの先端に取り付けられたまな板には、ペットボトルの蓋が逆さに貼りつけてある。そこに入っているまだらの粒は、たぶん昨日買った「鳥の餌・お米ＭＩＸ」だろう。

「鳥を捜してくれって頼まれてたんじゃないの？　あの鳥は、この家から逃げ出した。あなたは飼い主から鳥の捜索を依頼されてた。でもせっかく罠を用意してここにやってきたのに、鳥はさっきの高校生の肩にとまって、彼はそのまま家に入っていった。鳥が無事に飼い主のもとに戻ったから、あなたの仕事はなくなった。違う？」

さっきの二人が誰なのかはわからない。おそらくは、たまたま迷い鳥を見つけ、追いかけながら飼い主を捜していたのだろう。すると鳥はこの家の庭木にとまり、どうしたことか高校生の肩に飛び移った。彼は仕方なく、鳥を肩にのせたままインターフォンを押した。家の人はそれを見てドアを開け、中に招じ入れた。

「べつに違わねえけど――」

ようやく江添が口をひらいた。しかし両目は自分の手元に向けられたままだ。

「あんたは？」

「警察です」

今度こそ驚くかと思ったが、微動だにしない。

「警察の世話になるようなこと、した憶（おぼ）えねえけど」

「してるって噂（うわさ）なの」

罪名で言うと、おそらく詐欺罪。

署に相談の電話があったのは先月のことだ。代表番号にかかってきた電話が刑事課に回され、わたしがそれを受けた。相談者は、かつて江添に依頼して飼い猫を見つけてもらったという二十代の女性だった。彼女によると、「ペット探偵・江添&吉岡」は不正なやり方で金儲けをしているのではないかというのだ。

ペット捜索業者の料金体系は様々だが、基本契約の三日間で五万円から六万円ほどのところが多い。彼らは前払いで料金を受け取り、ペットの捜索ならびにチラシやポスターの作製や配布などを行う。最初の三日間で見つからなければ、以後三日ごとに料金が加算されていく。捜索対象となるペットは犬と猫が多いが、ときに鳥やフェレットやハムスターやプレーリードッグなどの捜索も依頼されるという。ペットの捜索にはどうしてもある程度の日数がかかるので、最終的な料金は二十万円を超えることもあるらしい。しかし、大切なペットが戻ってきた嬉しさで、たいていの依頼者は喜んでそれを支払う。

「ペット探偵・江添&吉岡」の料金体系もやはり同様で、最初の三日間が五万八千円。その期間で見つからず、さらに捜索をつづける場合は、三日ごとに同じ料金を振り込むという仕組みだ。

「はっきり言っちゃうと、以前あなたに仕事を依頼した人から、警察に相談があったの。それが誰だかは教えられないけど、捜索対象は猫だった」

その猫は、ある朝、飼い主が玄関のドアを開けた際に逃げ出してしまったらしい。彼女は周囲を捜し尽くしたが見つからず、インターネットに載っていた業者に捜索を依頼した。それが「ペット探偵・江添&吉岡」だった。江添は依頼を引き受け、基本料金の五万八千円を受け取って捜索を開始した。

彼女の飼い猫は雑種だが、両目の上に、どう見ても極太の眉毛にしか思えない模様が入っていた。それがかなり特徴的だったので、案外すぐに見つかってくれるのではないかと彼女は期待していたという。しかし、一週間が経っても発見の報は入らなかった。彼女は三日ごとに追加料金を振り込みつづけていたが、やがて九日目を迎えたとき、とうとうあきらめた。翌日になれば料金が二十万円を超えてしまうので、金銭的にもう無理だと判断したらしい。彼女は江添に電話をかけ、捜索を打ち切ってほしいと伝えた。江添は了承し、役に立てなかったことを丁寧に詫びて電話を切った。ところがその三十分ほど後、今度は江添のほうから電話があった。たったいま猫を発見したというのだ。彼女は心から感謝し、江添がケージに入れて連れてきた飼い猫と再会を喜び合った。

「あなたが依頼を受けて猫を捜索しているあいだに、街でその猫を見かけたっていう人がいてね」

　彼女がそれを知ったのは、たまたま入ったバーで、飼い猫の行方不明と発見の顛末を男性店員に聞かせたときのことだった。スマートフォンで猫の写真を見せながら話していると、その店員が、しばらく前に同じ猫を見たというのだ。場所は彼女の自宅近く。夕暮れの路地で、動物用のケージを持った男と、店員は行き合った。動物好きだった彼は、すれ違いざまにちらりとケージを覗き込んだ。すると、顔に極太の眉毛のような模様がある猫が入っていたのだという。

「ケージを運んでいた男の年格好を訊いてみたら、あなたとぴったり一致したんですって」

　まず最初に、彼女は笑ったらしい。きっとそれは捜索九日目に江添が猫を発見し、自宅に連れてくるところだったのだろうと。しかしここで日付が問題になった。店員が猫を見たのはなんと、彼女が江添に捜索を依頼した翌日のことだったのだ。

「本当はとっくにペットを見つけてるのに、それを事務所かどこかに隠しておいて、依頼人に報告しないまま料金を吊り上げていく。料金がかさんで契約を解消されそうになると、あたかもたったいま見つけたようなふりをして、ペットを飼い主のもとに届ける。ペットが戻ってきさえすれば飼い主は喜ぶから、好意的な口コミが広がって、また新しい依頼が来る。――何か違ってるところある？」

江添は縮めた高枝切りバサミを肩に担いで腰を上げる。そのまま立ち去ろうとするので、わたしは背後にぴったりついて歩いた。

「昨日、あの鳥が庭木にとまったとき、あなたエアガンで追い払ったわよね。あれも、もし飼い主が鳥に気づいて窓を開けたら、鳥が中に入っちゃうと思ったからじゃないの？　そうなれば、あなたの仕事はそこで終わってしまう。だからいったんエアガンで追い払って、罠をつくったうえで、今日またここに来た。あなたはその変な罠で鳥を捕まえて、事務所に連れ帰るつもりだった。飼い主には捜索をつづけていると嘘をついて、三日ごとに料金を吊り上げようとしてた。だって、そう考えないと辻褄（つじつま）が合わないでしょ？　昨日あの鳥が枝にとまったとき、家の人に二階の窓を開けてもらっていたら、無事に飼い主のもとへ戻ってたわけだから。きっと鳥は家に帰ろうとしていたんだろうし」

無視を決め込んでいた江添は、ここでようやく肩ごしに声を返した。

「帰ろうとしてたかどうかなんて、ヨウムに訊かなきゃわからねえ」

「何ム？」

「ヨウム」

「オウム？」

ヨウム、と江添はもう一度繰り返す。どうやらさっきの鳥は、そういう種類らしい。

「それにな、もし仮にいまあんたが言ったことが本当だったとしても」

彼が急に立ち止まったので、もう少しでまな板に顔をぶつけるところだった。江添はくるりと身体を回し、至近距離でわたしと目を合わせる。

「立証できんのかよ」

「できないと思う」

初めて彼の表情が動いた。ほんのわずかだが。

「もっと言えば、これ以上調べようとも思ってないし、昨日と今日、あの家の前で自分が見たことだって、上司(うえ)に報告するつもりはない。いまのところはね」

乾いた黒目で、江添はわたしの顔を直視する。職業柄、目をそむけられたり伏せられたりすることには慣れているが、こうした視線に遭う経験はあまりない。

「そのかわり、頼みたいことがあるの」

署に持ち込まれた江添に関する相談について考えていたとき、ふと気づいたのだ。

——彼女が言っているようなペテンを、もし江添が実際に行っている場合、行方不明の動物を発見することが大前提となる。料金を吊り上げたところで、最終的に飼い主のもとへペットを返すことができなければ、いまの時代、インターネット上で悪い口コミがすぐに広がってしまうからだ。ところが「ペット探偵・江添&吉岡」は九十パーセントという高い発見率をうたっており、どうやらそれは嘘ではないらしい。調べてみたところ、ペット捜索業者の一般的なペット発見率は六十パーセントほど。つまり、彼はとんでもない高確率で仕事を成功させていることになるのだ。

「ある犬を、見つけてほしいの」

（二）

「……その犬なら、昨日から警察が捜してるな」

翌日の午後一時、わたしは江添の事務所にいた。市街地から少し外れた、古いビルの三階。ホームページには番地までしか書かれておらず、ドアにも事務所の名が掲げられていなかったが、どちらも理由は想像できた。行方不明のペットを見つけ、こっそり匿（かくま）っているあいだに、依頼者が訪ねてくるとまずいからだろう。たとえば犬であれば、飼い主のにおいや声に反応し、ドアの中から吠え声を上げてしまう可能性もある。

「街のあちこちに写真入りのポスターが貼ってあるのを見た。連絡先が警察になってたから、まあ、妙だとは思ってたけどな」

ローテーブルに尻をのせた江添が、前髪のあいだから両目をのぞかせる。わたしが座っているソファーは二人掛けだが、彼は隣同士になるのを避けたのか、テーブルを引き離してそこに腰掛けた。事務所は二間つづきらしく、奥にドアが一つ。わたしたちがいる部屋にあるのは、テレビと冷蔵庫と、グラスやカップ麺の容器が放置された流し台。キャビネットやパソコンなどは見当たらないので、事務室はあのドアの向こうだろうか。

「……んで？」

曇りガラスの外では雨音がつづき、部屋は湿った犬みたいなにおいに満ちていた。この雨は昨日、江添と別れたすぐあとに降りはじめ、いまだやむ気配がない。

「その犬を、あなたに見つけてほしいの。料金は、もちろん正規の金額を支払う」

見つけたいのはオスのラブラドール・レトリバー。ブッツァーティというややこしい名前で、毛色は白、体長九十センチ前後、年齢は十二歳。三日前、夫婦刺殺事件の現場から姿を消した犬だ。事件発生以降、警察犬を使った捜索が行われているが、いまだ発見には至っていない。捜査の指揮を執る先輩刑事八重田は、おそらくそろそろ焦りはじめている頃だろう。

「捜す理由は？」

「悪いけど言えない」

事件が起きたのは三日前の夜。住宅地にある一軒家で夫婦二人が刺殺された。被害者は木崎春義(きざきはるよし)と明代(あきよ)、それぞれ県外にある別々の大学で教鞭(きょうべん)を執っており、年齢は五十九歳と五十五歳。事件現場は、海岸線から一キロほど離れた場所だ。この街の湾は、釣り針を横に倒したようなかたちをしていて、ひらがなの「つ」に似ている。事件が起きた住宅地は湾の東側、昨日の高級住宅地は北側、いまいるこの事務所はその中間の北東部にあたる。

被害者夫婦はどちらも背後から心臓付近を刺され、ともに即死。二人の遺体を発見したのは、同居する二十三歳の一人息子だった。社会人一年生の営業マンで、仕事帰りに自宅近くのコンビニエンスストアに立ち寄り、車の雑誌を買って帰宅したところ、二人が死んでいるのを見つけたという。彼によると、普段は閉まっている玄関の鍵が開いており、妙に思って廊下を抜けていくと、居間の掃き出し窓が開いていた。暗い庭に声を投げたが反応はなく、いつもブッツァーティが繋(つな)がれているロープが地面に投げ出されているばかりだった。両親はしばしばブッツァーティを家に上げて遊んでやっていたので、通常ならば違和感をおぼえることもない光景だったが、そのときは家の中があまりに静かすぎた。姿の見えない両親や飼い犬に声をかけつつ、家の奥にある台所に入ってみると、流し台の前で母親が死んでいた。彼は慌てて階段を駆け上り、父親がいつも夜の時間を過ごしている書斎に飛び込んだ。すると、デスクの手前で、椅子から転げ落ちたような格好で、父親も死んでいた。彼はすぐさま警察に連絡し――その通報が午後九時二十二分。被害者の死亡推定時刻はどちらも午後七時前後なので、犯行から二時間ほどが経過していたことになる。

遺体を解剖した結果、二人を刺した凶器はナイフか包丁のような、片刃の刃物。第一発見者の息子によると、自宅にあった刃物といえば台所の包丁くらいで、その包丁は一本もなくなっていない。つまり犯人は、持参した刃物で二人を刺殺したあと、その凶器を持ち去ったことになる。もっとも、たいがいの刺殺事件がそうなのだが。

事件が起きた住宅地は、昼間でも人通りが少ない場所だが、夜間はなおさら静けさを増す。犯行時刻前後に被害者宅を出入りする人物を見た者は誰もいない。ただ、周囲の家に聞き込みを行った結果、ちょうど七時頃に、ブッツァーティが激しく吠え、威嚇するような声が聞こえたという。

そのブッツァーティが現場から忽然と消え、いまも見つかっていない。

「理由を聞かなきゃ、仕事は受けられねえ。警察からの依頼なんて面倒だしな」

「気持ちはわかるけど、あなたはそれでいいの？」

「どういう意味だ？」

「今後もこの商売をつづけたくないのかなと思って。あなたの仕事のやり方について、わたし、いろいろ知っちゃったわけだし」

江添の両目が、自動販売機のコイン投入口のように細くなった。

「わかってると思うけどな……あんたがやってることは脅迫だ」

わたしは逆に両目を広げてみせた。

「べつに、わたしに弱みなんて握られてないでしょ。それとも、やっぱり後ろ暗いところがあるの？」

捜査の頭を張る八重田は、ある人物を加害者として疑っていた。木崎家の隣に暮らす、いわゆる引きこもり息子。名前は小野田啓介（おのだけいすけ）、歳は十九。五歳の頃に両親が離婚して以来、母親と二人でその家に住んでいる。彼はせっかく現役合格した大学をほんの二ヶ月半で中退して以降、二階の自室にこもりきりで、昼夜を問わずゲームに興じていた。シングルマザーの母親は働きづめで、事件発生時も家にはいなかった。

啓介は以前に隣家の木崎家とトラブルを起こしており、その理由はブッツァーティだった。彼の部屋の窓は木崎家の庭を見下ろす位置にあるのだが、深夜の鳴き声がうるさいというのだ。事件の一ヶ月ほど前、啓介は木崎家の呼び鈴を押し、妻の明代にそのことを伝えた。だが、深夜にブッツァーティが吠えている声など、木崎家の人間も近隣の住民も聞いたことがなかった。さらに二週間後、つまり事件から二週間ほど前の夕刻には、啓介が木崎家の庭に入り込もうとしているところを、夫の春義が目撃している。声をかけたところ、彼は何でもないような顔で出ていったが、その右手に包丁が握られているのを、春義ははっきりと見たらしい。しかし、隣家とのことなので警察沙汰にはしなかった。

　事件当夜、通報を受けたわたしと八重田はすぐさま署を出て現場に向かった。まず第一発見者である木崎家の息子から話を聞いたあと、即座に周辺への聞き込みをはじめたのだが、八重田が最初に選んだ相手は啓介だった。

　声や物音などを聞かなかったか。不審な人物を見なかったか。何か気づいたことはないか。玄関先にぼんやりと立つ啓介に一通りの質問をしたあと、八重田は唐突に訊いた。

——怪我をしているのかな？

　そのとき啓介は季節外れともいえる厚手の長袖シャツを着ていたが、布地の様子と、左腕の動きから見て取ったらしい。わたしのほうは、すぐそばにいながら、まったく気づくことができなかった。

——してますけど？

——どんなだか、見せてもらってもいいかい？

　そのとき啓介の目に一瞬、敵意のようなものが浮かんだ。しかし彼はその目を伏せ、無言で左袖をまくった。肘のあたりに真新しい包帯が巻かれ、明らかに軽い怪我ではなていることを、どういう形でか証明する必要があるんでしょうか？

かった。

──その怪我は、どういう理由で？

──説明する必要があるんですか？

けっきょく、現時点まで啓介の怪我の理由はわかっておらず、包帯の内側がどうなっているのかも確認できないままだ。

啓介を犯人として疑っていることを、いまのところ八重田は言葉にしていない。あの男はいつもそうだ。故意のように自分の考えを話さず、腹の底を見せないまま、独自に手柄を立てようとする。そして実際、何度もそれを成功させてきた。

しかし今回に限っては、八重田が考えていることは明らかだった。あの怪我を負わせたのはブッツァーティだと踏んでいるのだろう。殺された春義と明代の遺体、また室内の状況に、犯人と争った形跡はなかった。つまり、犯行時、彼らが犯人に怪我を負わせたという可能性は低い。啓介が隣家に入り込んで二人を殺害したとき、そこにいたブッツァーティが彼に向かって吠え、威嚇し、左腕に噛みついた。彼は持っていた刃物を犬に向け、その刃物によってブッツァーティは怪我を負ったかもしれないし、負わなかったかもしれない。とにかくその場から逃げ出して行方不明になった。

もしそうだとすると、ブッツァーティの身体から啓介のDNAが検出できる可能性がある。たとえば口のまわり。たとえば鼻腔。いつもつけていた革の首輪。──要するに、ブッツァーティは〝動く証拠〟なのだった。もちろん、啓介によって殺され、処分されていなければの話だが。

「うるせえから、切るか取るかしろ」

わたしのハンドバッグの中で、スマートフォンが震えていた。

取り出してみると、八重田からだった。

『俺だ』

意図的にドスを利かせた声。まるで相手の顔がすぐそこにあるように、はっきりと目に浮かぶ。かつてドラマで見た刑事に、いまも憧れつづけているかのような、わざとらしい無精ひげ。無意味に鋭い目つきと、汚いワイシャツの襟元。

『その後、どうだ』

「いまのところは何も。そっちは、見つけられたんですか？」

『まだ見つからねえ。昨日からの雨で、においが途切れてんだろうな』

犬を、とは言わなかった。江添が聞いていたからだ。

やはり頼るべきは人間だったのだろう。いかに警察犬の鼻が利くとはいえ、この天気では能力を発揮できまい。

『課長と話したんだが、警察犬の出動は今日でいったん打ち切ることになった』

「そうなんですね」

日本では警察犬が不足している。人の高齢化により、認知症の行方不明者が増加し、警察犬の出動機会が格段に増えたからだ。しかし警察犬の数はどうかというと、指導者や指導機関の減少にともなってむしろ減っており、一つの事件に警察犬を出動させつづけることは難しくなっていた。

「すみません、いまバスの中なので」

嘘をついて早々に電話を切った。江添に顔を戻すと、嫌な笑みを浮かべてわたしを見ている。

「ムカついてしょうがねえって顔だな」

「もともとそういう顔なの」

「多少はな。でもいまは、さらにひでえ」

わたしが言い返す前につづける。

「会話からすると、あんたら警察犬を使ってあの犬を捜してるみてえだな。何かの事件に関係してるんだろうとは思ってたけど、けっこうでけえ事件だ。で、あんたは先輩刑事より先に犬を見つけて、だしぬこうとしてる」

まさに図星だった。

「つまり、俺に相談してんのは警察じゃなく、あんた個人で、昨日から一度も警察手帳を見せねえのも、これが個人的な依頼だからってわけだ」

それもまた図星だった。しかし、つぎの言葉はダブルで外れた。

「女だてらに単独行動してんのも合点がいった。刑事は二人一組が基本だって聞くからな」

「二人一組で動くのは大きな組織での話。うちみたいな小さな署に、そんな余裕はない。それに、いま〝女だてらに〟って言ったけど、単独行動は男の専売特許でも何でもないでしょ。ところであなた――」

さっきから、いや、昨日から言いたかった言葉を、わたしは咽喉から先に押し出した。

「わたしが男でも同じ口の利き方する？」

警察官になって二十年と少し。交通課にいた頃も、刑事になってからも変わらない。聞き込みでも、被疑者の聴取現場でも逮捕現場でも、こっちが女とみると、男たちはきまって横柄な態度をとる。わたしの職業よりも、女であることを先に意識し、無根拠な優位性を誇示しようとする。

「あんただってタメ口だろうが」

「あなたみたいに汚い口の利き方はしない」

「俺は相手が男でも総理大臣でも同じ態度をとる。そこそこ丁寧になるのは、依頼人に対してだけだ」

「わたしも依頼人のつもりだけど？」

「俺が断ってんだから、依頼人じゃねえ。依頼人になりたきゃ、犬を捜してる理由を教えろ」

そう言ったあと、江添は先ほどのわたしと同じ作戦をとった。

「あんたが個人的に依頼してきましたって、警察に連絡してもいいんだぞ」

（三）

自宅に戻るなり、ダイニングテーブルに突っ伏した。

テーブルのへりごしに覗くタイトスカートに、短い茶色の毛がついている。江添が以前にあの事務所で匿っていた動物のものだろうか。犬なのか猫なのか、それとも何かほかの動物なのか判然とせず、なんとなく指でつまんで嗅いでみても、当たり前だがわからなかった。

あれからわたしは江添に、ブッツァーティを捜している理由を余儀なく話した。知っているとは思うけど、と前置きをしてから夫婦殺害事件について切り出したのだが、なんと彼は知らなかった。

——自分が暮らす街で、人が二人も殺されたのに？

——新聞もニュースも見ねえし、人と日常会話を交わすこともねえからな。

わたしは事件のことを説明した。すでに報道されている内容に、ブッツァーティの行方不明をプラスして。現場からいなくなった犬の身体に、事件を解明する何らかの証拠が残っているかもしれないことも。もちろん、疑われている人物が存在することは伏せた。

——なかなか捜し甲斐があるな。

女性蔑視の横柄なペテン師は、最終的にわたしの依頼を引き受けた。

——共同経営者の吉岡さんには、依頼の内容は言わないでほしいの。詳細を知ってる部外者は、できれば増やしたくないから。

——あいつに依頼内容を話したことなんてねえ。

——経理担当か何か？

——んな器用なことできるか。あいつはアナログ作業担当だ。

それがどんな作業なのかはわからないが、いずれにしても好都合だった。わたしは用意していた五万八千円と、警察が作製したブッツァーティ捜しのポスターを江添に渡した。ポスターには複数のブッツァーティの写真とともに、身体や性格の特徴など、細かい情報が書かれている。

——いつも、どうやって捜すの？

事務所を去り際に訊いた。

349

——勘と経験だ。

そんなことを言っていたが、本当に大丈夫なのだろうか。

顔を上げ、壁のカレンダーを見る。すべての日付が丸印で囲んであり、三色ボールペンで描かれたその丸は、青が昼勤、黒が夜勤、赤が非番。しかしそれらはあくまで予定でしかない。事件が起きればシフトなど無関係になり、捜査中の刑事には労働基準法も適用されない。どんな事件でも、発生から三週間——いわゆる「一期」と呼ばれる期間に犯人を逮捕できなければ、捜査は長期化するので、この期間は休むことなどできはしない。もしわたしに配偶者がいたら、おそらく不平を言われていることだろう。いや、責められているに違いない。懸命に働いたとき、男性は妻から労をねぎらわれ、女性は夫から責められる。

きっと、そんなものだ。

（四）

翌朝、木崎家から出てきた江添と、そばの路地で合流した。

「ちゃんと打ち合わせどおりに話した？」

「ああ、ボランティアだってな。疑ってる感じはなかった」

江添は海があるほうを背にし、東に向かって歩き出す。ここは比較的古い住宅地だが、建て替えられた家もあるので、目に映る建物の新旧がばらばらだ。このまま真っ直ぐ路地を抜けていくと、畑が広がる一帯があり、その向こうには樹林地がある。

「ブッツァーティを捜してもいいって？」

「いいも何も、捜すのは勝手だろ。まあ協力的だったけどな」

江添が会ってきたのは木崎貴也。殺害された春義と明代の息子で、遺体の第一発見者だ。ブッツァーティに関する詳細な情報が必要だということで、いま江添は彼と話してきた。街でたまたまブッツァーティ捜しのポスターを見かけ、ボランティアで協力させてもらえればと思い、家を訪ねた――という設定だったが、どうやら上手くいったらしい。江添に一人で行かせたのは、貴也がわたしの顔を知っているからだった。

「ほかに、ばあさんもいたぞ」

「父方の祖母。孫の貴也さんが心配で、事件以来、県外から泊まりに来てるみたい」

「もともとなのかもしれねえけど、痩せ細って幽霊みてえだったな。敬老の日だってのに」

今日はシルバーウィークの三日目だ。昨日までの二日間とうってかわり、空には秋晴れが広がっている。

「録ってきたんでしょ？」

351

訊くと、江添はリュックサックからブルートゥースの無線イヤホンを取り出した。片方を自分の耳にねじ込み、もう片方をわたしに手渡す。ついで彼がスマートフォンを操作しはじめたので、その隙にわたしはイヤホンをシャツの裾で拭ってから耳に入れた。

江添がスマートフォンの録音アプリを再生する。力に——ボラン——でしょうから——お代は——彼が喋る冒頭部分がパパッと飛ばされたあと、聞こえてきたのは貴也の声だった。

『世の中には……やっぱり素晴らしい人もいるんですね』

貴也は江添を室内に通したらしく、それらしい物音と、冷蔵庫とグラスの音、そのグラスに何かを注ぐ音が聞こえた。江添が下品なノイズとともにそれを飲む。

『でその、いなくなった犬についてなんですけど、街の中だとどのあたりに馴染みがありますかね？　たとえば、散歩でよく連れていった場所とか』

『両親は、いつも向こうの、林のほうに連れていってました。遊歩道があるじゃないですか。そこを奥のほうまで歩いたり、木の中へ入ったり』

いま江添が向かっているのは、その場所なのだろう。

『海岸のほうには？』

『まず行きませんでした。海をひどく怖がって、そっちに連れていこうとすると、脚をふんばって動かなくなるんです』

『ああ、いますね、そういうワンちゃん』

依頼人には丁寧な口を利くと言っていたが、どうやらあれは本当だったらしい。しかしわたしに対しては、依頼を受けたいまも相変わらずの口調だ。もちろん女だからなのだろう。

『林を北のほうにずーっと抜けて行くと、大通りに出るじゃないですか。それを渡った向こう側にも、よく行ってたみたいです』

江添の事務所がある、街の北東部だ。

『そこの動物病院がかかりつけだったんですけど、待ち合いでけっこう犬同士が友達になったりするらしくて、近くを通ると、いつも病院の中に入ろうとして大変だって言ってました』

『動物病院、はいはい、あそこ』

『ええ、二階建ての。やっぱり犬も、友達に会いたいんですかね』

警察が得ている情報と、いまのところほとんど変わらなかった。江添にそれを言うと、彼はいいから聞けというように自分のイヤホンを指さす。

『僕も、あいつのことは仔犬(こいぬ)の頃から可愛がってるんです。もうほんと、兄弟みたいなもんで』

『呼びかけるときは、いつも名前で?』

『いえ、名前ではあまり。なにせ長いですから』

『縮めて、ぶっちゃんとか？』

『両親は、たまにそう。でも僕は――』

思い出すような間。

『ただ、おい、って言ってましたね。両親に、おい、なんて言わないから、僕がそう呼びかけると自分のことだってわかって、いつも駆け寄って来ました。おい、ワン、みたいな』

貴也はしばらく黙ったあと、鼻声になり、ブッツァーティとの思い出を話しはじめた。庭で互いに転げ回って遊んだこと。そのあといっしょに風呂に入ったこと。中学校時代、父親に叱られて泣いていたら、涙を舐めてくれたこと。

『どこでどうしてるのか、ほんとに心配です。迷い犬をいじめるような悪い人もいるかもしれないし、それこそ隣の……』

まずい。

『隣の？』

間。

『いえあの……隣に住んでる男の子が、たしか四歳下だからいま十九歳かな、なんていうか、社会に適合できない子なんですけど、その子が以前に――』

『たーちゃん』

貴也の祖母だろう、離れた場所から声がした。細い咽喉から無理に絞り出されたような、かすれた声だった。彼女が表情で何かを伝えたのか、貴也は軽く咳払いをし、それ以上は言葉を継がない。啓介の名前が出なかったことに、わたしがひそかに安堵していると、江添が再生を停めた。

「隣の息子がなんとかってのは……あんた、何か聞いてるか?」

「犬が吠える声がうるさくて、前に苦情を言いに来たみたい」

必要最低限の言葉で誤魔化すと、江添は軽く頷いてイヤホンを耳から外した。

「ま、よくあることだわな」

わたしもイヤホンを外して彼に返す。

「これだけの情報で、見つけられるの?」

「充分だ。むしろこの情報がなきゃ、まったく違う場所を捜してた」

「勘と経験でね」

嫌味を無視し、江添はリュックサックから、これも無線のスピーカーを取り出す。スマートフォンを操作し、録音アプリの別ファイルを再生すると――『おい』――『おーい!』――スピーカーから貴也の声が響いた。

「頼んで、声を録らせてもらった。犬の場合は、こいつがけっこう有効だ。それからこれ」

　リュックサックに入っている弁当箱ほどのタッパーウェアを、こつこつと爪の先で叩く。中身は……何だろう、しわくちゃのタオルに見える。

「犬小屋の中にあったのを借りてきた。どうしてかブッツァーティが気に入って、前に犬小屋に持ち込んだんだと」

「これを持ってれば寄ってくるの？」

「いや、別の使い道だ」

　樹林地に到着した。江添はアプリの録音をリピート再生させながら、遊歩道の入り口に足を踏み入れる。『おい』――『おーい！』――『おい』――『おーい！』――木の間に貴也の声が響く。犬どころか人の気配さえなく、見渡すかぎり動くものはない。

木々の下には落ち葉が積み重なり、昨日までの雨のせいで、湿ったにおいを放っていた。わたしたちが歩く遊歩道の土も、だいぶぬかるんでいる。

「このあたりは、もう警察犬を使って捜したけど」

「動いてる相手を見つけようとしてんだから、関係ねえ」

「動いてると思う？」

　当たり前だ、と江添は即座に声を返した。

「発見率九十パーセントって、ほんとなのよね？」

「いや、そりゃ全体での話だ。鳥やなんかは、かなり難しい。こないだのヨウムみてぇに簡単に見つかるケースは稀で、発見率はまあ、五十パー以下だ。ハムスターとか蛇になると、もっと下がる」

「なのに、全体で九十パーセントの成功率?」

「犬猫で、ほぼ百パーいくからな」

そんな業者が、ほかにあるのだろうか。

「あなたが依頼を引き受けてくれて、助かった」

「ヨウムの仕事で稼げなかったしな。昨日、あんたと事務所で話す前に依頼人が来て、打ち切りになったよ。鳥が戻ってきたから、もう捜さなくていいってさ」

「じゃあ、ほんとは仕事がほしかったの?」

「稼げそうな仕事なら、もっとよかった」

いつものように、捜索対象を発見していながら事務所に隠し、料金を吊り上げていくことは、今回に限ってはできないと考えているのだろう。もちろんそんなことはさせない。それにしても、稼げないと踏んでいるということは、早期にブッツァーティを発見する自信があるのだろうか。

「稼いだお金、いつも何に使ってるのよ?」

「ネトゲとパチンコ」

「恋人とかいないの？」

少々意地の悪い気持ちで訊いてみると、江添の目がふっと焦点を失(な)くした。特定の誰かのことを思い浮かべているような印象だったが、本当のところはわからない。

「いるわけねえだろ……こんなのに」

独り言みたいに呟(つぶや)き、年季の入った双眼鏡をリュックサックから取り出す。自分の顔を隠すように、それを両目にあて、江添は周囲を観察しはじめた。全体をまんべんなく見るのではなく、ポイントからポイントへ双眼鏡の先を向けていく感じだったが、何を基準にしているのかはわからない。彼は双眼鏡を両目にあてたまま、つまずきもせずに凸凹の遊歩道を歩いていく。色褪(いろあ)せたTシャツの右肩には、木崎家の犬小屋からあのタオルを引っぱり出したときについたのか、白い毛のかたまりが引っかかっていた。ブッツァーティのものだろう。毛のかたまりはしばらく彼の肩口で揺れていたが、やがて風が吹くと、そこを離れて木々の奥へと飛んでいった。

「ところであんた、このままずっとついてくるつもりか？」

「何か手伝えることがあればと思って」

「目と耳は多いほうがいいけど、ペット捜しの仕事は体力使うぞ」

「学生時代に陸上やってたから大丈夫」

「ずいぶん昔の話だな」

（五）

「ご協力、感謝します」

通話を切り、江添はスマートフォンをポケットに戻した。電話をかけたのは市の清掃局で、四日前の夜から現在まで、街で動物の死骸を回収した記録があるかどうかを調べてもらったのだ。担当者によると、その期間には路上で車に撥ねられた死骸が三体回収されており、それぞれ猫と狸と犬。犬の種類はラブラドール・レトリバーではなくポメラニアンだった。

「ポメラニアンは、たぶん誰かのペットだったのね。もしかしたら猫のほうも」

江添はぞんざいに頷き、目の前の大通りに視線を向ける。普段はトラックが目立つ道だが、祝日のせいだろう、ファミリーカーらしい車が多く行き来していた。

食事も休憩もとらないまま、時刻はもう午後三時を回っていた。樹林地を北端まで確認し終え、たったいまこの大通りへ行き着いたところだ。通り沿いにある紳士服店の駐車場が、歩道から一段高くなっており、わたしたちはそのへりに二人並んで座っていた。

「ここ、昔は廃工場だったよな」

江添が紳士服店を振り返る。

「十年以上前ね。当時は不良のたまり場にもなってたから、綺麗な店ができてくれてよかった」

犬の捜索は、たしかに体力勝負だった。遊歩道を歩くだけかと思ったら、江添は木々の中や低木の奥に分け入り、ときに三メートルほどの高さにある大枝に登って周囲を確認し、カラスの姿を見つければそれを追いかけ、そうかと思えば急に路地へ走り出て樹林を外から観察した。それらの動きに一貫性はまるでなく、まさに勘を頼りに行動を決めている様子だった。わたしは必死に彼のあとをついていきながら、周囲に目をこらしつづけたが、いまのところ何の力にもなれていない。デニムの裾には落ち葉の切れ端がびっしりとこびりつき、スニーカーはもとの色がわからないほど泥まみれで、染み込んだ水が靴下をびしょ濡れにしていた。樹林地を北上してくるあいだ、スピーカーから貴也の声が再生されつづけていたせいで、いまも聞こえている気がする。

「さっきみたいに電話をかけて、捜してるペットの死骸が見つかったこともあるの？」

「何度かある」

江添は立ち上がり、そばにあった自動販売機のほうへ向かった。

「それを報告したときの依頼人の顔は、悲惨なもんだ」

事故に遭ったのが人間であれば、警察に連絡が入る。こんな小さな街でも交通事故は多く、交通課にいた頃は日々処理に追われていた。わたしの担当ではなかったが、まさにいまいるこの場所でも、死亡事故の報告があったのを憶えている。交通ルールを知っているはずの人間が、それだけ事故に遭うのだから、迷い犬や迷い猫が路上で命を落とすケースは、きっと想像以上にたくさんあるのだろう。

江添はペットボトルのお茶を二本買い、戻ってきて一本をこちらへ差し出す。わたしは財布を出そうとしたが、面倒くさそうに断られた。仕方なく、礼を言ってペットボトルを受け取った。

「このあとは、通りの向こう側を捜す。もっときついけど、あんた大丈夫か？」

「正直、樹林地より楽なのかと思ってた」

「市街地は見通しが利かねえし、物陰も多い。歩く距離も、確認しなきゃならねえ場所も、段違いに増える」

「わたしは大丈夫」

もらったペットボトルで、太腿（ふともも）をとんとん叩いた。

「でも、思ったより大変な仕事なのね」

「たぶん、あんたもだろ」

意外な言葉に、声を返しそびれた。そのまま太腿を叩きつづけていると、江添もべつに返事を期待していたわけではなかったのか、咽喉を鳴らしてお茶を飲む。

「あなた、どうしてペット捜しの仕事をはじめたの？」

「きっかけはまあ、家出だな」

六歳の頃の話だという。

「当時、街の北の住宅地に住んでたんだ。ちょうど一昨日の、ヨウム飼ってる家がある あたり。もう三十年も前の話だけど、両親と三人で。でも、あるとき父親が、家も家族も捨てて出ていった」

「何でよ」

「母親がヘビー級にだらしない人で、いま思えば、外に男もいたんだろうな。そんな気配があったし、それを隠そうともしてなかった。父親はいちおう俺のこと考えてくれたのか、そこそこの額の現金を置いていったみたいで、シングルマザーになってからも、生活はまあ、できてたけどさ」

ところがその現金が、あるとき家から消えた。

「普通は泥棒だって考えるだろ？　でも母親は、俺が金をどうにかしたって言い出したんだ。そのとき言われたこと、いまでも憶えてるよ。わたしがこんな人間だから、お前はわたしからお金を取り上げて仕返ししたんだって。当時は意味なんてわかんなかったけど、その言葉だけははっきり記憶してる。——にしてもよ、六歳児が大金盗むなんて、あまりにファンタジーだわな。酒もよく飲んでたから、アルコールで脳みそイカれてたのかも」

もちろん六歳の江添は、お金のことなど何も知らないと言いつづけた。

「そんでも、俺の言葉なんてぜんぜん聞いてくれなくてさ。狂ったように同じこと喚きつづけて……意味は上手く理解できなかったとはいえ、母親に信じてもらえないのが、とにかく哀しかった」

だから、家出をしたのだという。

大きなリュックサックに、ありったけの缶詰やお菓子を詰めて。

「仕返しって言葉だけは知ってたから、たぶん、ほんとに仕返ししてやろうと思ったんだろうな。母親に心配かけて、俺のこと捜させて。大人に見つかったら連れ戻されちまうから、俺、人がいない場所を探して歩き回ってさ。でもそんな場所、なかなかなくて、ひたすら歩いて歩いて……最終的に、湾の南側にほら、使われなくなった古い排水路があっただろ。いまはもう撤去されただろうけど、海に向かって口あけてた、ちっちゃいトンネルみてえな」

見たことはないが、子供時代に聞いたことがある。湾を「つ」の字としたとき、下側の先端あたりにある場所だ。

「あそこに隠れてた」

「どのくらい？」

一ヶ月だという。

「……は？」

「しかも、家出したのが年末の寒い時期でさ、除夜の鐘もそこで聞いた。あとで知ったところだと、母親は俺をあちこち捜したけど、警察には連絡してなかったみてえだな。ピーターパン並みに子供じみた人だったから、警察に叱られるのが怖かったのかも」

　話の内容にそぐわない呑気な顔で、江添はペットボトルのお茶を飲む。

「それで、どうなったの？」

「あんたらのおかげで助かった」

「わたしたち？」

「いや、そうか……あんたは当時まだ警察官やってないわな」

　それは、こんな顛末だったという。一月の下旬、住宅地で盗みを繰り返していた窃盗犯が逮捕され、その男が取り調べで白状した余罪の中に、江添の自宅があった。警察が被害の状況を確認するため家に向かうと、母親の様子が明らかにおかしく、部屋も荒れ放題で、おまけに六歳の息子はどこにもいない。警察は母親を追及し、そこで彼女はすべてを白状した。

「そのへんみんな、母親が死ぬ前に教えてくれた。酒のせいもあったのか、平均寿命の半分くらいで早死にしちまったな。俺にその話をしたときも、酔ったうえでの独り言みたいな感じで、喋りながら笑ってたよ」

警察はすぐに捜索を開始し、翌日の夜に排水路で江添を見つけたのだという。

「あのままだったら、さすがに野垂れ死んでたかも。リュックサックの食いもん、ぜんぶなくなってたし、風邪もひいてたし」

大通りに向けられた目の中を、車の影が小さく行き交う。

「だから俺、いまでも警察は嫌いじゃねえんだ」

不意に、その目がやわらかく笑う。

「あそうか……この仕事をはじめた理由な」

その質問をしたこと自体、わたしのほうもすっかり忘れていた。

「当時このあたり、野良犬がけっこういたろ。俺が隠れてたその排水路ってのが、そいつらの隠れ家みたいになっててさ。中には首輪つけてるやつとか、明らかに最初から野良犬じゃなかったようなやつもいたりして、そいつらはたぶん、逃げてきたか、迷ったか、捨てられたかしたんだろうな」

その、元ペットだったと思われる犬たちと最初に「仲良く」なり、するとすぐにほかの野良犬たちも「打ち解けて」くれたのだという。

「で、そこでいっしょに暮らしたわけ。排水路で。昼は中でかくれんぼとか鬼ごっことかして、夜はいっしょに、人の目を避けながら街を歩き回って。食べ物がある場所、あいつらよく知ってんだよ。俺も、自分が食えそうなもんがあったら、ちょっと犬たちに

365

分けてもらったりして。そんでまた排水路に戻ってきて、寝て。起きたらまた遊んで。近くに野良猫のたまり場もあって、一週間くらい経ったら、そいつらとも仲良くなってた。犬と猫はまあ、お互い無関心だったけどさ」

信じられないような話だが、嘘をついているようには見えない。

「でかめの犬に抱きついて寝ると、あったかかったな」

江添は大通りを眺めて黙り込み、ペットボトルをぱきぱき鳴らした。

「それがあってから、なんとなくわかるようになった。そのへんにいる野良犬とか野良猫とか、飼われてるやつらとかぼんやり見て、つぎはこんなことするだろうなって思うと、ほんとにするんだ。これこれこういう犬や猫がいなくなったって聞けば、そいつらがいそうな場所も頭に浮かぶ。どうしてわかるのかは上手く説明できねえけどな。なんていうか、自転車に乗れはするけど、どうやって乗ってるのか人に訊かれても上手く説明できねえのと似た感じで。あでも、この仕事しようって考えたのは、俺じゃなくて、高校の同級生だった吉岡な。卒業したあと俺がフリーターやってたとき、久々に会った吉岡にいまの話をしたら、あいつがペット探偵の仕事を思いついた。お前の才能、活かせるんじゃねえかって」

そして、実際に活かせているというわけだ。

「だから今日は、なんちゅうか……」

何を言おうとしたのだろう。まるで理解できない絵を目にした子供のように、江添は虚空を見つめた。しかし、けっきょく言葉を継がず、ペットボトルのお茶にキャップをして立ち上がる。

「いいや、行こう」

（六）

夜十一時、わたしはふたたび遊歩道の入り口に立っていた。

月は雲に隠れ、あたりは真っ暗。近くには街灯もなく、光といえば、向かいの民家の二階でカーテンごしの明かりがともっているだけだ。

市街地の捜索でも、ブッツァーティを見つけることはできなかった。

大通りを北へ渡ったあと、最初に江添は、貴也が言っていた動物病院「菅谷（すがや）ペットクリニック」を訪ねた。院長やスタッフ、ペットを連れてきていた人々に聞き込みをするためだ。しかし成果は得られず、そのあとはまたフィールドワークとなった。あらゆる路地、公園、ビルの駐輪場。貴也の声をスピーカーで再生しながら回ったので、どこへ行っても人々が振り向いた。江添の動きは相変わらず不規則だったが、家出生活の話を聞いていたので、わたしは彼の勘を信じてついていった。そうして二時間、三時間と経つうちに、江添の顔には苛立ちが浮かびはじめ、言葉もまったく発さなくなった。やがて彼の行動に迷いのようなものが見えるようになり、そのことに、わたしはひそかな違和感をおぼえた。いかにこれまで高確率で行方不明のペットを見つけてきたといっても、初日で見つからないことなどいくらでもあっただろう。それを思うと、どうも、江添の様子がしっくりこなかったのだ。とはいえ、もちろん普段の仕事ぶりを見たことがあるわけではないので黙っていた。

江添は日が暮れても休まず、夜が来ても足を動かしつづけ、しかし時刻が十時に近づいたとき、何もない場所でぴたりと立ち止まった。暗くてよく見えないその顔には、昼間にふと見せた、あの表情が浮かんでいた。理解できない絵を見せられた子供のような。彼はスマートフォンで天気予報を確認し、明日が雨であることを知ると、小さく溜息をついた。

——仕方ねえ、あいつに頼むか。

——誰？

吉岡という意外な答えが返ってきた。

——十一時に、遊歩道の入り口からやり直す。俺は吉岡といっしょに行くけど、あんたは無理しないでいい。

もちろんわたしも同行を願い出て、いったん彼と別れた。そのあと一人でブッツァーティを捜しつつ、路地のあちこちを歩き回ってここへ戻ってきたのだが――。

「よう」

暗い路地の先から、懐中電灯の光が目を射た。眩(まぶ)しくてよく見えないが、どうも人影は一つしかないようだ。

「吉岡さんは？」

「ここにいる」

「……え、どういうこと？」

江添の隣を歩いているのは、大きな犬だ。懐中電灯から拡散した光の中に、だんだんとその容貌が浮かび上がってくる。毛は茶色。垂れ耳で、顔は面長。左右の頬肉が下顎よりも低く垂れ、歩調に合わせてぶるんぶるんと揺れている。そばまでやってくると、犬はじろりとわたしを見上げた。気難しい老職人が、工房を訪ねてきた相手を無言で誰(すい)何(か)するかのように。

「何、どうして犬なの？　共同経営者の吉岡さんは？」

「人間の吉岡は死んだ。こいつはその直前に俺たちが出会ったブラッドハウンドで、まだ名前がなかったから、吉岡のフルネームを引き継いでもらった。下の名前は精一だ」

驚いたことに、説明はそれだけだった。

「いわばファイナルウェポンだから、こいつに出張(でば)ってもらって見つからなきゃ、あきらめるしかないと思ってくれ。……よし、はじめるか」

呆気にとられるわたしをよそに、江添はリュックサックからタッパーウェアを取り出す。中に入っているのは、木崎家から借りてきたあのタオルだ。ブッツァーティが気に入って犬小屋に持ち込んでいたという、しわくちゃのタオル。彼はそれを吉岡の鼻先に持っていき、垂れ耳の外から囁く。

「申し訳ねえけど、頼むわ」

鼻先にあるタオルを嗅ぐかわりに、吉岡は江添に目を向けた。まるでそれは人間が、片眉を上げながら「わかってるだろうな」とでも言っているような表情だったが、どうやらそのとおりだったらしい。

「終わったら、肉球マッサージだ」

溜息をつくような仕草のあと、吉岡はようやくタオルを嗅いだ。そして江添が懐中電灯で遊歩道の奥を示すと、のそりと動き出し、そちらに向かって歩きはじめた。少し間をあけて江添もついていく。よく見ると吉岡はリードをつけていない。

「あの犬、怪我してるの？」

江添に追いついて訊いた。歩くシルエットが不自然で、身体の右側に重い荷物でもくくりつけられているような様子だったのだ。

「ずっと昔、車に撥ね飛ばされた。後遺症ってやつだ」

今度も説明はそれだけだった。

「高い発見率の秘密は、彼だったってわけね」

「後遺症のこともあるし、そもそも歳だから、あんまり働かせたくねえんだけどな。俺一人でどうしても駄目なときは、こうして手伝ってもらってる。俺だけじゃ発見率はせいぜい八十五パーってとこだ」

それでも充分に高いが。

「ブラッドハウンドって犬種はベルギー生まれで、魔法の鼻を持つなんて言われてる。その中でも吉岡の鼻は特別だ」

「でも……においの追跡は、警察犬がもうさんざんやったのよ？」

「天職じゃねえんだろ。犬にも才能ってもんがある。人間も犬も、訓練である程度までスキルは磨けるけど、いくら努力したところで天才には敵わねえ」

前を行く吉岡の尻を、江添は懐中電灯で照らす。

「それに昔から、難事件を解決するのは警察じゃなくて探偵だろ？」

何と返せばいいのかわからず、曖昧に首を振った。遊歩道の土はもう乾き、しんと静まり返った暗がりに、落ち葉を踏む足音だけが響く。吉岡は首を低く垂れて地面のにおいを嗅ぎながら、ぎくしゃくとした足取りで進んでいく。

「雨が降り出す前に、なんとか——」

わたしが言いかけたとき、デイパックの中でスマートフォンが振動した。歩きながら取り出してみると、また八重田からだ。眩しいディスプレイを見下ろし、わたしは迷った。江添にブッツァーティの捜索を依頼したことも、彼に木崎家を訪問させたことも、すべて秘密にしてある。

「お疲れ様です」

なかなか鳴りやまないので仕方なく応答すると、耳障りな〝刑事(デカ)声〟が即座に耳へ飛び込んだ。

『俺だ』

電話に出たことを早くも後悔した。

『連絡がないから、気になってな』

「報告すべきことが何も起きていないので」

前方で、不意に吉岡が進行方向を変えた。遊歩道からそれ、右側の木々の中へ入り込んでいく。何か嗅ぎつけたのかもしれない。胸の中でにわかに鼓動が速まるのを意識しながら、わたしは江添とともに吉岡のあとを追った。

『お前いま、外か？』

普通の会社で、男性上司が女性の部下を「お前」と呼ぶことなどあるのだろうか。

「そうですが」

『一人か？』

「はい」

答えると、八重田はしばらく黙ってから声を返した。

『その後、どうだ』

わたしが何か知っていながら報告していないのではないかと、疑ってかかるような口調だった。

「何かあれば、こちらから報告します」

衝動的に通話を切ると、それを待っていたように、江添がリュックサックから例のスピーカーを取り出した。スマートフォンを操作し――『おい』――『おーい！』――貴也の声が、夜の樹林地に吸い込まれていく。前を行く吉岡はそれに驚く様子もなく、鼻先を地面にこすりつけるようにして木々の中を進む。一歩ごと、身体の右側をがくりがくりと下げながら。

「あんたみたいな部下、俺なら絶対に使いたくねえな」

「部下を〝使う〟なんて言ってる人は、部下なんて持つべきじゃない」

樹林の奥へ向かっていた吉岡が立ち止まる。ワンとひと声鳴いたので、すぐさま駆けつけると、揃えた前足の先に白い毛のかたまりが落ちている。江添が地面に膝をつき、どうだという顔でこちらを振り向いた。わたしは全身に緊張が走るのを感じつつ、しかし、どうもその毛のかたまりに見憶えがあるような気がした。いや、毛のかたまりなんてどれも似たような見た目なのかもしれないが——。

「昼間、あなたの肩についてたやつだと思う」

飛んでいった場所も、ちょうどこのあたりだった。わたしがそれを話すと、江添は舌打ちをして地面の毛を拾い、タッパーウェアに仕舞った。

（七）

明け方、わたしたちはマンションの駐輪場にいた。

「殺人事件なんて……何で起きるんだろうな」

自転車を何台かよけて無理矢理つくったスペースに、江添は胡坐(あぐら)をかいていた。隣では吉岡が腹ばいになり、疲れ切った様子でコンクリートの床に顎をあずけている。わたしはざらついた壁にもたれかかり、雨の音を聞きながらそれを眺めていた。最初はしゃがんだ状態で、尻を下へつけないよう頑張っていたのだが、少し前から、とうとう座り込んでしまった。

「ほとんどの動物は、仲間内で殺し合ったりなんてしねえのに。手加減の仕方とか、降参の合図とか、お互いわかってるから」

マンションの玄関口のほうが、ぼんやりと明るい。おそらくもう朝六時を回っている頃だろうが、腕を持ち上げて時計を見る気力もなかった。

「一概には言えないけど……わたしが見てきたかぎり、万引きでも、傷害でも、窃盗でも、満たされている人間が犯人だったことはなかった」

「殺人は？」

「今回が初めてだから」

しかし、きっと同じなのだろう。

あれから吉岡は樹林地の全域を歩き回り、わたしと江添はそれに従った。暗がりに目をこらし、貴也の声をスピーカーでリピート再生しながら。しかし、収穫は何もないまま時間だけが過ぎた。もともとブッツァーティの痕跡がなかったのか、それとも前日までの雨でにおいが消えてしまったのか。

やがてわたしたちは樹林地の北端から、また大通りに出た。車がほとんど走っていないその道を渡り、市街地のほうへ移動したときには、もう空がかすかに明らんでいた。その光が時刻のわりに弱かったのは、一面に広がっていた雲のせいだ。

ほどなく、天気予報のとおり雨が降り出した。

――いったん、吉岡を休ませねえと。

周囲を眺め渡し、雨のあたらない場所を見つけて入り込んだのが、このマンションの

375

駐輪場だ。雨の早朝に自転車置き場へ来る人なんていないだろうからと江添は言ったが、そのとおりだった。たぶんもう一時間近くこうしているが、いまのところ、入ってきた住民に驚かれるようなことはなかった。

雨音は一度も途切れることなくつづいている。玄関口のほうからは、ときおり人が出ていく足音や、傘をひらく音が聞こえ、そのたび吉岡の垂れ耳がピクンと動いた。

「不満を意識する生き物なんて、人間だけだよな」

江添が両足を投げ出し、汚れたその足先を吉岡がちょっと嗅ぐ。

「ゾウは哺乳類で唯一ジャンプできないっていうけど、ジャンプできればいいのになんて、たぶん考えたこともねえ。ニワトリとかペンギンも、飛べないことを不満に思ったりしねえだろうし、吉岡だって、すんなり歩けないことに苛ついたりしねえ。顔見てりゃわかる」

人間だけが不満を意識する。わたしだって、仕事や人生がどうしても上手くいかないとき、たとえば誰かにわざと足を踏まれたら、いつも以上に激昂してしまうかもしれない。とはいえ、まさか相手を殺そうなんて考えはしない。積み重なった不満だけで、人は罪を犯さない。そこには必ず理由というものがある。いや、犯罪だけではなく、すべての行動には理由がある。

「六歳の頃に家出したとき、あなたはお母さんに仕返ししてやろうって考えてたのよね。

家のお金が消えたのを、自分のせいにされたのが哀しくて……お母さんに心配かけようとして」

「たぶんな」

「お母さんに、直接の仕返しをしようとは思わなかったの？」

「六歳児がケンカして勝てるかよ」

「そうじゃなくて、たとえば言葉とか」

「んなことしたら、もっと嫌われちまう」

半笑いで呟いたあと、江添はコンクリートの上に大胆に横たわり、吉岡に抱きついた。

排水路の中で犬たちといっしょに寝たときのことを思い出しているのか、そのまま目を閉じてしまう。

わたしも、壁に背中をあずけたまま目蓋を下ろした。思い出されるのは、事件発生直後の出来事だった。あの夜、通報を受けたわたしと八重田はすぐさま署を出て現場に向かった。第一発見者である貴也から話を聞いたあと、即座に周辺への聞き込みをはじめ、八重田が最初に選んだ相手が啓介だった。

――怪我をしているのかな？

――してますけど？

――どんなだか、見せてもらってもいいかい？

八重田がそう訊ねたとき、啓介の目に一瞬だけ浮かんだ敵意のような表情。

左肘のあたりに巻かれた包帯。

――その怪我は、どういう理由で？

――説明する必要があるんですか？

一ヶ月ほど前、啓介は木崎家の呼び鈴を押し、深夜のブッツァーティの鳴き声がうるさいと明代にクレームを入れたという。しかし深夜の鳴き声など、ほかに誰も聞いていなかった。その二週間後、啓介は隣家の庭に入り込もうとしているところを見られている。そのとき彼の手には包丁が握られていた。啓介の行動と、左腕の怪我。それを指摘されたときに見せた表情。殺された夫婦。現場から消えたブッツァーティ。

……………………。

………………。

……。

「起きろ」

声に目を開けた。いつのまにか眠り込んでしまったらしく、江添が正面に立ってわたしを見下ろしている。隣で吉岡が長いあくびをし、ばくんと空気を嚙んだ。

「行けるか？」

優しく声をかけた相手は、わたしではなく吉岡だ。返事のように吉岡が鼻を鳴らすと、江添はくるりと身体を反転させて玄関口のほうへ向かう。その後ろを吉岡がついていき、わたしも慌てて腰を上げた。雨音はまだつづいており、先ほどまでよりも強くなっているようだ。しかし江添はその雨に気づいてもいないように、路地に踏み出して歩きはじめる。

「どこ行くの？」

江添が向かっているのは、さっき渡ってきた大通りのほうだ。

「なんとなく、わかったんだ」

「何がよ？」

答えず、その歩調が次第に速まっていく。大通りを渡ると、樹林地ではなく、海がある方向へと進む。

「市街地をまだ捜しきってないでしょ？」

「そっちはもういい」

速まる足はやがて駆け足となり、吉岡がそれを追いかけ、わたしは我武者羅（がむしゃら）に両足を動かしてついていった。路地を何度か曲がると、雨空を映した灰色の海が正面に広がった。その手前にある湾岸通りを、江添は迷いのない動きで左へ折れる。人の姿もない早朝の街を、海を右手に、南へ下っていく。大粒の雨が顔をなぶり、息をする口にも入り込み、服と靴は濡れてどんどん重たくなり、しかし江添はペースを緩めず駆けつづけた。

とうとう湾の南側まで行き着くと、漁港のそばを抜けてさらに進む。こんな距離を走って移動した経験など、学生時代の陸上以来だ。前を行く江添の足が乱れはじめ、喘ぐような呼吸が背後まで聞こえてきたが、それでも一向に速度を落とそうとしない。やがてわたしの肺と両足が限界に近づいたとき、雨の向こうに見えてきたのは、長いあいだ開発から取り残された一帯だった。不意に吉岡が地面を強く蹴り、事故で負った後遺症が治ったかのように、スピードを上げて江添を追い越す。目指しているのは前方にある低木林のようだ。荒れ放題のその場所から、黒い鳥影が一つ、飛び立つのが見えた。

（八）

そこは、かつて江添が犬たちと暮らしたという、あの排水路だった。

海に向かって口をあけた、直径一・五メートルほどの丸い暗がり。内側は雨に濡れることもなく、乾いた砂が薄く積もっている。

「まだ、あったんだな」

わたしも知らなかった。いくらこのあたりが開発から取り残されているとはいえ、とっくに撤去されたものと思っていた。

「こっちのほうじゃねえかって気はしたけど……まさかこことはね」

無感情な江添の声が排水路に反響する。コンクリートのトンネルの中には、昔のように野良犬たちはおらず、かわりにぽつんと横たわっているのはブッツァーティの身体だった。

臭気から、すでに死んでいることは明らかだ。

「切られてるな」

江添が懐中電灯でブッツァーティを照らす。人間でいうと腰のあたりに、痛々しい一直線の傷がある。白色の短毛種なので、赤黒いその傷口がはっきりと見えた。犯人に刃物で傷を負わされ、逃げ出してきたのだろうか。だとすると、ここへ来たのは事件当夜である可能性が高い。ブッツァーティの目撃情報がまったくないからだ。ブッツァーティは傷を負った身体で夜の街を走り、この排水路へ逃げ込んだ。人間に恐怖をおぼえ、一度も外に出ることのないまま、ここで死んだ。あるいは、犯人に現場で殺され、死体の状態でここまで運ばれてきたという可能性もある。いずれにしても――。

「あなた、どうしてわかったの？」

「なんとなくだ」

「そんなはずない」

「それより、例の先輩に連絡しなくていいのか？」

江添の目がわたしに向けられる。

ガラス玉のような、感情がシャットダウンされたような目だった。

「まず、調べないと」

排水路の奥に入り込み、死体の脇に膝をついた。江添が背後に立ち、肩口から懐中電灯で照らす。その光をたよりに、わたしはブッツァーティの全身を確認した。口のまわりに血が付着しているのは、自分の傷口を舐めたからだろうか。それとも犯人に噛みついたときのものだろうか。身体のほうも、白い毛がところどころぼんやりと赤くなっている。その赤味は、自分の舌が届かない、首元のあたりにも見られた。つまりブッツァーティの血ではない。現場で被害者の血液が付着した可能性もあるが、犯人のものである可能性も、もちろんある。

用意していたビニール袋を、わたしはデイパックから取り出した。

「準備がいいな」

言葉を無視し、ブッツァーティの身体に手をかける。毛をとおして、冷たい肉の感触が伝わってくる。筋肉は粘土のように弾力がなく、力を込めた指先が容易に埋まった。

「わかった理由……教えてやるよ」

反響する雨音に、江添の声がまじる。

「ラブラドール・レトリバーはもともと鳥猟犬で、ハンターが撃った水鳥を回収してくるのが仕事だった。水が好きで泳ぎが上手くないと仕事にならねえから、そういうやつらが選ばれて、ずっと繁殖されてきた。だからいまでも、たいがいのラブラドール・レトリバーは水が大好きだ。とくに海なんか、喜んで行きたがる」

わたしの手が止まる。

「動物病院が大好きな犬ってのも珍しい。いろいろと不愉快なことをされる場所だし、犬は記憶力がいいから、動物病院があるほうへ行こうとするだけで嫌がることが多いもんだ。もちろん飼い主が上手く対処して、嫌がらないようになるケースはあるけどな、大好きってのは聞いたことがねえ。だから今回は、最初からずっと違和感がつきまとってた」

「……どういう意味？」

振り返ったが、入り口を背にして立つ江添の表情は見えない。

「あいつに言われたことをぜんぶ無視して考え直したら、このあたりが頭に浮かんだ。海の近く……街の南」

「貴也さんに嘘を教えられたってこと？」

訊くと、江添の唇から長々と息が洩れた。これまでの人生で一度も耳にしたことがないほどの、暗い溜息だった。

「俺に人間のことなんてわかるかよ」

唇をほとんど動かさずに呟いたあと、彼はさらに驚くべき言葉をつづけた。

384

「いずれにしても、隣の引きこもりは、たぶん犯人じゃねえ」

胸が冷たくなり、雨音が遠のく。

「……どうしてそんなことまで知ってるの？」

「あの家で録音を停めたあと、庭の犬小屋を覗いてたんだ。そこで例のタオルを見つけたから、それを借りていいかってあいつに確認した。そしたら近づいてきて、ばあさんに止められた話のつづきを聞かされた」

「何て？」

「隣の引きこもり息子が、自分の両親を殺した犯人かもしれねえって。鳴き声がうるせえって文句言ってきたこととか、包丁持って庭に入り込もうとしてたこととかも説明されてな」

「……ほかは？」

江添のシルエットはしばらく静止していたが、やがて首が小さく横に振られた。

「何も」

本当だったのかもしれないし、嘘だったのかもしれない。わたしが言葉をつづける前に、彼は入り口で待機していた吉岡を振り返った。

「あいつの肉球、マッサージしねえと」

そのまま江添はわたしに背を向け、排水路を出ていった。吉岡とともに雨の中へ歩き出すとき、だから人間は嫌なんだ、と小さく呟くのが聞こえた。

（九）

自宅のドアを開けたのは、それから二時間ほど後のことだった。

ずぶ濡れの身体で薄暗い廊下を進み、ダイニングに入る。壁に近づき、三色の丸印が並んだカレンダーの前に立つ。

自分の中に、充分な勇気がわいてくれるのを待つ。

江添があの場を去った直後、八重田から連絡があった。暗い排水路でスマートフォンを耳にあてた瞬間、わたしの耳に事件解決の報が届いた。

──ホシを確保した。

木崎夫妻殺害の容疑で逮捕されたのは、二人の息子である貴也だった。

──杜撰（ずさん）な嘘ばかりだったおかげで、早々に一段落だ。まあ、長くかかるとは思ってなかったがな。

そのあと八重田は、自分が調べ上げた事実を、電話ごしにつぎつぎ話した。

事件があった夜、木崎貴也は会社から帰宅した際に両親の遺体を発見したと言っていた。自宅近くのコンビニエンスストアで車の雑誌を買い、家に帰ったとき、父親と母親が死んでいるのを見つけて警察に連絡したのだと。しかし八重田が会社に確認したところ、貴也が勤務を終えたのは午後六時半で、通報時刻の三時間近くも前だった。自宅と会社はバスを使って三十分の距離であり、計算がまったく合わない。

――それに加えて、目撃情報もあった。

午後八時前後に、海岸で貴也らしき人物が目撃されていた。その時間はちょうど、犯行時刻と通報時刻とのあいだにあたる。

――昨日の午後、付近の海底を調べさせたら、包丁が見つかった。

指紋こそ出なかったが、包丁からは被害者二人の血液がかすかに検出された。八重田はその包丁を、貴也の世話をしに来ていた祖母に、それとなく見せてみた。すると、木崎家で使われていたものに似ているという。そこで彼女に台所の包丁入れを確認してもらったところ、消えている包丁はないと貴也が言っていたにもかかわらず、一本足りなかった。

――そのやり取りの最中で、孫が事件に関係してるかもしれねえと気づいたんだろうな。祖母(ばあ)さん、何も喋らなくなっちまった。

しかしその時点ですでに、八重田は祖母の合唱サークル仲間に聞き込みをし、こんな証言を得ていた。祖母は半年ほど前から、息子夫婦に貴也のことで相談され、悩んでいたのだという。研究職に就かせるつもりが、一般企業の営業マンになったこと。いまからでもやり直せると説得しても、まるで聞かないばかりか、攻撃的な口調で言い返してくること。会社でのストレスが原因なのか、兄弟のように仲良しだったブッツァーティに対し、夜な夜なひどい暴力をふるうようになったこと。

――今朝一番で、木崎貴也を任意同行して絞ったら、あっさり吐いた。あの夜は帰宅してすぐに両親を包丁で刺し殺して、そのあと凶器を海まで捨てに行ったってな。貴也の証言でただ一つ、警察への通報前に、コンビニエンスストアで車の雑誌を買って帰宅したという点についてだけは本当だったらしい。

――親の生命保険で、車が買えるかもしれねえと思ったんだとさ。

木崎貴也逮捕についての経緯は、それで終わりだった。

――消えた飼い犬の件は？

目の前に転がるブッツァーティの死体を見つめたまま、わたしは訊いた。

――両親を刺し殺したあと、家の中にいた犬にでかい声で吠えつづけられたもんで、まずいと思って切りつけたそうだ。犬は掃き出し窓から庭に飛び出して、そのまま逃げていった。ちなみにいまも見つかってねえ。

樹林地だの動物病院だのと、貴也が警察や江添に話したのは、ブッツァーティが見つかるとまずいと思ったからなのだろう。自分が呼びかけるあの声を江添に録音させたのも、その声をブッツァーティが恐れるのを確信していたからに違いない。ブッツァーティが発見されて戻ってくれば、また自分に向かって吠え、威嚇するかもしれない。すると警察が自分に疑いを抱く可能性がある。だから貴也は、実際に両親がブッツァーティを散歩させていたのと、正反対の場所を教えた。とうに自分が疑われていることなど知らず、そうして幼稚な嘘を並べていたのだ。

――八重田さんは……重要な証拠をとっくに摑んでいたんですね。

いつもそうだ。いつもこの男は腹の底を見せようとしない。もっとも今回に関しては、捜査に加わってもいないわたしに情報を伝える義務など最初からないのだが。

――こちらからも、報告があります。

たったいま偶然ブッツァーティの死体を見つけたと、わたしは伝えた。

――そうか、そら助かった。犬の身体に何かの証拠が残っていれば、木崎貴也を起訴するのに役立つかもしれんからな。すぐに向かわせる、どこだ？

わたしは場所を説明した。八重田はそばにいたらしい捜査員にそれを伝えたあと、ふと黙り込んだ。言葉をためらっていることも、その言葉が何なのかも、容易に想像できた。

――犬を見つけたのは、ほんとに偶然なのか？

抑えた声で訊かれた。

――小野田、お前……犬を捜していたんじゃないのか？

——どうしてです？

訊き返すと、ふたたび言葉を探す間があったが、けっきょく八重田は何も言わなかった。わたしは電話を切り、捜査員の到着を待たずに排水路を出た。それからは、自宅に足を向けることがどうしてもできないまま、雨の街を長いこと歩き回った。ダイニングのカレンダーを前に、濡れた身体で立ち尽くす。胸の中に勇気がわいてくれるのを待つ。それがわいてくれることなんて、いつまでもないとわかっていながら。

二階で床が鳴った。

ドアが静かに開く音。しかし人が出てくる気配はなく、しばらくするとドアはふたたび閉じられた。胸は、まだ勇気でいっぱいになってはいない。それでもわたしは、動かない両足を引きずるようにして、壁際を離れた。ダイニングを出て、二階へと階段を上る。物音がしないドアの前に立つ。咽喉を押さえつけられたように声が出ない。名前がただ胸の中で繰り返されるばかりで、どうしても呼びかけることができない。

「入れば？」

ドアごしの声に、先を越された。こんなふうに、息子がわたしに向かって声を発したのは、いつ以来だろう。五日前の夜に声を聞きはしたけれど、それは八重田の質問に答えたときのものだった。その後、わたしが何を訊いても言葉を返さず、息子はいつものようにこの部屋に閉じこもった。

震える手を伸ばし、その手で無意味にドアをノックしてから、ノブを握る。

ドアを開けると、パソコンデスクの手前で、啓介は床に胡坐をかいていた。眼鏡の向こうから、びしょ濡れになったわたしの全身を、じっと眺める。

「今朝、隣に警察が来てたね」

青白い首をねじり、啓介は木崎家に面した窓に目を向けた。半袖のTシャツを着たその身体は痩せていて、すぐに体調を崩して学校を休んでいた小学校時代から、何も変わっていないようにさえ見える。あの頃も、わたしは仕事を抜けられず、息子といっしょにいてやれなかった。夫と離婚し、わたししか親がいなかったというのに。学校を休んだ啓介はいつも、この家で一人きり、自分自身の看病をしていた。それでもわたしが帰宅すると、きまって笑顔を見せ、お帰りなさいと言ってくれた。そして、その日に学校でやるはずだった勉強をちゃんとやっておいたと、綺麗な字が並んだノートを、鼻をふくらませてわたしに見せた。何だって一人でできる、心が強い子供なのだと思った。やがて中学生になり、高校生になった頃には、日常の世話も最低限のものになっていた。せっかく入った大学を勝手にやめ、この部屋から出てこなくなってからも、いつか自分で立ち直ってくれると信じていた。手を差し伸べたりしてはいけない。そんなことをしたら、いつまでも一人前になれない。そう思い込んでいた。

「やったの、貴也さんだったでしょ」

啓介の顔がふたたびこちらを向く。わたしは頷く仕草にまぎらわせて視線をそらす。部屋は、これまで想像してきたように乱雑ではなかった。啓介がここに閉じこもって以来、隣家の事件が起きてからでさえ、わたしはここに入ることができなかった。以前のように、ものを投げられるのが怖かったから。それをふせいだ両手の痛みが、どうしても忘れられなかったから。

「さっき、上司から、そう連絡があった」

「驚いた?」

努力して相手の顔を見ると、今度は向こうが目をそらす。

「まさか僕も、あの人がそこまでおかしくなってたとは思わなかった」

「どういうこと?」

訊くと、啓介はしばらく黙った。そして、用意していたような言葉で、わたしが知らなかったことを話して聞かせた。

貴也が夜な夜な庭に出てブッツァーティを殴りつけるところを、啓介はこの部屋の窓から見ていたのだという。

「頭とか、背中とか、何回も何回も。逃げようとしても、首にロープが繋がってるから、無理で。あの犬、最初は細い声を上げてたんだけど、貴也さんが鼻と口を押さえつけてまた殴るから、そのうちぜんぜん声を出さなくなった。だから、おじさんもおばさんも

391

気づいてないみたいで」

「だから……奥さんに、夜中の鳴き声がうるさいって言ったの？」

あの日のことはよく憶えている。夕刻過ぎに昼勤から帰ってくると、木崎家のドア口に啓介が立っていた。部屋から出ているところさえほとんど見ていなかったというのに、隣家の木崎明代と立ち話をしていたのだ。わたしが急いで近づいたときにはもう、啓介はその場を離れて家のドアを入っていた。何の話をしていたのかと明代に訊くと、彼女はしばらく迷ってからこう答えた。

──うちの犬が、夜中に鳴いてるのがうるさいって……。

しかし、深夜の鳴き声なんて、わたしは聞いたことがなかったし、近所でもそんな話が出たことはない。わたしは戸惑い、そして、目の前で木崎明代が見せていた戸惑いも、自分と同じものだと思い込んだ。どうしてでたらめなクレームなど入れるのだろう。何で啓介はそんな嘘をつくのだろう。

「はっきり伝えちゃうとまずいから、そういう言い方した。そうすれば、おじさんかおばさんが、夜中にちょっと犬の様子を確認してみようって思って、そのとき貴也さんがやってることを知るかもしれないし。もしくは、おばさんがクレームの話を貴也さんにすれば、貴也さんはもうあの犬をいじめなくなるかもしれないし」

しかし八重田によると、少なくとも半年前から、両親はすでに知っていたのだ。貴也が夜な夜なブッツァーティに暴力をふるっていることを。

「そのときのおばさんの顔からして、どうも、わかってる感じだった。貴也さんがやってること。それでけっきょく、つぎの日からも何も変わらなくて、夜中になると、貴也さんが庭であの犬を殴ってた」

「包丁を持って庭に入ろうとしたのは――」

あの日の夕刻、わたしが夜勤明けで眠っていると、玄関の呼び鈴が鳴った。ドアの外に立っていたのは木崎春義で、その顔は怒りに満ちていた。ついさっき、啓介が木崎家の門を開けて勝手に庭へ入り込もうとし、声をかけると、何でもない顔で去っていったというのだ。その手に包丁が握られていたと聞き、わたしは狼狽(ろうばい)した。いったい啓介が何をしようとしていたのか、まったくわからなかった。すぐに二階へ上がり、啓介の部屋の前で問いかけたが、いくら待っても返事はなく――わたしはそのまま玄関に戻り、何ひとつ理解できない状態で、ただひたすらに頭を下げた。そうしているあいだ春義はずっと、どうしようもなく駄目な人間に対して投げかけるような、汚れたものを見るような目をわたしに向けていた。ドア口を去るときには、哀れみの表情さえつくってみせた。貴也が飼い犬にやっていたことを知っていたくせに。自分の息子のおかしさをわかっていたくせに。

いや、わたしには、何を言う資格もない。

「あの犬、夜中に貴也さんが庭に出てくると、いつも最初は逃げようとするんだ。でも、そのたび首に繋がったロープがぴんと張って、捕まっちゃってた。だからロープを切ってやろうと思って。切り離すまでいかなくても、自分で千切ることができるくらいに」

「お隣の事件が起きたとき……どうして、その話をしてくれなかったの？」

答えをわかっていながら訊いた。

「お母さんが、僕を疑ってるみたいだったから」

わたしも江添の母親と同じだったのだ。家から現金が消えたとき、江添を問い詰めた彼女と。いちばん信じなければいけない相手を疑ってしまった。だから啓介はわたしに、自分が知っていることを話そうとしなかった。きっと、仕返しだった。六歳の江添が家出をしたのと同じ気持ちだった。

事件の夜を思い返す。木崎貴也からの通報があったとき、署に詰めていたわたしは、八重田とともに現場へ駆けつけた。もちろんその時点で、現場が自宅の隣家であることも、被害者たちと知人であることも、八重田に説明していた。現場に到着すると、八重田は第一発見者の木崎貴也から話を聞いたあと、周辺への聞き込みをはじめた。最初の相手に啓介を選んだのは、部屋の窓が隣家の庭に面していたからだ。そのとき八重田は、啓介が左腕に怪我をしていることを見抜いた。同じ家に暮らしていながら、わたしはまったく気づけていなかったというのに。

もしかしたらあの瞬間、八重田は啓介に疑いを抱いたかもしれない。しかしそれはきっと、刑事として誰にでも抱くべき程度の疑いだった。先ほどの電話の内容からすると、八重田の疑惑ははじめから木崎貴也に向いていたのだ。

わたしだけが、啓介を疑っていた。わたしだけが啓介を殺人犯かもしれないと思っていた。ブッツァーティの鳴き声がうるさいと文句を言いに行ったから。隣家の庭に包丁を持って入り込もうとしたから。事件のあと腕に怪我をしていたから。何を訊いても答えてくれないから。二人きりで暮らしてきたのに、どんなに頑張っても心が読めなかったから。

被害者が隣人であるという理由で、わたしは自ら願い出て捜査から外れた。しかし、本当は怖かった。隣家の夫婦を殺したのが自分の息子かもしれないと考え、身体中の震えがおさまらなかった。眠れないまま一夜が明けた頃には、署に向かう足が動かなくなり、その場で八重田に電話をして休暇を申し出た。八重田はぶっきらぼうにそれを承諾したが、わたしの心がどこまで見透かされていたのかはわからない。

その電話を切ったあとに向かったのが、「ペット探偵・江添&吉岡」の事務所だった。以前に詐欺の疑いで相談を受けていたのを思い出し、あの業者なら、警察よりも早く、しかも秘密を守らせた上で、ブッツァーティを捜してもらえるかもしれないと思ったのだ。殺人現場から消えたブッツァーティの身体には、啓介による犯行の証拠が残っていればいけない。ブッツァーティを見つけることができたとき、もし生きていれば、わたしはその身体から証拠を徹底的に洗い流すつもりだった。死んでいれば、死体をひそかに処分するつもりでいた。

「何も喋らない引きこもりで、しかも隣の家とトラブルを起こしてたから、お母さんが僕を疑うのも無理はないけどね」

「違う……」

「違わないよ」

取り返しがつかないという言葉を、最初に知ったのはいつだろう。いつだったとしても、その言葉はこれまでずっと、割れ物が粉々になるようなイメージとともにあった。しかし、物理的に何ひとつ変わっていなくても、取り返しがつかないことは存在する。ほんの数日間でも、わたしが息子を疑ったという事実は、永遠に消えない。啓介の中からも。わたしの中からも。

「頑張って、やり直そうとしてたんだけどね」

頬から下だけで笑い、啓介は床を見つめる。雨はやんでいるのか、カーテンは明るみ、しかし、空から消えた雨雲がわたしの中に押し寄せているように、胸の内側が重たく濡れてくる。立っていられないほどに重さを増していく。

「しばらく前から、お母さんが仕事のとき、漁港に行って漁師さんにいろいろ訊いてた。漁の仕方とか、どんな生活なのかとか。朝でも夜でも、仕事してる漁師さんが漁港のどこかにはいるから」

「そんなことしてるなんて――」

「だって、興味ないでしょ？」

やってきたことの、すべてが間違っていた。

「でも、お母さんが興味持ってくれなくても、そうやって自分なりに動いてた。こないだは、無理にお願いして、水揚げ場までカサゴを運ぶのを手伝わせてもらって、そしたら、これ」

床に向かって話しながら、包帯が巻かれた左腕を持ち上げてみせる。

何ひとつ、本当のことなんて見えていなかった。

「転んで、カサゴだらけの籠に、肘から突っ込んだ」

「隣の犬が噛んだと思ってたみたいだけど、残念ながら、カサゴ」

見ようとさえしていなかったのだ。

「ごめんなさい……ごめん……」

両目が刺されたように痛み、涙があふれて流れ、しかし、啓介が味わった心の痛みとは比べものにならない。どれだけ謝っても足りない。床に膝をつき、両手を伸ばすが、啓介にふれることができず、指先はただ空気を摑んで震える。

「いいよ、べつに」

母親から目をそらし、息子は膝を立てる。見捨てるように。置いていくように。窓辺に立ち、啓介はカーテンを脇へよける。その視線が、隣家のずっと先、海のほうへ向けられる。眼鏡に縦長の光が映り、その光がわたしの目の中で粉々に壊れる。

「綺麗だよ」

嗚咽（おえつ）がつづけざまに咽喉へ突き上げ、もう言葉を口にすることさえできなかった。

「光が、綺麗だよ」

参考文献
Lafcadio Hearn, *Gleanings in Buddha-Fields*（Evinity Publishing Inc.）
Lafcadio Hearn, *Out of the East*（Charles E. Tuttle Company）

解　説

タカザワケンジ

※物語の真相に触れますので、本編読了後にお読みください。

あなたが読んだ物語は七二〇通りのうちの一つである。

全六章の順列組み合わせは六×五×四×三×二×一＝七二〇。よくぞこんなことを思いついたものだ。しかもそれを実現してしまった道尾秀介という作家の力量に驚くほかない。

そもそも『N』は『光媒の花』『鏡の花』に続く「花」シリーズの三作目として構想されたという。シリーズといっても物語や登場人物につながりはなく、共通するのは実験的な手法とそれによって浮かび上がるテーマである。

『光媒の花』は第一章の脇役が第二章で主人公になり、第三章では第二章の脇役が主人公に、というリレー形式の連作群像劇。この形式自体には先例があるが、読み終えたあとにひとつながりの環ができるというアイディアが斬新だ。物語という花で編んだ円環は実に美しく愛しい。

『鏡の花』は『光媒の花』よりもさらに実験的である。第一章で亡くなっている人物が、第二章では生きている。その後の章も、前章の死者が何事もなかったように日常を生きている。パラレルワールドか、夢の世界か。章ごとに同じ人物たちが設定違いの筋書きを演じる舞台のようでもある。生と死が鏡を前に入れ替わるさまを見るような、他の小説では得がたい読後感が味わえる。

二作に共通するのは章と章とのつながりが独特なこと。各章がそれぞれ短編小説の密度を持っていて、かつ、すべて読み終えたときに一つの世界から帰ってきたかのような深い没入感があること。そして、人間の死と、身近な人の死によって深く傷ついた人たちを描きながら、闇の中に兆す希望の光を浮かび上がらせていることだ。

では『N』はどうだろう。

共通点はやはり章と章との関係が特殊であることだ。それもどこからどの順番で読んでもいいのだから、実験的ということでは前二作を超えている。読者の前に七二〇通りの物語を並べ、選ぶようながす。そんな小説は読んだことがないし、そもそもそうした試みが成立するのか想像すら難しい。ゲームブックのように物語の続きを選ばせ、ページを前後して読ませる本はあるが、『N』はそれとも違う。章ごとに物語が存在し、どの順番で読んでも筋が通るなどありえるのだろうか。

各章の冒頭を読むと、主人公も設定もまるで異なる物語のようだ。本当にこの六章がつながっていくのか？　つながるとすればどんなふうに？

道尾秀介は近年、体験型の作品づくりに力を入れている。『N』の二年前に刊行された『いけない』は、小説に写真や絵を組み合わせ、その双方で謎の答えに到達するという画期的な連作ミステリ。好評を博し、第二弾の『いけないⅡ』が書かれている。また、どこかの誰かによって撮られた写真に文章を添えて読者のイメージを膨らませる超ショートショート集『フォトミステリー　─PHOTO・MYSTERY─』のような軽い読み口の作品もある。

耳を使う作品もある。音声・動画ファイルへリンクした二次元コードをつけることで、目と耳で謎解きに挑戦するミステリ小説『きこえる』がそうだ。

では『N』はどのような体験を私たちに与えてくれるのだろうか。七二〇分の一の、私自身の体験を例に考えてみたい。

まず、どの章から読むか。この稿を書くために再読するにあたり、私は「飛べない雄蜂の嘘」を選んだ。「小学四年生のとき、自宅に帰る途中の坂道で、オスのルリシジミが目の前を横切った」という一文に惹かれたからだ。『光媒の花』『鏡の花』にも蝶が象徴的な存在として登場するため、蝶に誘われて物語に入っていきたかったのである。

女性の回想で物語は進む。時代はバブル経済末期から崩壊後まもなく。彼女は「つ」

の字になった湾がある港町で、大学の昆虫学研究室に勤めていた。恋人がいたが、彼はバブルの崩壊ですさんだ生活をするようになり、ついには彼女に包丁の刃を向ける。見知らぬ男が助けに入り危険を切り抜けるのだが、代わりに別の窮地に陥ってしまう。その窮地をどう乗り切るか、彼女を救った錦茂は何者なのか、なぜ助けたのかといった謎が描かれる。

印象的なのはこの見知らぬ男、錦茂が母から聞いたという話だ。母が子供の頃、この湾の海上に、雲の隙間から差す光、いわゆる天使の梯子(はしご)を見たという。それも五つ。その光が、ちょうど花のかたちになっていたんじゃないかと錦茂の母は想像したらしい。

光、そして花。いずれも『光媒の花』『鏡の花』から引き継がれたモティーフである。光と花が重なることでスケールの大きなイメージが立ち上がる。哀(かな)しみをにじませながら、生きることの希望の光が遠くから差してくるような余韻の残る物語である。一編の短編小説としても十分読み応えがある。

しかしこの章に書かれた謎のすべてが解かれたわけではなく、ほかの章に持ち越されている謎があると感じた。具体的にいえば錦茂という男に「何かある」と感じたのである。

次の章を選ぶのは最初の章以上に難しかった。ここはまったくの直感で、次は本を逆さにして読んでみたいという欲求から、「笑わない少女の死」を選んだ。

タイトルの通り、十歳の少女の死というまいたましいできごとから語り起こされる。主オ・ハーンの故郷、アイルランドを一人で訪れ、ダブリンに滞在していた。

彼は長年、英語教師だったにもかかわらず英会話が苦手だ。物乞いの少女と出会ったものの、片言の英語と、彼女が描いた達者な絵から想像をたくましくするしかない。わずかな情報を想像力で補う会話から、やがて少女の辛い境遇と母への思慕があぶり出される。そして、彼女の母が愛した蝶の絵が大きな意味を持ってくるのだ。

この章もまた短編小説として完結しているが、やはり引っかかりが残る。これで終わりだろうか？　ほかの章にその答えが、あるいはヒントがないかを探したくなる。

次は理由なしに「名のない毒液と花」を読むことにした。吉岡利香という女性の回想である。彼女は中学の理科教師になって二年目の新米だった。入籍してまもない精一と、精一とペット探し専門の探偵業を始めたばかりの江添との三人で「つ」の字形の湾にうかぶ目玉島に向かう。精一と江添は逃げた犬の行方を捜しに、利香は生物部の活動の下見がてら。利香はそこで教え子を見かけるのだが、彼は逃げるように去ってしまう。

最初に読んだ章に出てきた「つ」の字形の湾のある港町を舞台にした章である。ようやくつながりが見えてきた。

江添は動物探しの名人で、その能力が二人をペット探偵にするきっかけだった。能力を得たきっかけがあるらしいのだが、精一は本人から聞いたほうが面白いからと利香には教えない。そのきっかけとはなんだろう。この江添と精一のコンビは絶妙で、ペット探偵としてこのままシリーズ化してほしいほどだ。そして、この章では大きな謎が残される。ある事故が起きて犠牲者が出るのだが、事故に遭ったのが誰かに疑問が残るのだ。

私の場合、たまたま次に読んだ章「眠らない刑事と犬」でこの謎が解かれるのだが、単行本刊行時は最後にこのくだりを読んで鳥肌が立ったことを思い出した。そのときも「名のない毒液と花」を先に読んでいて、まったく違うイメージを持っていたからだ。

しかし逆の順番で読んでいたらどうだっただろう？　私はたまたま謎→真相、と読んだが、逆の順番で読んだら、謎にすら感じなかったはずだ。つまり『N』は読む順番によって、書かれていることが謎になったり、ただの事実になったりする小説なのである。

また、『N』の特徴は、ある章の登場人物が、別の章では背景の一人になるということだ。映像でいえばフォーカスのあたる人物、視点人物が章によって異なるのである。

ある章では重要な登場人物が、ある章では名前のないモブになる。先に読んだ章でその人物を知っていれば「この人はあの人だ」とわかるが、読んでいなければスルーしてしまうかもしれない。章によって同じできごとを別の角度から、別の登場人物の視点で見ているから生じる現象だ。

『N』は「どの章からどんな順番で読んでもいい」というギミックにまず目がいく。しかし実はそれも先入観で、この形式で私たち読者が体験できることこそが重要なのである。たとえばそれはどの登場人物にも人生があり、それぞれの人生の主役だということだ。『N』の形式は道尾秀介流の群像劇を効果的に「体験」させるためにこそ編み出された手法ではないだろうか。

残り二章は「落ちない魔球と鳥」「消えない硝子の星」の順で読んだ。最後に本を閉じたとき、この順番で読んでよかった、としみじみ思った。この章こそ最後に読むべきではないか、とすら。しかし、単行本刊行時に読んだときには「眠らない刑事と犬」を最後に読んで十分に満足していたのだ。どんな理由であれ、その結末は私たち読者が選んだ結果である。その意味を考えること自体が『N』を読む醍醐味なのではないか。

『N』には、海上に現れる光の花が繰り返し登場する。人生のある瞬間にだけ見ることができる奇跡的な光。登場人物たちはある瞬間、同じ光をどこかで見ているかもしれない。そのような光がこの世に存在するかもしれないということそのものが救いなのだ。

なぜなら、『N』は、さまざまな登場人物たちの物語を通して、生きることの希望となるような光、花のように開いた天使の梯子を、読者自身が見つけることを期待して書かれた小説だ、と思うからである。

（たかざわ・けんじ　書評家）

本書は、二〇二一年十月、集英社より刊行されました。

初出「小説すばる」
名のない毒液と花……二〇二一年四月号
落ちない魔球と鳥……二〇二〇年九月号
笑わない少女の死……二〇一九年十月号
飛べない雄蜂の嘘……二〇二〇年十一月号
消えない硝子の星……二〇二一年六月号
眠らない刑事と犬……二〇二一年一月号

本文デザイン／片岡忠彦

集英社文庫

N（エヌ）

2024年6月25日　第1刷　　定価はカバーに表示してあります。
2024年9月30日　第5刷

著　者　道尾秀介（みちおしゅうすけ）

発行者　樋口尚也

発行所　株式会社　集英社
東京都千代田区一ツ橋2-5-10　〒101-8050
電話　【編集部】03-3230-6095
【読者係】03-3230-6080
【販売部】03-3230-6393（書店専用）

印　刷　TOPPAN株式会社

製　本　TOPPAN株式会社

フォーマットデザイン　アリヤマデザインストア　　マークデザイン　居山浩二

ISBN978-4-08-744658-6 C0193